Winterglitzern
Cornwall Seasons
Cara Lindon

WINTERGLITZERN

CORNWALL SEASONS

CARA LINDON

IMPRESSUM

Dalwigkstraße 17, 34130 Kassel
www.caralindon.de

Originalausgabe November 2017

Buchcoverdesign: Sarah Buhr / www.covermanufaktur.de unter Verwendung von Bildmaterial SZBDesign; Helen Hotson; aprilante / shutterstock.com sowie RAWexchange und Letlice
Lektorat: Katrin Opatz, http://lektoratwortnetz.de
Korrektorat: Claudia Heinen, www.sks-heinen.de
EBook und Satz: Myra Çakan, https://ebook-to-go.blogspot.de

ISBN: 978-3-96111-307-1

Bestellung und Vertrieb: Nova MD GmbH, Vachendorf
Druck: Mazowieckie Centrum Poligrafii
Mikołaja Ciurlionisa Strasse 4
05-270 Marki, Polen

Personen und Handlung sind frei erfunden, etwaige Ähnlichkeiten mit real existierenden Menschen sind rein zufällig und nicht beabsichtigt.
Markennamen und Warenzeichen, die im Buch verwendet werden, sind Eigentum ihrer rechtmäßigen Eigentümer.

ÜBER DAS BUCH

Was wäre, wenn eine einzige Begegnung dein Leben verändert?

Die unabhängige Bree arbeitet als Curvy Model und genießt ihr Single-Leben mit Reisen, spannenden Jobs und unver-bindlichen Affären. Ein Anruf ihres Vaters ändert alles: Sie muss zurück ins beschauliche Cornwall, um sich dort um das B&B ihrer Eltern zu kümmern.

Den einzigen Gast kennt sie bereits – aus einer unerfreulichen Begegnung in London. Ben, Mitte 30, enttäuscht von der Liebe und gelangweilt vom Job. Er ist sofort von Bree fasziniert, aber sie zeigt ihm die kalte Schulter.

Bald entdeckt Bree Anzeichen, dass Ben ihr seine wahren Absichten verheimlicht. Aber warum kann sie seine braunen Augen nicht vergessen?

Als sie Bens Geheimnis auf die Spur kommt, droht alles zu zerbrechen. Wird Bree um ihre Liebe kämpfen oder kehrt sie zurück in ihr altes Leben?

KAPITEL 1

Sommer vor zehn Jahren

Sollte sie Longo mitnehmen? Bree betrachtete den zerrupft aussehenden Plüschaffen, der sie seit ihrer Geburt begleitet und sich ihre Sorgen angehört hatte. In den letzten fünf Jahren allerdings hatte er ein Schattendasein auf ihrem Bücherregal geführt. Seine braunen Glasaugen schienen sie bittend anzusehen. Ach, so schwer war er nicht – und außerdem ein Stück Heimat. Vorsichtig verstaute Bree ihn in ihrem Koffer.

»Warum gehst du nicht zur Abschlussfeier? Warum willst du immer etwas Besonderes sein?« Damit fing es an. Ihre Mutter war in Brees Zimmer gekommen, natürlich ohne anzuklopfen, als sie ihre Sachen für die große Reise packte. »Wir können es uns nicht erlauben, uns auszuschließen.«

Bree schloss einen Moment die Augen und atmete tief durch. *Es lohnt sich nicht zu streiten. Morgen bin ich weg. Morgen bin ich frei.* Wortlos packte sie weiter. Sehnsüchtig wartete sie darauf, das Hupen zu hören, das die Ankunft ihrer Freundin

Chesten ankündigen würde. Doch leider kam die erwartungsgemäß zu spät.

»Kannst du nicht einmal an deinen Vater und mich denken?«, fuhr ihre Mutter mit der üblichen Litanei fort. »Für unser Hotel brauchen wir die Unterstützung der anderen Eltern.«

Nicht einmal heute konnte ihre Mutter Ruhe geben, obwohl es Brees Schulabschluss war, obwohl sie morgen nach Amerika abreisen würde.

»Hotel?«, schnaubte Bree, deren Geduld nicht besonders ausgeprägt war. »Immer dreht sich alles nur um das verdammte Bed and Breakfast.«

»Fluch nicht!«

»Kannst du mich nicht wenigstens *heute* nicht nerven? Morgen bist du mich ja endlich los.«

Kaum hatte sie die Worte ausgesprochen, bereute Bree sie bereits, weil ihre Mutter ihr diesen Blick zusandte. Den Blick, bei dem Bree sich immer mies und gemein vorkam und vom schlechten Gewissen überwältigt zu werden drohte. Bevor sie sich entschuldigen konnte, erklang draußen Hupen. Sie ging zum Fenster, blickte hinaus und atmete erleichtert auf.

»Ich muss los. Meinetwegen müsst ihr nicht aufbleiben.«

Den Abschiedsgruß ihrer Mutter wartete sie nicht ab, sondern lief in die Küche, holte den Champagner – wenn schon, denn schon – aus dem Kühlschrank und packte ihn in den *Hello-Kitty*-Rucksack zu den Keksen, die sie heute Nachmittag gebacken hatte. Im Flur griff sie nach ihrer blauen Jacke und dann war sie endlich entkommen.

»Tut mir leid.« Chesten war ausgestiegen und umarmte Bree. Sie roch wie immer nach Pferd und Heu und dem Rosen-Amber-Duft von *White Musk*. »Eines der Ponys ist ausgebrochen und ich musste es einfangen.«

Bree beugte sich zu Chesten herunter und erwiderte die

Umarmung. Neben ihrer schmalen blonden Freundin kam Bree sich noch kräftiger und dunkler vor.

»Lass uns losfahren. Alys steht bestimmt schon vor der Tür.«

Während Chesten die dramatische Geschichte des flüchtigen Ponys erzählte, gelang es Bree, den Ärger mit ihrer Mutter langsam hinter sich zu lassen. Auf gar keinen Fall wollte sie sich den heutigen Abend verderben lassen. Die letzte gemeinsame Nacht. So sehr Bree sich auch darüber freute, das provinzielle St. Bart und ihr Elternhaus endlich verlassen zu können, so sehr würde sie Alys und Chesten vermissen, ohne die sie die grässliche Schulzeit niemals überstanden hätte.

»Ups, da ist Alys schon.« Chesten hupte und fuhr an den Straßenrand.

»Hallo Love!« Bree ließ das Fenster herab und beugte sich heraus, um ihrer Freundin einen Kuss zu geben. Alys' hellbraune, feine Haare streichelten dabei über Brees Wange.

»Da seid ihr ja endlich.« Alys legte ihren dunkelgrünen Rucksack auf den Rücksitz und stieg ins Auto. Nacheinander umarmte sie Bree und Chesten.

»Sorry.« Selbst ihren besten Freundinnen gegenüber mochte Bree nicht über den ständigen Krach zu Hause reden. »Meine Mutter musste mir eine Predigt halten. Du weißt schon: ›Trink nicht so viel.‹«

»Sei um Mitternacht wieder zu Hause«, warf Chesten ein.

»Stell nichts an, was wir nicht auch tun würden«, spann Bree ihre Geschichte weiter.

»Grandma hat wie immer gesagt: ›Ich vertraue darauf, dass du vernünftig bist.‹«, antwortete Alys.

Bree seufzte. »Kann sie mich nicht adoptieren?«

Glühend beneidete sie Alys um deren Großmutter, die ihre Enkelin als erwachsenen Menschen behandelte und dazu ermutigte, ihren eigenen Weg zu gehen. Nicht wie Brees Mutter, die sich nichts Schöneres vorstellen konnte, als dass ihre Tochter ein genauso langweiliges Leben führte wie sie. Vor einem Jahr hatte Bree zufällig eine Unterhaltung ihrer Eltern belauscht, die ihren Wunsch, aus St. Bart zu fliehen, verfestigt hatte.

»Könnten wir nicht versuchen, sie im White Swan unterzubringen?«, hatte ihre Mutter gesagt. »Wenn Bree das Hotelgeschäft von der Pike auf lernt, wäre das bestimmt von Vorteil.«

Bree biss sich auf die Fingerknöchel, dass es wehtat. Ihre Mutter plante ihre Zukunft, ohne sie auch nur zu fragen.

»Breenie interessiert sich doch überhaupt nicht für das Geschäft.« Bree spürte Dankbarkeit für ihren Vater, der nicht einfach über ihren Kopf hinweg entscheiden wollte.

»Wer soll es denn sonst übernehmen?«, bügelte ihre Mutter den Einwand ab. »Emblyn hat ihre Familie und Pawly ist sehr erfolgreich in seinem Beruf.«

Von diesem Tag an hatte Bree begonnen, Vorbereitungen für ein eigenes, freies Leben zu treffen, hinter dem Rücken ihrer Familie.

Nein, heute Nacht wollte sie nicht daran denken, beschloss Bree und konzentrierte sich auf ihre Freundinnen.

»Ich friere jetzt schon. Wie wird das erst, wenn die Sonne untergegangen ist?«, hörte sie Alys sagen.

»Ich hab Champagner dabei.« Bree hob ihren Rucksack an. »Du musst nur genug trinken, dann wird dir schon warm.«

»Meine Mutter hat uns Sandwiches gemacht und *Scones* eingepackt.« Chesten bog in eine schmale, von hohen Hecken gesäumte Straße ein.

»Hey, für die Süßigkeiten bin ich zuständig«, antwortete Bree und schob die Unterlippe vor, als ob sie beleidigt wäre. »Ich habe den ganzen Tag gebacken. *Fairings* und *Saffron Buns*. Wehe, es bleibt etwas übrig.«

Sie holte die Dosen mit den Ingwer- und Safrankeksen hervor. Durch das Backen hatte sie sich von dem Ärger mit ihrer Mutter ablenken können, wie so oft in den vergangenen Jahren.

Ihre Freundinnen lachten, aber es wirkte irgendwie traurig. Oder lag es an ihr? Trug sie den Streit weiter mit sich, obwohl sie es nicht wollte?

»Ich würde jedes Mal in Panik geraten«, sagte Bree, um ihre Gedanken nicht weiter wandern zu lassen. Sie bewunderte, wie geschickt Chesten rückwärtsfuhr, um einem entgegenkommenden Auto Platz zu machen. »Diese engen Wege – und dann die Hecken an der Seite ... Das ist nichts für mich.«

Die Straßen waren wie alles hier: klein und einengend. *Ich will frei sein, will die Welt sehen, will mich nicht einschränken müssen.*

»Wenn du wie ich mit acht Jahren Treckerfahren gelernt hast, fällt dir Autofahren leicht. Alles nur Übung.«

Am Ende des Weges fuhr Chesten an die linke Seite und stellte den Wagen ab. Bree sprang aus dem Auto und ging zum Kofferraum. Sie öffnete die Klappe und drückte Alys die rot karierte Picknickdecke und den Picknickkorb in die Hand. Chesten nahm die Tüte mit dem Feuerholz, Bree griff sich den MP3-Player und die Lautsprecher.

Der schmale Weg zu ihrer Bucht schlängelte sich durch kornische Heide, die jetzt immergrün und struppig aussah. Erst im Spätsommer würde sie erblühen und die Landschaft in unterschiedliche Rottöne tauchen. *Dann bin ich bereits in Amerika und hoffentlich erfolgreich.* Bree schaute sich um, ob sie irgendwo Holz fände, auf das sie klopfen könnte.

»Friends are forever«, stimmte sie laut und falsch den Song an, den sie zu ihrer Hymne erklärt hatten. »Lovers may leave but friends are forever ... foooooorever«, fielen Chesten und Alys ein.

Wehmut überkam Bree. Ob es wahr war, dass sie für immer Freundinnen bleiben würden? Warum musste sie auch gleich so weit weg flüchten? Warum war sie nicht gemeinsam mit

Alys nach London gegangen? *Danke, Mum, dass du mir meinen letzten Abend verdorben hast.*

Sie ließen ihr Gepäck im abgekühlten Sand zurück und gingen eng umschlungen zum Meer. Da Ebbe war, zeigte sich ein breiter Streifen des hellen Sands.

»Seht nur.« Chesten deutete auf den aufgeklarten Himmel, an dem leuchtend rot die Sonne stand. Die Hitze flirrte um sie herum. Nach und nach färbte der Himmel sich orange und rot, was die schroffen Klippen geheimnisvoll aufleuchten ließ. Schaumkronen tanzten auf dem Wasser und rollten langsam in ihre Richtung. Morgen würde Bree über dieses Meer fliegen und alles hier hinter sich lassen.

»Das wollt ihr wirklich verlassen?« Chestens Worte durchbrachen die Stille des Augenblicks. »So etwas Wundervolles haben weder London noch New York zu bieten.«

»Kommt, lasst uns feiern«, antwortete Bree, die fürchtete, dass die Stimmung kippen würde, wenn sie ihre Freundinnen nicht ablenkte. »Ich habe Durst, ihr nicht?«

Gemeinsam suchten sie sich einen windgeschützten Platz und hoben eine Grube für das Lagerfeuer aus. Chesten, die am praktischsten veranlagt war, kümmerte sich um das Feuer, während Bree die Decke ausbreitete und das mitgebrachte Essen auf den Picknicktellern verteilte.

Sie schauten einander an, betrachteten Essen und Getränke und schwiegen. Nur zu sehr war ihnen bewusst, dass es die Zeit des Abschieds war.

»Nur nicht sentimental werden, Mädels«, rief Bree. Sie stolperte über die künstliche Fröhlichkeit in ihrer Stimme. »Egal, was unser Leben bringt, wir werden immer Freundinnen sein. Mach mir einen Royal Pimm's, Barfrau.«

»Sehr gerne! Öffne den Champagner, Darling.« Alys schnitt Gurke, Zitrone und Erdbeeren in Stücke und füllte sie in zwei hohe Gläser. Dann folgten Eiswürfel. Großzügig bemaß sie den

Pimm's Likör, bevor sie Bree die Gläser reichte. Die füllte mit Champagner auf und gab Alys ein Glas zurück.

Chesten hatte sich Ginger Ale eingegossen und erhob ihr Glas. »Auf uns. Auf die besten Freundinnen, die man sich wünschen kann.«

»Bye, bye, *Comprehensive School.* Jetzt kommt das Leben.« Bree trank einen großen Schluck Pimm's, der bitter schmeckte. »Ich werde euch vermissen.«

Mist! Das hatte sie doch nicht sagen wollen, um ihnen den letzten Abend nicht zu verderben. Manchmal fiel es ihr schwer, die Fassade aufrecht zu halten; manchmal konnte sie nicht mehr unterscheiden, was nur gespielt und was echt war.

»Wir wollten doch nicht sentimental werden«, sagte Alys zu Brees Überraschung. Sie hatte erwartet, dass sie am meisten unter der Trennung leiden würde. Chesten hatte ihre Familie und die Tiere, Bree suchte die Freiheit, aber Alys … »Lasst uns essen. Ich verhungere gleich.«

»Na endlich. Ihr wisst doch, dass ich auf meine Figur achten muss als zukünftiges Plus-Size-Model.« Bree verteilte die randvollen Teller.

»Vielleicht hätten wir doch zur Feier gehen sollen …« Chesten schaute ihre Freundinnen an. »Schließlich macht man den Schulabschluss nur einmal im Leben.«

Bree und Alys wechselten den Blick, den sie immer wechselten, wenn Chesten wieder einmal zweifelte.

»Die ganze Schulzeit über sind die anderen uns auf die Nerven gegangen, haben uns doof behandelt und jetzt soll ich so tun, als wäre alles gut?« Warum also sollte man am letzten Tag vorgeben, sie wären alle die besten Freunde? »Weil es so ein besonderer Moment ist, will ich ihn mit euch verbringen. Nicht mit arroganten Tussis und dämlichen Jungs.«

»Ich hatte gehofft, dass Yestin …« Chesten schaute zu Boden.

Alys nahm sie in die Arme. »Ach, Darling. Yestin hat nur Augen für Stacey. Und du bist viel zu gut für ihn.«

Chesten nickte, aber ihr Blick blieb traurig. Manchmal musste Bree sich zurückhalten, um ihre Freundin nicht zu schütteln, die sich immer in die falschen Jungen verliebte. Niemals würde Bree sich selbst so aufgeben, nur für einen Mann. In ihrem Leben spielte die Liebe nur eine Nebenrolle. Sicher, sie flirtete gern und mochte Sex, aber das bedeutete nicht, dass sie ihre Unabhängigkeit opfern würde. Wie ihr Song es sagte: Liebhaber gingen, Freundinnen blieben ein ganzes Leben. Ihr Blick wanderte von der zierlichen Chesten, die aussah wie eine klassische *englische Rose*, obwohl ihre Mutter eine Deutsche war, zu Alys mit den feinen Haaren und dem schmalen Gesicht. Sie selbst fiel auf, das wusste Bree, durch ihre Größe, durch ihre Rundungen, durch ihre dunkle Mähne. Genau das wollte sie nutzen, um leichtes Geld zu verdienen. Warum eine Ausbildung machen, wenn man mit Modeln schnell und einfach seinen Lebensunterhalt sichern konnte? Natürlich war sie nicht naiv und hegte die Illusion, dass die Modewelt nur auf sie wartete, aber sie hatte herausgefunden, dass man selbst als Katalogmodel gutes Geld bekam. Einen Versuch war es auf jeden Fall wert.

»Haltet ihr an euren Plänen fest?«, fragte Alys. »Warum bleiben wir nicht hier? Hier ist es schön. Millionen Touristen können sich nicht irren.«

»Sofort nach dem Uni-Abschluss kehre ich zurück.« Chesten lächelte versonnen. Bree beneidete sie ein wenig um die Gewissheit, mit der sie in ihre Zukunft sah. »Ma braucht mich auf dem Hof. St. Bartholomew ist eine schöne Stadt. Mir fehlt hier nichts.«

»Bäh. Viel zu klein. Das einzig Interessante ist Branok Manor«, warf Bree ein. Sie musste so starke Worte wählen, um sich selbst davon zu überzeugen, dass ihre Entscheidung die richtige war. »Ich will so weit wie möglich weg. Nur raus aus der Enge. Etwas erleben. Die Welt sehen. Erst New York, dann Mailand, Paris …«

»Und du, Alys?« Chesten streckte die Hand aus und strich Alys über den Arm. »Willst du wirklich Betriebswirtschaft studieren? Du hast so ein großes Talent …«

»Das stimmt«, mischte sich Bree ein. »Wenn ich malen könnte wie du, würde ich Kunst studieren oder Design.«

Wenn sie ein Talent hätte wie ihre Freundin, würde sie es niemals brachliegen lassen, aber so, ganz ohne herausragende Fähigkeiten oder Interessen war Bree gezwungen, sich ihren Weg zu suchen. Das Modeln war ein Anfang, vor allem wollte sie damit Geld verdienen, um unabhängig von ihren Eltern zu sein. Bree hatte Dutzende von Jobs gemacht, um sich die Reise in die USA und den Lebensunterhalt für zwei Monate zu sichern. Wenn sie bis dahin keinen Erfolg hätte … Nun, das würde sich zeigen.

KAPITEL 2

Heute im Oktober

Bree spürte ihren linken Arm nicht mehr, gefühlt seit einer halben Stunde, und noch immer war das Jüngelchen hinter der Kamera nicht zufrieden mit ihrer Pose. Verdammt, sie war Model, kein Schlangenmensch, und er war nur ein verfluchter Katalogfotograf und kein Helmut Newton oder Mario Testino. Vom Perfektionismus her konnte er es allerdings mit Rankin aufnehmen. Um Himmels willen, es ging hier nur um Katalogfotos, nicht um das Cover der Vogue.

»Mädchen, mehr Körperspannung«, rief er mit seiner hohen Stimme, die in Bree den Verdacht geweckt hatte, dass er dem Stimmbruch noch nicht entwachsen war. »Und lächeln, dein Cover-Lächeln will ich sehen.«

Dich möchte ich lächeln sehen, wenn jeder Muskel wehtut, weil dich jemand in eine blödsinnige Pose zwingt, dachte Bree.

»Jeder Auftrag zählt. Gib immer dein Bestes, egal, ob Cover oder Katalog«, das hatte Sarah, ihre Agentin, Bree von Anfang an gesagt. »Du weißt nie, wer die Bilder sieht.«

Das war ein Grund, der andere war, dass Bree es einfach

nicht fertigbrachte, schlechte Arbeit abzuliefern, selbst wenn der Fotograf die Pest war wie dieses Jüngelchen, der sie behandelte, als wäre sie ein blondes Dummchen.

»So ist gut, Mädchen. Warum nicht gleich so, Mädchen?«

Ich könnte deine Mutter sein, dachte sie und lächelte, *aber wenn ich deine Mutter wäre, hättest du mehr Respekt Frauen gegenüber und würdest sie nicht Mädchen nennen. Ich habe einen Namen, verdammt noch mal.*

»Okay, das war's.« Er nahm die Kamera herunter und ging nach hinten, wo Essen und Getränke warteten. Nicht einmal das übliche »Danke« hielt er für nötig. Lag es an ihrer Wahrnehmung, dass die Fotografen immer jünger und unhöflicher wurden? Oder war sie inzwischen zu alt für diesen Job?

Während sie sich ihren Bademantel überwarf, dachte Bree an all die Kolleginnen, mit denen sie einmal begonnen hatte und die im Laufe der letzten zehn Jahre verschwunden waren. Geheiratet und Kinder bekommen hatten einige, ein Studium oder eine Berufsausbildung begonnen andere. Nur zwei oder drei Models, die sie so lange kannte, dass Bree sie als Freundinnen betrachtete, arbeiteten noch, aber dachten inzwischen auch darüber nach, etwas anderes zu machen. Zu viele junge Frauen drängten auf den Markt, häufig bereit, sich schlechter bezahlen zu lassen, um den Einstieg zu schaffen.

Zwar holte Sarah mehr als genug Aufträge ein, was Bree die Chance gab, auszuwählen. Aber wie lange noch? Wer kannte schon Models, die älter als 35 Jahre waren? Natürlich gab es ein paar berühmte Ausnahmen, Supermodels wie Kate Moss, Naomi Campbell und Christy Turlington, die alle jedoch dem klassischen Model-Schönheitsideal entsprachen. Curvy Models wie Bree hingegen waren eine Modeerscheinung. Es stand zu befürchten, dass die Modewelt irgendwann genug von weiblichen Rundungen hätte und wieder zum Mager-Look zurückkehren würde.

Auch wenn sie genügend Jobs bekam, fand Bree ihr Leben

nicht mehr so aufregend und interessant wie vor zehn oder sogar vor fünf Jahren. Der Glanz der Reisen rund um den Globus war verblasst, ebenso wie der der Partys, auf denen sie Schauspieler, Musiker und gelegentlich Künstler traf.

Auf Partys konnte sie weder viel trinken noch bis früh in den Morgen feiern, weil sie ihren Schönheitsschlaf brauchte. »Disziplin ist der Schlüssel zum Erfolg«, auch das hatte Sarah gepredigt, als sie Bree unter Vertrag nahm. Maßhalten beim Feiern, beim Trinken und selbst beim Essen. Sie musste – wie alle Models – darauf achten, was sie aß. Tunlichst sollte sie auf alles verzichten, was zu Hautunreinheiten führte wie Schokolade.

Nur wenn sie Abstecher nach St. Bart unternahm, ignorierte Bree ihre Essensvorschriften und gönnte sich, was sie liebte. Das bezahlte sie mit verschärftem Training und mahnenden Worten der Make-up-Artists, die ihre Hautunreinheiten überschminken mussten. *Scones* schmeckten aber einfach zu gut – und an Nannis Schokoladenkuchen durfte sie gar nicht erst denken.

Apropos Essen. Bree schaute auf die Uhr. Noch zwei Stunden, bis sie sich mit Madison, ihrer Personal Trainerin, traf. Da konnte sie sich noch schnell etwas gönnen. Hoffentlich hatte der magere Junge, der sie fotografiert hatte, nicht alles aufgefuttert.

»Gut, dass es Photoshop gibt«, hörte sie seine hohe Stimme, als sie sich dem hinteren Teil des Raums näherte, der durch einen Paravent abgeteilt war. »An den Bildern ist einiges nachzuarbeiten. Wer will schon Falten sehen? Und Cellulitis.«

»Du übertreibst.« Das war die Stimme der Frau, die für die Kleidung verantwortlich war. »Der Kunde hat explizit Bree angefragt.«

»Warum sie heute alle die Fetten in den Katalogen wollen, versteh ich beim besten Willen nicht.« Er gab ein Geräusch des Abscheus von sich. »Fett sein ist Willensschwäche.«

Gerade, als sie hinter den Raumteiler stürmen wollte, um ihm ein paar passende Worte zu sagen und möglicherweise auch eine zu knallen, wie er es verdiente, brummte ihr Smartphone. Hoffentlich war es Sarah, der Bree gleich sagen konnte, dass sie mit diesem Typen nie wieder arbeiten würde. Sie schaute auf das Display. Ihr Finger zögerte einen Moment, bevor sie den Anruf annahm.

»Hallo Mum.«

»Ich bin's, dein Dad.«

»Ist etwas mit Mum?« Noch nie hatte ihr Vater angerufen. Er kam immer zum Schluss ans Telefon, um ein paar Worte mit ihr zu wechseln, ganz klassisch.

»Bree, Love, wir brauchen dich.« Selbst über die weite Entfernung zwischen St. Bart und New York konnte sie die Besorgnis in seinem Tonfall so deutlich hören, dass ihr übel wurde. Alles andere, selbst der gemeine, dumme Fotograf, verlor plötzlich an Bedeutung.

»Was … Dad … was ist geschehen?« Wie von selbst fuhren die Finger ihrer linken Hand in ihr Gesicht, kratzten über Wange und Kinn.

»Deine Mum hatte einen Schwächeanfall und musste ins Krankenhaus.« Sie konnte ihm so sehr anmerken, wie er sich bemühte, optimistisch zu wirken, dass es Bree körperlich schmerzte. »Dort haben sie etwas entdeckt …«

»Was?!«, hätte sie am liebsten ins Telefon gebrüllt. *»Verflucht, sag es mir und mach es nicht so dramatisch.«*

Aber sie kannte ihren Vater und wusste, dass er ihr die Geschichte in dem ihm eigenen Tempo erzählen musste. Wenn sie ihn drängelte, würde er nur noch länger brauchen.

»Einen Tumor. Nichts Bösartiges, heißt es, aber sie muss operiert werden.« Er seufzte, was sich beinahe anhörte, als kämpfte er gegen Tränen an. »Mehr konnten die Ärzte nicht sagen. Aber sie muss länger ins Krankenhaus. In zehn Tagen.«

Erneut seufzte er. Sie schwieg, weil sie ihn durch Fragen

nicht zum Verstummen bringen wollte. Aber es fiel ihr unglaublich schwer. Bree presste die Lippen zusammen, bis diese schmerzten, damit ihr nur ja kein Wort entkam.

»Kannst du kommen?«, fragte ihr Vater schließlich. »Dein Bruder muss arbeiten, deine Schwester hat mit den Kindern genug zu tun.«

Natürlich. In euren Augen arbeite ich ja nicht, sondern jette aus Spaß um die Welt und lasse mich von kleinen Klugscheißern beleidigen. Ihr Bruder wohnte fünf Meilen entfernt, seine Frau war zu Hause, und die Kinder ihrer Schwester gingen zur Schule, aber natürlich dachte ihre Familie in so einer Situation sofort an Bree. Das hatte sich in den vergangenen zehn Jahren nicht geändert und würde sich wohl nie ändern.

Für ihre Eltern würde sie immer die bleiben, die keinen seriösen Job hatte und sich ihre Zeit frei einteilen konnte. Bestimmt hegten ihre Eltern noch die Hoffnung, dass Bree eines Tages das Bed and Breakfast übernehmen würde. So wie Bree es sah, brachte das Hotel nur Arbeit und kaum freie Tage mit sich. Reich geworden waren Mum und Dad damit bisher nicht. Cornwall boomte, nur ihre Heimatstadt bekam davon nichts ab.

»Ich werde versuchen, rechtzeitig da zu sein«, antwortete sie nach einigen Momenten des Nachdenkens. »Ich muss schauen, ob Sarah Projekte für mich hat.«

»Ja, musst du wohl.« In den wenigen Worten schwangen so viele unausgesprochene Vorwürfe mit, dass Bree auflegen wollte, aber sie brachte es nicht übers Herz, ihre Eltern im Stich zu lassen.

»Ich melde mich gleich wieder.« Sie legte auf, atmete einmal tief durch und schob alle Gedanken zur Seite, die sich mit Krankheit und St. Bart beschäftigten.

»Hallo Sarah, ein Notfall in der Familie. Kannst du die Jobs umbuchen?«

»Für dich tue ich das, Lovely.« Sarahs Stimme hörte sich an, als hätte sie heute bereits zwei Schachteln Zigaretten geraucht, die sie mit Whiskey begleitet hatte. Dabei lebte ihre Agentin strikt abstinent und makrobiotisch. »Was ist los?«

»Meine Mutter ist krank. Ich muss nach St. Bart.« Sie stöhnte auf bei dem Gedanken, wieder in ihr Kinderzimmer ziehen zu müssen. »So schnell wie möglich.«

»Kannst du auf dem Weg dorthin in London Station machen?« Sarah sprach leichthin, aber Bree kannte ihre Agentin gut genug. Je mehr Sarah versuchte, etwas unbedeutend erscheinen zu lassen, desto wichtiger war es ihr. »Ich buch dir ein Zimmer und kümmere mich um den Flug. Brauchst du ein Auto?«

»Ich fahr von London aus mit Bahn oder Bus. Kannst du mir etwas suchen, bitte?«

»Sicher.« Von Abschiedsworten hielt Sarah nichts, was Bree zu Beginn ihrer Zusammenarbeit verunsichert hatte. Inzwischen allerdings nahm sie es kaum noch wahr.

»Ich komme«, sagte sie ihrem Vater. »Heute Abend kann ich dir sagen, wann.«

Gut, dass Sarah sich um alles kümmerte.

Als Letztes wählte sie Alys' Nummer. Kaum hörte sie deren »Hallo«, konnte sie freier atmen.

»Alys, Love. Ich werde mir euer Projekt schneller ansehen, als du ahnst.« Bree zögerte, ihre Stimme drohte zu kippen. »Nächste Woche komme ich nach Hause. Meine Eltern … sie brauchen mich.«

»Kann ich helfen? Was ist los?«

»Nichts Schlimmes, hoffe ich. Meine Mutter muss ins Krankenhaus und Dad braucht Unterstützung.«

Die Stimme ihrer Freundin zu hören, hatte sie beruhigt. Obwohl ihre Hände ein Eigenleben zu führen schienen und ihr der Appetit vergangen war, war sie nun zuversichtlicher. In St. Bart war sie nicht allein.

»Friends are forever«, summte sie vor sich hin.

Auch wenn der Anruf ihres Vaters sie erschüttert hatte, eines blieb noch zu tun. Bree schob Angst und Sorge zur Seite wie den Paravent.

»Bald ist Weihnachten«, sagte sie zu dem Fotografen. »Böse kleine Jungen wie du sollten nicht auf Geschenke hoffen. Ciao.«

KAPITEL 3

Nachdem London sich Bree gestern von seiner düsteren Seite gezeigt hatte – Nieselregen und Novembergrau –, meinte es die Stadt heute Morgen gut mit ihr. Sonnenstrahlen schienen in ihr Hotelzimmer und gaben Bree Hoffnung. Vielleicht war die Krankheit ihrer Mutter harmlos, vielleicht würde sie St. Bart schon in ein paar Tagen wieder verlassen können, vielleicht hatte Sarah den besten Job aller Zeiten für sie bekommen.

Nach einem ausgiebigen Frühstück – einer der Gründe, warum Bree so gern in diesem Hotel am Kensington Park abstieg – zog sie ihre Sportkleidung an. Ihre Agentin hatte sich geweigert, Bree zu sagen, was sie mit ihr besprechen wollte. Eine Joggingrunde war das ideale Mittel, um sich von allen Spekulationen abzulenken. Sie nickte dem Portier zu und ging durch die gläserne Drehtür.

Bree bevorzugte die ruhigeren Ecken des Kensington Parks, um sich auf ihren Laufrhythmus konzentrieren zu können. Nach kurzem Stretching verfiel sie in einen leichten Trab. Die fein ziselierten schmiedeeisernen Tore des *Black Lion Gates*, die durch ihre spitzen Zacken und die schwarze Farbe bedrohlich wirkten, standen weit offen und gewährten einen Blick auf die riesigen alten Bäume, die die breite Allee säumten. An der rotgoldenen Laubfärbung zeigte sich deutlich der Herbst. Bree steigerte ihr Tempo, als sie nach links in den Park einbog. Der Sand federte unter ihren Füßen.

Aufgeschreckt huschte ein Grauhörnchen den Stamm einer Steineiche empor, einem der wenigen Bäume, die Bree mit Namen kannte. Langsam erwärmten sich ihre Muskeln, als sie den Broad Walk entlangjoggte, in Richtung Kensington Road. Nach kurzer Zeit sah sie aus dem Augenwinkel den *Kensington Palace,* in dem Lady Diana nach der Trennung von Prinz Charles gelebt hatte. Auch heute warteten hier einige Touristen, als hofften sie, die Prinzessin würde zurückkehren. Am Palastzaun lagen frische Blumen und Briefe. Sie hielt nicht an, um herauszufinden, welche Nachrichten in memoriam für die ehemalige Prinzessin hinterlassen worden waren. Stattdessen hielt sie auf den Round Pond zu und erfreute sich an der Eleganz der Schwäne, die unbeeindruckt von den Besuchern ihre Kreise auf dem See zogen.

Bree wandte sich nach Südosten, in Richtung des Albert Memorials. Ein Blick auf die Uhr zeigte ihr, dass ihr noch genügend Zeit blieb. Daher milderte sie ihr Tempo, bis sie in einen angenehmen Trott fiel, den sie für eine lange Zeit beibehalten konnte. Sie hatte sich für eine ihrer Lieblingsstrecken entschieden, die sie zu *The Serpentine,* dem großen See, führen würde. Ihr Weg kreuzte einen der Reitwege, die durch den Park führten. Frische Pferdeäpfel dampften in der kühlen Luft. Bree rümpfte die Nase.

»Willkommen im Hyde Park«, murmelte sie, nachdem sie die Brücke des Sees überquert hatte, der die beiden großen Parks voneinander trennte. Obwohl *The Serpentine* voller Ruderboote und Wasservögel war und etliche Menschen, Londoner und Touristen, die Oktobersonne nutzten, genoss Bree den Frieden, den sie beim Anblick des Wassers empfand.

Ich sollte jeden Moment der Ruhe mitnehmen, bevor ich mit Mum zusammenstoße.

Der Gedanke ließ sie schneller laufen, als könnte sie so dem anstehenden Konflikt entgehen, der in St. Bart auf sie wartete, sollte ihre Mutter sich nicht durch ein Wunder oder die Krankheit verändert haben. War sie eine schlechte Tochter, weil ihr solche Gedanken durch den Kopf gingen?

In dem Moment galoppierte ein braun-weiß gefleckter Hund laut bellend auf sie zu. Dabei hatte sie sich bewusst für eine Strecke entschieden, auf der Hunde an der Leine zu führen waren. Aufgrund ihrer Hundeerfahrung entschied sie sich dafür, nicht weiter zu joggen, solange der Beagle frei war.

Na, das ist mal wieder typisch, dachte Bree und trabte entnervt auf der Stelle. *Ein Hundebesitzer, der sich nicht an das Leinengebot hält, weil*

1. *sein Dexter/Russel/Monty oder Oscar so gut erzogen ist, dass er frei herumrennen darf,*
2. *der Leinenzwang den natürlichen Bewegungsdrang des Hundes einschränkt und damit Tierquälerei ist,*
3. *normalerweise hier NIEMAND um diese Uhrzeit joggt oder*
4. *Winston/Alfie/Bonnie oder Jack nur spielen will.*

Ignorante Hundehalter. Wie sie die hasste!

Und – überraschenderweise – waren es immer die Menschen, deren Hunde am schlechtesten erzogen waren, die sich nicht an die Regeln hielten. So wie dieses Prachtexemplar: Ein Mann, etwa so groß wie sie, der hinter seinem Beagle herjagte und brüllte: »Charlie Brown. Komm sofort her, Charlie Brown!«

So wie der Hund reagierte, hätte der Mann auch »Lauf so schnell du kannst und versuch, die Frau zu fangen, Charlie Brown!« rufen können.

Bree trabte immer noch auf der Stelle und beobachtete das Schauspiel. Eins musste sie dem Beagle lassen. Für einen Hund hatte er wirklich Humor. Er ließ seinen Besitzer bis auf ein paar Schritte an sich herankommen und rannte dann, wie von Wölfen gehetzt, davon, nur um sich ein paar Meter weiter auf seinen Hintern zu setzen, den Kopf schief zu legen und auffordernd zu kläffen.

Immerhin – und das hielt sie ihm zugute – hatte der Besitzer nicht versucht, mit ihr darüber zu diskutieren, ob der Beagle ein braver Hund wäre, an dem sie unbesorgt vorbeijoggen könnte. Nein, er war sofort losgestürzt, um Charlie Brown einzufangen …

… und das war jetzt das Ergebnis: ein Rennen zwischen Herrchen und Hund, das eindeutig der Beagle für sich entscheiden würde. Ein Blick auf die Uhr bestätigte ihre Befürchtungen. Wenn er Charlie Brown (immerhin ein pfiffiger Name) nicht bald einfing, käme sie zu spät zu ihrem Treffen mit Sarah, die Unpünktlichkeit verabscheute.

»Na ja, ein bisschen Sport hat dein Mensch auf jeden Fall nötig«, murmelte Bree in sich hinein und beschloss, dass sie, da der Beagle abgelenkt war, gefahrlos weiterlaufen konnte.

»NEIN! NEIN! Auf keinen Fall! CHARLIE Brown, aus!« Als sie die ansteigenden Schreie hörte, erkannte Bree, dass das Weiterjoggen nicht eine ihrer besten Ideen gewesen war.

Der Beagle hatte wohl entschieden, dass Herrchen foppen deutlich langweiliger war, als Beute jagen, und raste bellend auf sie zu. Sie hielt an.

»Mist, damit ist das Training heute für die Katz«, zischte sie dem Beagle entgegen, der immer noch auf sie zukam, jetzt aber mit geöffnetem Maul und schwanzwedelnd. Mit deutlichem Abstand folgte sein Herrchen.

Bree stand ruhig, aber in ihrem Innern kochte es. Sie liebte es, wenn sie in Kensington Gardens und im Hyde Park joggen konnte. Jedes Mal, wenn sie in London war, nutzte sie die

Chance. Hier hatte Laufen etwas Meditatives, bei dem sie allen Ärger und alle Sorgen vergessen konnte. Und jetzt das! Ausgerechnet heute, wo sie knapp in der Zeit lag.

Während der Beagle kläffend um sie herumhüpfte, sah Bree dem Mann entgegen, der sich wacker abmühte, seinen Hund zur Räson zu bringen. Das Repertoire reichte von »Charlie, lass das!« über »Sitz, Charlie!« bis hin zu »Komm sofort her, Charlie Brown. SOFORT!«, alles mit einem Keuchen in der angenehm dunklen Stimme und keinerlei Effekt auf den Hund.

Endlich war er angekommen und griff nach dem Halsband des Beagles. Der blieb stehen und wedelte mit dem Schwanz. Bree hätte schwören können, dass der Hund sie angrinste.

Neugierig musterte Bree den Mann, der angestrengt atmete. Irgendwie passte alles an ihm nicht so recht zusammen: sein dunkler Zauselbart und die ausgewachsene Frisur bildeten einen seltsamen Kontrast zu den teuren Schuhen und dem eleganten Regenmantel von Hackett, den Bree auf den ersten Blick erkannte. Er sah aus, als hätte er sich gehen lassen, aber erst seit Kurzem. In einem Anflug von Neugier fragte sie sich, was wohl für eine Geschichte dahintersteckte.

»'Tschuldigung«, murmelte Zauselbart, während er die Leine am Halsband befestigte. »Das macht er sonst nie.«

Dieser Spruch brachte Bree dazu, die Augen zu verdrehen. Wenn sie jedes Mal fünf Pfund bekäme, wenn ein Hundebesitzer etwas in der Art sagte, könnte sie sich auf einer Südsee-Insel zur Ruhe setzen. Sie holte tief Luft und donnerte los: »Können Sie Ihren Hund nicht an der Leine behalten?!«

Beinahe tat er Bree leid, wie er den Boden anstarrte und hilflos den Beagle streichelte, aber nur beinahe. Obwohl er von Nahem attraktiv aussah mit seinen hellbraunen Haaren und dunkelbraunen Augen. So dunkel, dass sie beinahe schwarz wirkten, unter kräftigen Augenbrauen, die gezupft aussahen. Auch das passte nicht zu Haaren und Bart. Am auffallendsten jedoch waren seine Lippen: geschwungen und voll, sodass sie weiblich wirkten.

»Das hier ist ein Weg mit Leinenpflicht. Menschen wie Ihnen sollte man verbieten, Hunde zu halten.«

»Sorry«, sagte Zauselbart und lächelte zu ihrer Überraschung. »Charlie Brown hat sich losgerissen. Das macht er normalerweise wirklich nicht. Ehrlich. Ich weiß, das sagen alle.«

Ein tolles Lächeln. *Nein, im Moment habe ich keine Zeit für eine Affäre.*

»Halten Sie den Hund jetzt fest! Bitte.« Bree drehte sich um und joggte langsam weiter. *Mist, damit ist das Training heute für die Katz, nein für den Beagle.* Hinter sich hörte sie den Beagle bellen und den Mann etwas murmeln, das sie nicht verstehen konnte und auch nicht verstehen wollte. Aber es hörte sich beinahe an, als hätte er sie zu einem Kaffee einladen wollen.

»Warten Sie!«, rief er ihr hinterher, so laut, dass Charlie Brown hektisch kläffte. »Hallo, bitte warten Sie!«

Bree drehte um und trabte langsam zurück.

»Was ist denn jetzt noch?« Er sollte ruhig merken, dass sie Besseres zu tun hatte, als sich mit einem Hundebesitzer zu unterhalten, der keine Rücksicht auf andere Menschen nahm. »Entschuldigt haben Sie sich ja schon.«

»Wie wäre es mit einem Kaffee als Wiedergutmachung?«, platzte er heraus. Also hatte sie sich eben nicht verhört. »Ich kenne ein nettes Café hier um die Ecke.«

»Ich bin verschwitzt vom Joggen.« Das hätte er sich auch selbst denken können, nicht wahr. »Daher muss ich ablehnen.«

Sie drehte sich wieder um und joggte davon, begleitet von seinem Angebot: »Vielleicht später? Oder ein Essen, heute Abend?«

Als Antwort hob sie die linke Hand und winkte. Selbst wenn sie Interesse an einer Affäre hätte, dann sicher nicht mit einem Beaglebesitzer in London. Obwohl … eine nette Nacht, bevor sie nach St. Bart fuhr, war keine so schlechte Idee.

Nein, sie war nicht in Stimmung dafür, nicht, solange sie nicht wusste, wie es ihrer Mutter ging. Ganz zu schweigen davon, dass ihr Tag in London ohnehin verplant war.

In Gedanken versunken nahm Bree die Schönheit der Blumenbeete in diesem Teil des Parks kaum wahr. Obwohl ihre Muskeln sich müde anfühlten und durch die Zwangspause abgekühlt waren, zwang sie sich zu einem kleinen Sprint, vorbei an den Bootshäusern und Mietbooten. Durch das ärgerliche Intermezzo blieb ihr weder die Zeit für einen kurzen Abstecher zu den *Italian Gardens* mit den wunderschönen Brunnen und Pavillons noch für einen Besuch bei ihrem Lieblingsbaum, dem *Elfin Oak,* einem Baumstumpf mit eingeschnitzten Zwergen und Elfen. Na, der Tag konnte ja nur besser werden. Oder auch nicht. Sarah wollte mit ihr essen gehen, ein deutliches Signal, dass ein längeres Gespräch fällig war. Und längere Gespräche mit ihrer Agentin bedeuteten nichts Gutes.

KAPITEL 4

Aufgrund des Beagle-Zwischenfalls blieb Bree nur wenig Zeit zum Duschen und Schminken. Obwohl sie es vorzog, in der Freizeit locker und bequem gekleidet zu sein, musste sie sich bei einem Treffen mit Sarah als Topmodel präsentieren. Alles andere würde ihre Agentin als mangelnde Professionalität begreifen und Bree einen unter ihren Klienten gefürchteten Vortrag halten.

Mist!

Natürlich verzog sie die schmale Linie des Kajals, sodass sie von vorne anfangen musste. Bree atmete einmal tief durch, um sich zu beruhigen. Wenn sie sich stresste, würde sie sich am Ende nur den Eyeliner ins Auge stechen. Beim zweiten Anlauf klappte es mit dem Lidstrich, schnell noch Mascara und Lippenstift und einmal mit der Bürste durch die Haare. Ein Dank den guten Genen, die ihr die Lockenpracht ihrer Mutter eingebracht hatten. Wie es ihr wohl ging? Am Telefon hatte sie abgewiegelt, dass es nur eine unbedeutende Operation wäre, aber Bree konnte das nicht glauben. Für eine winzige Operation ging man nicht für zwei Wochen ins Krankenhaus, oder?

Stopp! Morgen würde sie alle Details erfahren, heute musste sie mit Sarah über ihre berufliche Zukunft reden. Hoffentlich gab es hier wenigstens gute Nachrichten. Bree schlüpfte in ein tomatenrotes Kleid, zog passende Stiefeletten an und warf sich ihren dunkelblauen Kaschmirmantel über, den ihr ein zufriedener Kunde geschenkt hatte. Ein letzter prüfender Blick in den Spiegel – ja, so konnte sie sich ihrer Agentin gegenüber präsentieren.

Ihr Glück schien sich zu wenden, denn vor dem Hotel erwischte Bree sofort ein Taxi, das sie nach Chelsea brachte. Fünf Minuten vor der verabredeten Zeit kam sie am Restaurant an.

Ein schneller Blick in den Handspiegel, den dunkelroten Lippenstift noch einmal nachgezogen und Bree fühlte sich bereit, sich Sarah zu stellen.

»Guten Tag, ich bin hier verabredet. Ein Tisch auf den Namen Bramwell.« Sie lächelte dem Mädchen zu, das aussah, als wäre es heute Morgen noch in die Schule gegangen. Oder war sie inzwischen so alt, dass ihr alle Jüngeren vorkamen wie Kinder?

»Guten Tag, Ms. Marrak. Sie werden bereits erwartet.« Die Frau winkte einen der Kellner in Schwarz heran. »Bitte bringen Sie unseren Gast zu Tisch 7.«

»Guten Tag und herzlich willkommen.« Der Junge, auch er kaum älter als das Mädchen am Eingang, verbeugte sich leicht. »Wenn Sie mir bitte folgen.«

Bree nickte ihm zu. Hach, das hatte schon etwas, diese besondere Atmosphäre in teuren Restaurants, wo man sich fühlte, als wäre man ein besonderer Gast, gern gesehen und vermisst, wenn man längere Zeit nicht hier war. Sie mochte das *The Tavern*, weil es hier exquisites Essen in unaufgeregtem Ambiente gab. Auf dunklen Holzdielen standen großzügig verteilt Tische mit weißen Decken, Gläsern und schlichtem Besteck. Die Wände waren dezent-grau. Nur auf dem Flur im

Eingangsbereich lockerten hellgraue Tapeten mit Zebras den strengen Eindruck etwas auf.

Sarah saß bereits am Tisch, immer pünktlicher als alle anderen. Sie erhob sich und lächelte, als Bree sich näherte. Ihre Agentin war eines der ersten Curvy Models gewesen und hatte die Standards für die nachfolgenden Generationen gesetzt. Noch heute war sie eine attraktive Frau, die bewundernde Blicke auf sich zog, sobald sie einen Raum betrat. Ein tiefschwarzer Pagenkopf umrahmte ein schmales Gesicht, in dem der herzförmig geschminkte Mund und die übergroßen veilchenblauen Augen auffielen. Heute trug Sarah ein Salz-und-Pfeffer-Kostüm, das ihre weiblichen Formen dezent betonte. Selbst mit viel Fantasie konnte Bree sich ihre Agentin nicht in einem Jogginganzug oder einer Bequemhose vorstellen.

Nach einer kurzen, aber extrem erfolgreichen Karriere hatte Sarah ihre Kontakte und Erfahrungen genutzt und die Agentur *Real Women* gegründet, die sich ausschließlich auf die Vermittlung von Models mit weiblichen Rundungen spezialisiert hatte. Seit mehr als fünfzehn Jahren behauptete sie sich nun schon gegen die großen Agenturen.

»Bryluen«, Sarah sprach den Namen wie Brailin aus. »Darling, wie schön, dich zu sehen.«

Zwei angedeutete Küsse rechts und links neben die Wangen, dann setzte sich ihre Agentin wieder. Bree nahm ihr gegenüber Platz. Als Kind und Jugendliche hatte sie ihren Namen gehasst und – genauso wie ihre beiden Geschwister – ihre Eltern verflucht, die ihnen diese überkandidelten kornischen Namen gegeben hatten. Heute jedoch fiel sie dank dieses Namens auf, war eine »Marke«, wie ihre Agentin es nannte.

»Eine Flasche Chateldon 1650 für die Damen wie beim letzten Mal.« Der Kellner deutete eine Verbeugung an. »Oder wünschen Sie einen Aperitif?«

»Danke, wir sind geschäftlich hier. Nur das Wasser, bitte.«

Sarah entließ ihn mit der Andeutung eines königlichen Kopfnickens.

»Ich habe die Fotos aus L.A. gesehen. Sie sind besser als erwartet. Wie lief das Shooting?«

»Wenn du so fragst, weißt du doch schon Bescheid.« Sarah und sie arbeiteten lange genug zusammen, sodass Bree sich die offenen Worte leisten konnte. »Er hielt sich für einen verhinderten Künstler und fand mich fett und alt. Gelte ich jetzt als schwierig?«

Falls ja, würde sie das dem kleinen Mistkerl nie verzeihen. »Schwierig« war, sofern man nicht Naomi Campbell hieß, tödlich in ihrer Branche. Bisher hatte Bree sich bemüht, mit allen, mit denen sie zusammenarbeitete, gut auszukommen.

»Keine Sorge, Dearie.« Sarahs Lächeln erinnerte Bree an den vegetarischen Hai aus »Findet Nemo«, nur mit mehr Zähnen. »Der kleine Arsch hat den Bogen schon mehrfach überspannt. Fotografen gibt es wie Sand am Meer.«

Bree nickte.

»Models allerdings auch.« Erneut das haiische Lächeln. »Darling, hast du dir meinen Vorschlag durch den Kopf gehen lassen?«

»Selbstverständlich. Ich würde es nie wagen, deine Ideen zu ignorieren«, antwortete Bree nur halb im Scherz. »Aber tut mir leid, das ist nichts für mich.«

»Warum willst du nicht auf dem Catwalk laufen?« Brees Agentin verdrehte die Augen. »So machst du dir in der Branche einen Namen. Viel Geld gibt es nicht, aber Ruhm und Ehre.«

»Das ist nicht meins.« Bree zuckte mit den Schultern. »Das weißt du. Ich bin Fotomodel.«

Sie hatten diese Debatte bestimmt schon einhundert Mal geführt, seitdem Bree vor zehn Jahren ihren Vertrag bei *Real Women* unterschrieben hatte, mit immer demselben Ergebnis.

Sarah zuliebe hatte sie den Catwalk einmal ausprobiert und dachte nur ungern an das Desaster zurück.

Sie liebte die Kamera und die Kamera liebte sie. Das war immer schon so gewesen. Während die anderen Kinder es gehasst hatten, für den Schulfotografen zu posieren, war dessen Besuch für Bree der Höhepunkt des Schuljahres gewesen. Schon Tage vorher übte sie vor dem Spiegel, probierte unterschiedliche Frisuren, Gesichtsausdrücke und Kleidungsstücke, bis dann endlich der große Tag kam.

»Lächle doch einmal«, bat der Fotograf mit wachsender Verzweiflung die Kinder, die vor Bree an der Reihe waren. »Bitte, versuch, natürlich auszusehen.«

Je nach Temperament zogen die Angesprochenen eine Grimasse oder brachen in Tränen aus, was den Fotografen jedes Mal zum Stöhnen brachte, bedeutete es doch, dass er noch mehr Zeit aufwenden musste.

»Ach, da bist du ja. Endlich!«, begrüßte er Bree voller Erleichterung. Seine Augen leuchteten auf und selbst sein struppiger Schnauzbart schien aufzuleben. »Dir muss ich ja nichts sagen. Mach einfach, was du für richtig hältst.«

Jedes Jahr widmete er Bree mehr Zeit und schoss eindrucksvolle Bilder von ihr. Aber den Durchbruch brachte das Jahr, in dem Bree 16 Jahre alt wurde. Der Fotograf war in Rente gegangen und wurde durch eine Frau ersetzt. Eine junge, hübsche Frau mit deutlich weniger Geduld und Verständnis für schüchterne Jugendliche.

»Bringen wir es hinter uns«, grollte sie und strich sich durch ihre blond gefärbte Igelfrisur. »Tu einfach so, als hättest du Spaß.«

»Den hab ich«, erwiderte Bree und flirtete mit der Kamera, als wäre diese ein Mensch. Als wäre die Kamera das einzig Wichtige in dem langweilig grau gestrichenen Raum und die Frau hinter ihr nur ein lästiges Anhängsel.

Zu Brees Enttäuschung senkte die Fotografin die Kamera und starrte sie mit offenem Mund an.

»Mädel, du musst etwas daraus machen.« Die Frau klang aufgeregt. Mit der freien Hand fuhr sie sich durchs Igelhaar. »Ich geb dir meine Karte. Wir erstellen eine Mappe für dich.«

Obwohl Brees Mutter sich dagegen aussprach – »Die sucht nur eine Dumme, der sie das Geld aus der Tasche ziehen kann.« – oder gerade weil ihre Mutter es nicht wollte, nahm Bree das Angebot wahr.

Zu ihrer Überraschung wollte die Fotografin ihre paar Pfund nicht, sondern verlangte nur, dass sie Brees Bilder zur Werbung nutzen durfte. Außerdem gab sie ihr die Adressen von drei Agenturen, an die Bree sich wenden konnte, sollte sie über das Modeln nachdenken.

So sehr Bree auch bettelte und kämpfte, ihre Eltern erlaubten ihr nicht, die Schule hinzuwerfen und nach Mailand, Paris oder New York zu gehen. »Erst machst du einen Abschluss. Solche Flausen vergehen schon wieder.« Selten waren ihre Eltern sich so einig gewesen.

Also hatte Bree akzeptieren müssen, dass ihre Zukunft erst golden werden würde, wenn sie 18 Jahre alt war und über ihr Leben selbst bestimmen konnte. Die Zwangspause hatte sie genutzt, um sich über Agenturen und Fotografen zu informieren und eine Sedcard und ein Modelbook zu erstellen. Sie hatte Kontakt zu Sarah aufgenommen, die ihr einen Vertrag angeboten hatte.

Den Schulabschluss hatte sie nur gemacht, um noch mehr Streit mit ihren Eltern zu vermeiden, aber sofort danach war sie in die bunte, glitzernde Welt des Modelns aufgebrochen.

Heute dachte sie, was für ein Glück sie gehabt hatte, dass sie nicht wie so viele ambitionierte Mädchen auf den falschen Agenten hereingefallen war.

»Manchmal frage ich mich, ob das Business noch etwas für mich ist«, sagte sie in einem Anfall ungewohnter Offenheit.

»Der Jugendwahn, die Konkurrenz, die Fotografen … wie lange kann ich das noch machen?«

»Bis Mitte dreißig, höchstens.« Wie üblich war Sarah ihr gegenüber vollkommen ehrlich und mitleidslos. Sie war keine Händchen-halten-Agentin, sondern eine knallharte Geschäftsfrau. »Es sei denn, du schaffst es unter die Top 30, dann länger.«

»… und dafür müsste ich Catwalk laufen«, sagte Bree. »Wir drehen uns im Kreis.«

Unauffällig tauchte der junge Kellner auf und stellte die Vorspeisen vor sie hin. Sarah aß Thunfisch-Tartar mit Shrimps und Avocado-Püree, während Bree sich für einen Salat mit Walnüssen und Birnen entschieden hatte.

»Bryluen, Darling.« Sarah schaute von ihrem Teller auf. »Es wird nicht leichter. Die jungen Frauen aus dem Ostblock drängen auf den Markt.«

»Findest du nichts mehr für mich?«, fragte Bree. Sie trank einen Schluck Wasser, weil ihre Kehle sich auf einmal rau anfühlte. »Ich bin noch nicht einmal 30.«

Curvy Models konnten länger im Geschäft bleiben als ihre mageren Kolleginnen, hieß es in der Branche. Für Plus-Size-Frauen war die 30 nicht die magische Grenze, nach der sie keine Jobs mehr fanden. Gab es wirklich so viele junge Frauen, die sich nichts Besseres vorstellen konnten, als durch die Welt zu reisen und sich von Fotografen herumkommandieren zu lassen? Auf einmal fühlte Bree sich alt und müde.

»Was hältst du von Asien?« Sarah musterte sie. »Es gibt eine Kampagne ›Big in Japan‹. Da könnte ich dich bestimmt unterbringen. Vor allem mit deinem exotischen Namen.«

KAPITEL 5

Was der Chef wohl von ihm wollte? Ben strich sich über das Kinn, das sich ungewohnt glatt anfühlte. Im Urlaub hatte er sich einen Bart wachsen lassen, der ihm allerdings nicht stand. Wäre die Wirtschaftslage nicht so mies, Ben hätte sich längst einen neuen Job gesucht. Wenn er ehrlich war, fand er die Arbeit bei der *Miller International Group* inzwischen nicht mehr interessant. Die Firma strebte an, es unter die Top 20 der Luxushotels zu schaffen. Sie kaufte Herrenhäuser und Schlösser auf, die es in Luxusoasen mit Wellnesstempeln und Golfplätzen umbaute. Vielleicht war er einfach zu lange dabei, vielleicht lag es an Imogen.

Irgendwie war es typisch für ihn, sich in so eine unerfreuliche Situation hineinzumanövrieren. Der einzige Trost, der ihm blieb, war, dass Mr. Miller sich genauso unwohl fühlte wie er, wenn sie einander begegneten. Aber sein Chef konnte Ben nicht entlassen.

Mr. Miller hatte ihm gegenüber ein schlechtes Gewissen, weil Imogen Ben von einem Tag auf den anderen sitzen gelassen hatte. Jedes Mal, wenn sie sich beruflich begegneten, was sich nicht vermeiden ließ, schwankte sein Beinahe-Schwiegervater zwischen Mitgefühl und jovialem Das-wird-schon-Gehabe. Keines der beiden fand Ben wirklich hilfreich.

Aber ihm ging es genauso. Immer, wenn er Mr. Miller sah, wurde er an die Zeit mit Imogen erinnert. Es fühlte sich an, als würde jedes Treffen den Schorf von der Wunde ziehen, sodass sie nie verheilen würde. Wie so oft überlegte Ben, während er die langen Flure entlangging, ob er sich nicht doch eine Auszeit nehmen sollte. Eine Auszeit von London, eine Auszeit von seinem anstrengenden Job mit seinen Arbeitstagen von 12 oder 14 Stunden, eine Auszeit von allen Erinnerungen an Imogen.

Die dämlichen Motivationsposter, Landschaften mit Sinnsprüchen, entlang des Korridors schienen ihn mit ihren simplen Lösungen zu verspotten. In Ben weckten sie den Wunsch, einen Edding zu nehmen und die Bilder zu kommentieren.

Er war so tief in seinen Überlegungen versunken gewesen, dass er an Mr. Millers Büro vorbeigegangen war. Er schaute sich um, ob jemand seinen Fauxpas bemerkt hatte. Glücklicherweise waren alle Bürotüren verschlossen und es stand niemand außer ihm auf dem Flur. Ben holte einmal tief Luft und fletschte die Zähne, bis ihm ein einigermaßen glaubhaft wirkendes Lächeln gelang. Er war ein aufstrebender Manager, der nur das Pech gehabt hatte, sich in die Tochter vom Chef zu verlieben. Und von ihr verlassen zu werden. Aber sie beide würden professionell damit umgehen.

Niemals würde er Mr. Miller sagen, dass er ihm und seiner Frau eine Teilschuld daran gab. Schließlich waren die beiden es gewesen, die ihre einzige Tochter dermaßen verzogen hatten, dass sie meinte, sich immer durchsetzen zu können. Wie oft hatte sie ihn mit ihrer Verständnislosigkeit seinem Job gegenüber in Rage gebracht.

»Lass uns ausgehen. Am Piccadilly Circus hat ein Bistro eröffnet. Noch ist es ein Geheimtipp.« Voller Vorfreude glänzten ihre hellblauen Augen, umrahmt von überraschend dichten und dunklen Wimpern.

Ben sah von seinem Notebook auf. »Die Präsentation muss ich bis morgen früh fertig haben. Ich hab einfach nicht die Zeit. Morgen, versprochen.«

»Du bist so ein Langweiler geworden, seitdem du nur noch arbeitest.« Sie schmiegte sich an ihn, sodass er den sinnlich-blumigen Duft *Empressa* von Penhaligon's riechen konnte. Ben war sich nie sicher gewesen, ob sie den Duft nicht nur wegen seines Namens gewählt hatte. Ihr helles Haar strich über seine Wange. Früher hätte er sofort alles stehen und liegen gelassen, um Imogen ins Bett zu ziehen, doch heute nervte sie ihn nur. »Ich klär das mit Daddy, das geht schon in Ordnung.«

»Einen Teufel wirst du tun«, brauste Ben auf. Schlimm genug, dass ihn die Kollegen stets misstrauisch beobachteten, weil sie sicher waren, dass er als Beinahe-Schwiegersohn eine Sonderbehandlung erhielt. Wenn Imogen sich in seine Arbeit einmischte, verlöre er alles. Ben käme sich vor, als wäre er ihr Spielzeug oder ein weiteres Haustier neben dem entsetzlich unerzogenen Beagle, den sie angeschafft hatte. »Ich muss das fertig machen. Bitte halte dich aus meiner Arbeit heraus.«

Das Ganze war zu einem furchtbaren Streit eskaliert. Imogen war türenknallend gegangen und erst spät nachts zurückgekehrt, voll guter Laune und versöhnt. Ben, der es hasste, sich zu streiten, hatte nicht weiterarbeiten können und wach gelegen, bis sie um kurz nach zwei endlich hereinpolterte, nach Zigaretten und Pimm's Cocktails riechend. Am Morgen hatte er die Präsentation vergeigt …

Egal, er wollte nicht weiter daran denken, sondern mit ihrem Vater sprechen. Vielleicht hatte Imogen ihn ja gebeten, zwischen ihnen zu vermitteln, vielleicht hatte sie endlich erkannt, dass ihre Trennung ein großer Fehler gewesen war.

»Ben, da bist du ja endlich.« Sein Chef stand auf, zauberte ein warmherziges Lächeln auf sein Gesicht, das er sicher in einem teuren Managementkurs erlernt hatte. Auf seinen breiten Zügen mit der gebrochenen Nase wirkte es seltsam deplatziert. »Viel zu tun, oder?«

»Ja«, antwortete Ben lahm. Es gelang ihm nie, an seinen Chef als Robert oder Bob zu denken. Mr. Miller erreichte bereits durch seine Statur, dass sich alle Blicke auf ihn richteten. Beinahe zwei Meter groß und an die 180 Pfund schwer wirkte er wie ein Bär, den es in ein chromglitzerndes Büro verschlagen hatte. Sein Schreibtischstuhl war eine Sonderanfertigung aus bordeauxrotem Leder, das sein ohnehin auffallendes rotes Haar noch stärker leuchten ließ.

An der Wand hing ein Foto der Familie: Mr. Miller, seine zierliche blonde Frau und Imogen, die glücklicherweise nach ihrer attraktiven Mutter kam, von ihrem Vater jedoch die Willensstärke geerbt hatte. Ben versuchte, das Bild zu übersehen, aber immer wieder irrlichterte sein Blick dorthin.

»Das hier ist Tom, einer unserer besten Opportunity Scouts.« Mr. Miller deutete auf den schlanken, blonden Mann im gut sitzenden anthrazitfarbenen Anzug, der in einem der tiefen Ledersessel versunken war und jetzt daraus krabbelte, um Ben die Hand zu schütteln.

Warum konnte niemand einen normalen Jobtitel tragen? Warum musste alles so verschwurbelt und mit künstlicher Bedeutung aufgeladen klingen? Auch Bens Job klang viel pompöser, als er eigentlich war. Lead Solutions Analyst – das hörte sich doch so an, als müsste er richtig viel Geld verdienen. Bei dem, was er leistete, müsste er eigentlich schon zwei Karrierestufen höher stehen, aber erst hatte Mr. Miller ihn nicht befördert, damit es nicht so aussah, als würde er seinen Schwiegersohn in spe bevorzugen. Dann war Ben übersehen worden, weil Imogen und er sich getrennt hatten. In Mr. Millers Augen musste Ben an der Trennung schuld sein, sein perfektes Töchterchen war die Leidtragende.

Ben ergriff die ausgestreckte Hand und musterte sein Gegenüber. So hatte er vor sechs Jahren wohl auch ausgesehen, als er bei *Miller International Group* angefangen hatte. Jung, energisch, in dem sicheren Selbstbewusstsein, dass er die Welt erobern würde. »Schön, dich kennenzulernen.«

»Hi Ben. Bob hat mir viel von dir erzählt.« Täuschte Ben sich oder schwang eine leichte Drohung in den Worten mit? »Ich habe das ideale Projekt für dich.«

»Du?«, hätte Ben beinahe gesagt. Was bildete sich der Schnösel ein? Er kannte Ben nicht und war außerdem noch Jahre jünger.

»Eine Bomben-Opportunity hat Tom aufgetan«, mischte sich Mr. Miller ein. »Du wartest schon so lange auf etwas Besonderes. Hier ist deine Chance.«

»Ja?«, erwiderte Ben. Seine Mundwinkel fühlten sich seltsam an von dem künstlichen Lächeln, das ihm von Minute zu Minute schwerer fiel. »Was ist es denn?«

»Nimm Platz, mein lieber Junge.« Der Chef deutete auf die dunkle Ledercouch, die sonst nur Kunden vorbehalten war. Langsam wurde Ben nervös. Wenn sein Fast-Schwiegervater ihm einen Whiskey anböte, dann wäre es Zeit, sich ernsthafte Sorgen zu machen. »Tom hat etwas vorbereitet.«

Der jüngere Mann öffnete sein ultraflaches, schickes Notebook und schloss es an den Beamer an, der geräuschlos aus der Decke fuhr.

»Branok Manor.« Das Haus auf dem ersten Foto hätte Ben auch ohne Toms Erklärung erkannt. »Der Besitzer ist vor Kurzem verstorben. Wir haben einen Erben ermittelt.«

Tom wandte sich Mr. Miller zu und plinkerte vor Aufregung mit den Augen. Je länger Ben mit diesem Kerlchen in einem Raum war, desto mehr erinnerte er ihn an Charlie Brown, wenn der sein Bällchen haben wollte. Ben biss sich auf die Innenseite der Wange, um sich das Lachen zu verkneifen.

»Weiter, mein Junge«, sagte sein Chef, was in Ben einen unschönen Verdacht weckte. »Mein Junge« – so hatte sein Chef ihn auch genannt, nachdem Imogen und Ben sich verlobt hatten. War dieser, dieser … Tom etwa sein Nachfolger? »Ich habe in fünfzehn Minuten den nächsten Termin.«

Das beruhigte Ben. Mit einem Familienmitglied würde Mr. Miller nie so umgehen. Tom reagierte sofort, zog den Kopf ein und drückte hektisch auf den Präsenter, sodass die Powerpointbilder beinahe wie ein Film abliefen.

»Der Erbe lebt in Kanada und wusste bisher nichts von seiner Verwandtschaft, sodass sein Interesse an dem Herrenhaus gering ist.«

Wenn der Kanadier nicht dumm war, konnte er an drei Fingern abzählen, was es bedeutete, so ein riesiges altes Gebäude instand zu halten. Vor allem, wo der Vorbesitzer nur das Allernotwendigste repariert hatte, wie Ben wusste.

»Selbstverständlich wird der *National Trust* versuchen, uns das Objekt vor der Nase wegzuschnappen«, sagte Tom. Seine Stimme klang angespannt, als fürchtete er, etwas Falsches zu sagen. Ben mochte ihn immer weniger, wahrscheinlich weil er sich fühlte, als blickte er in einen düsteren Spiegel, der ihm sein jüngeres Selbst zeigte. »Ganz zu schweigen von den anderen Hotelketten. Wir müssen also schnell sein.«

Ein letzter Klick und das Bild von Branok Manor gefror. So wie Bens Lächeln, als ihm endlich aufging, was dieses Treffen zu bedeuten hatte.

»Wenn du meine Expertise willst, Robert«, sagte er mit gelassener Stimme, obwohl ihm übel wurde bei dem Gedanken, nach St. Bartholomew zurückzukehren. »Lass es bleiben. Das alte Haus ist eine Ruine, der Ort touristisch völlig uninteressant.«

»Grundsätzlich hast du bestimmt recht«, antwortete sein Chef, dessen Lächeln noch breiter wurde. Es erinnerte Ben an ein Märchenbuch, in dem der Wolf die drei kleinen Schweinchen so angegrinst hatte, bevor er sie fressen wollte. Jetzt verstand er, wie die Ferkel sich gefühlt haben mussten. »Aber Tom sieht Potenzial in dem Projekt.«

»Exaktemente«, sagte Tom. Er nickte mit dem Kopf wie einer dieser unsäglichen Wackeldackel. »Noch ist St. Bartholomew touristisch kaum erschlossen, aber das ist gerade das Interessante.«

»Ich verstehe«, unterbrach Ben ihn. Schließlich arbeitete er nicht erst seit gestern in der Branche. »Wir wollen auf das obere Marktsegment abzielen. Ein High Class Wellnesshotel, nehme ich an. Mit Golfplatz?«

Mr. Millers Grinsen erreichte beinahe seine Ohren.

»Deshalb habe ich dich ausgesucht, Ben. Du bist mein Top-Mann.« Er schaute auf die Uhr. »Tom meint, wir sollten vorsichtig an die Sache herangehen. Wegen des Trusts.«

»Was erwartest du von mir, Robert?« Nicht genug, dass er nach St. Bart reisen sollte, jetzt kam ihm sein Chef auch noch kryptisch.

»Fahr hin. Getarnt als Tourist. Schau dich um. Erschließ das Potenzial.«

»Dir ist schon klar, dass im Herbst niemand nach Cornwall reist.« Ben schüttelte den Kopf. Ob er etwas Neues fände, wenn er kündigte? »Ich habe andere Projekte. Verpflichtungen …«

»Denk dir etwas aus. Verteil deine Projekte.« Mr. Miller stand auf. »Ich muss zu meinem nächsten Termin. Drei Wochen hast du. Volle Spesen.«

Mit den Worten deutete er zur Tür. Ben und Tom standen auf und gingen.

Na prima. Was nützten ihm volle Spesen, wenn er in St. Bart nur in einem B & B wohnen könnte? Falls es da überhaupt etwas gab. Dunkel erinnerte er sich an ein Fünfsternehotel. Aber das wäre kaum die geeignete Umgebung für einen Undercover-Einsatz. Ben strich sich mit der Hand durch die Haare.

»Wo hast du übernachtet?«, fragte er Tom, auch wenn er

nicht viel auf dessen Meinung gab. »Als was hast du dich getarnt?«

»Als Location Scout für BBC-Filme.« Sein Gegenüber strahlte, als hätte er die Weltformel erfunden. »Im *White Swan,* das einzig annehmbare Hotel in dem Kaff.«

»Warum übernimmst du das Projekt nicht?« Die Frage konnte Ben sich nicht verkneifen. »Schick mir alle Daten an meinen Account. ASAP.«

Mist, jetzt kam ihm diese Managementsprache schon von selbst über die Lippen. Warum konnte er nicht schlicht »so schnell wie möglich« sagen.

»Branok Manor ist *noch* eine Nummer zu groß für mich.« Tom lächelte, als meinte er es ernst. Falls ja, passte er auf keinen Fall in dieses Haifischbecken.

Ben sah ihm nach, wie er den Flur entlangging, zu dem Großraumbüro, wo die unteren Chargen zusammengepfercht waren.

Ich mache das nicht. Das kann Mr. Miller nicht von mir verlangen. Ben ging zurück zum Zimmer seines Chefs und zuckte zusammen, als er diesen dröhnend lachen hörte. Es kam ihm vor, als ob Mr. Miller ihn verhöhnte. Ben drehte sich um. *Was soll's? Wenn mir das Projekt gelingt, stehen mir woanders die Türen offen und ich werde Mr. Miller und Imogen endlich los.*

Auch wenn das bedeutete, nach St. Bart zu reisen. Jetzt musste ihm nur noch einfallen, wie er dort unauffällig recherchieren konnte. Nachdenklich rieb Ben sich die Nase, während er zu seinem Büro ging.

Gemma, seine Assistentin, ein mageres, reizloses Mädchen, das Imogen ausgesucht hatte, schaute ihn aufmerksam an.

»Mr. Gatti hat angerufen und Sie an Ihre Verabredung heute Abend erinnert.« Ein Hauch von Neugier lag in ihrer Stimme, aber sie würde es niemals wagen, private Fragen zu stellen. »Möchten Sie einen Kaffee, Mr. Barnes?«

An die Firmenpolitik des pseudo-freundlichen Umgangs

konnte sie sich ebenso wenig gewöhnen wie Ben, aber es gehörte nun einmal dazu, wenn man bei *Miller International Group* arbeitete.

»Es heißt ›du‹, Gemma. Komm mit, wir haben einiges zu besprechen.« Wenn er seinem Schicksal nicht entgehen konnte, dann wollte er St. Bart wenigstens gut vorbereitet entgegentreten. »Ich brauche deine Ideen.«

Ein Lächeln huschte über ihr schmales Gesicht, das ihn an *Hunca Munca* erinnerte, die berühmte Maus von Beatrix Potter.

Wie immer fiel sein Blick auf den Platz auf seinem gläsernen Schreibtisch, an dem Imogens Foto gestanden hatte, natürlich stilecht in einem Platinrahmen. Nun befanden sich dort nur sein Notebook und die Unterschriftenmappe. Ben schaute sich um – sein Büro hätte auch jedem anderen gehören können. Nichts darin ließ auch nur den kleinsten Rückschluss auf seine Persönlichkeit zu. Das war der Hauspolitik der *Miller International Group* geschuldet. Arbeitsplätze der oberen Ebene sollten möglichst anonym und stylish aussehen. Mr. Miller hatte sich das Design der Büros eine ordentliche Stange Geld kosten lassen und legte großen Wert darauf, dass nichts die Chrom-Glas-Eleganz störte. Bei Imogens Porträt hatte er eine Ausnahme zugelassen.

Ben deutete auf den Stuhl vor seinem Schreibtisch und setzte sich selbst dahinter.

»Nun, Gemma, wie würdest du dich verkleiden, um unauffällig alles über ein Herrenhaus herauszufinden?«

KAPITEL 6

Home sweet Home. Bree bat den Taxifahrer, am Beginn der Straße anzuhalten. Sie wollte noch ein Stückchen zu Fuß gehen, um zur Ruhe zu kommen. Während der fünfstündigen Zugfahrt von London nach Penzance waren all die Fragen hochgekommen, die sie während der letzten Tage erfolgreich verdrängt hatte.

Wie schwer war die Erkrankung ihrer Mutter? Was erwarteten ihre Eltern von ihr? Wie lange würde sie es in einem Haus mit ihnen aushalten, bevor sie in einen Streit gerieten? Um ihres Vaters willen würde Bree sich bemühen, jedem Konflikt aus dem Weg zu gehen, aber ihre Mutter und sie würden es nur wenige Stunden miteinander ertragen, ohne sich über irgendetwas – bevorzugt Brees Leben – zu zoffen.

Vielleicht hätte sie ihre Schwester anrufen und diese bitte sollen, sich um alles zu kümmern. Emblyn wäre sicher nur allzu gerne bereit, ihrer Rolle der Super-Tochter nachzukommen – und genau das hatte Bree davon abgehalten, sie um Hilfe zu bitten. Auch wenn niemand in ihrer Familie das glaubte, so war sie willens und in der Lage, Verantwortung zu übernehmen. Seit zehn Jahren lebte sie unabhängig und selbstständig, aber niemand nahm ihre Arbeit ernst, nur weil es nicht so etwas Biederes und Langweiliges war wie der Bürojob ihres Bruders. Sie schloss eine Wette mit sich selbst ab: »Ein neues Paar Schuhe, wenn Mum sofort auf meiner Arbeit herumhackt.«

Nun konnte sie es nicht länger herauszögern. Sollte sie weiter mit ihrem Koffer auf der Straße stehen, würde das sicher einem der Nachbarn auffallen, der ihren Eltern in den nächsten Tagen davon erzählen würde. Also los. Nachdem sie einmal tief durchgeatmet hatte, ging sie mit großen Schritten auf ihr Elternhaus zu.

Das zweistöckige Gebäude, dessen Fassade aus grauen Steinen bestand, wirkte wie ein Miniatur-Herrenhaus, wie man sie so häufig in Cornwall fand. Es war in einer T-Form gebaut, die es von den schmalen Häusern der Umgebung abhob. Wie viele Gebäude der viktorianischen Epoche verfügte es über einen Erker mit großen Fenstern. Als Kind hatte Bree sich gewünscht, dort ihr Zimmer zu haben, doch die schönen Räume blieben den zahlenden Gästen vorbehalten.

Hinter dem Haus erhoben sich hohe Bäume. Deren Grün bildete einen schönen Farbkontrast zu den grauen Mauern, wenn man auf das Bed and Breakfast zuging. Die Eichen und Linden nahmen jedoch dem Seitentrakt das Licht, wie Bree nur zu gut wusste. In dem unattraktiveren Teil des Hauses lebte die Familie; vorne zum Garten und zu den Palmen hin, dort, wo viel Licht und Luft ins Haus kamen, wohnten die Touristen. Acht Zimmer gab es hier – zwei Einzelzimmer, oben unter dem Dach, und sechs Doppelzimmer, zwei davon mit wunderschönen Himmelbetten, in denen man sich fühlte wie eine Prinzessin. In der Sommersaison von Mai bis September war das Bed and Breakfast manchmal ausgebucht, obwohl St. Bart nicht am Meer lag. Im Herbst und Winter verfiel es in einen Winterschlaf, der nur gelegentlich von Reisenden unterbrochen wurde.

Die Pension hatten ihre Eltern hochtrabend *Magnolia and Hydrangea Gardens Guest House* genannt. Immerhin hatte ihre Mutter Magnolien und Hortensien im Garten gepflanzt, um diesem Namen gerecht zu werden. Jetzt allerdings blühten die Blumen nicht mehr, auch der Garten schien sich auf die Winterruhe eingestellt zu haben. *Alles sieht aus wie immer, als ob hier die Zeit stehen bleibt.*

Noch einmal tief durchatmen. Ihr Finger schwebte über dem Klingelknopf, bis sie sich endlich einen Ruck gab. Es war doch nicht das erste Mal, dass sie nach St. Bart zurückkehrte, aber – so dachte sie und seufzte – das erste Mal, dass sie länger als ein paar Tage bleiben würde. Noch immer bereitete ihr die Vorstellung, ohne Abreisedatum bei ihren Eltern leben zu müssen, Unbehagen. Sie wollte sich nicht vorstellen, zum ersten Mal seit zehn Jahren Weihnachten mit ihrer Familie verbringen zu müssen. Seit ihrem Weggang aus Cornwall war es ihr gelungen, das Fest weit entfernt von St. Bart zu verbringen, weg von den Sticheleien, den Streitigkeiten, dem Stress und den Vorbildern ihrer glorreichen älteren Geschwister.

Die Tür wurde aufgerissen, noch bevor sie den Finger vom Knopf genommen hatte. Das lange Gesicht ihres Vaters, umrahmt von braunen Haaren, die an der Stirn zurückgingen und an den Schläfen grau wurden, wirkte kummervoll. Sein Rücken schien noch gebeugter als sonst. Wie so viele große Menschen – er war noch einen Kopf größer als sie – hielt er sich nicht gerade, um nicht ständig herauszuragen. Seine grünbraunen Augen sahen übergroß aus, was sicher den dunklen Schatten geschuldet war, die sie umgaben. Bree erschrak, weil er so viel älter aussah als bei ihrem letzten Besuch, der erst wenige Wochen her war.

»Dad.« Sie umarmte ihn, spürte seine Knochigkeit, die er nicht an sie, aber an Emblyn und Pawly vererbt hatte. »Wie geht es dir? Wie geht es Mum?«

»Sie wartet in der Küche mit dem Tee.« Er löste sich aus

ihren Armen. »Ich muss noch den Computer ausstellen. Geh du zu ihr.«

Eigentlich hätte Bree sich lieber erst einmal frisch gemacht nach der langen Reise, aber sie wollte ihrem Vater nicht noch mehr Kummer bereiten. Also nickte sie, wartete, bis er gegangen war, und murmelte ihr Mantra: »Nicht provozieren lassen. Nicht provozieren lassen. Nicht provozieren lassen.«

Hoffentlich würde es wirken.

»Mum.« Bree trat in die Küche, die anheimelnd warm war. Ihr Lieblingsraum im Haus, in dem sie Stunden mit Backen verbracht hatte. »Wie geht es dir?«

So unauffällig wie möglich musterte sie ihre Mutter, suchte nach verräterischen Anzeichen der Krankheit und fand zu ihrer Freude keine. Ihre Mutter sah aus wie immer: klein, rund, die eigentlich wilde Lockenmähne mit einem Glätteisen gezähmt. Nur ihre dunkelbraunen Augen sahen müde aus. Ihre Mutter stand auf und hauchte zwei Küsse neben Brees Wangen, die übliche Begrüßung, als könnte oder wollte sie nicht mehr Nähe zu ihrer Tochter zulassen.

»Du bist spät. Ich habe schon zweimal frischen Tee aufgesetzt.«

»Mit dem Zug fahren ist immer ein Risiko«, sagte Bree. »Wenn ich gewusst hätte, dass ihr wartet, hätte ich angerufen.«

»Selbstverständlich gibt es Tee, wenn du zu Besuch kommst.«

Bree hatte bemerkt, dass ihre Mutter der Frage nach ihrem Wohlbefinden ausgewichen war, aber sie verzichtete darauf, noch einmal nachzuhaken. Wenn ihre Mutter nicht darüber reden wollte, musste sie das akzeptieren, auch wenn es ihr schwerfiel. Bree hasste Geheimnisse und Geheimnistuerei, wahrscheinlich weil ihre Mutter es so liebte.

»Kann ich helfen?«

»Setz dich. Es ist alles fertig.«

Schweigen entstand zwischen ihnen wie eine Mauer, die sie

nur mithilfe eines Dritten überwinden konnten. Warum nur benötigte ihr Vater so lange, den Computer auszuschalten?

»Habt ihr Wintergäste?«, fragte Bree schließlich, als sie die Stille nicht mehr ertragen konnte. Über das Bed and Breakfast sprach ihre Mutter immer gern. »Oder macht ihr dieses Jahr Ferien?«

»Urlaub können wir uns nicht leisten.« Wie Bree das hasste, diese Abkanzelei. »Aktuell ist niemand hier, aber in den kommenden Wochen erwarten wir Gäste. Bei uns sind jetzt Hunde erlaubt.«

Diese Überraschung musste Bree erst einmal verdauen. Dem Hotel musste es noch schlechter gehen, als sie befürchtet hatte. Wie sonst käme es dazu, dass ihre pingelige Mutter Hunde aufnahm? Ihre Mutter, die sich immer gegen Haustiere gewehrt hatte, weil die schmutzten und unhygienisch wären.

»Hast du ihr schon von Branok Manor erzählt?« Schwer ließ ihr Vater sich auf den Stuhl fallen und goss sich Tee ein. »Magst du nichts essen, Breenie?«

So hatte er sie als Kind immer genannt. Sie lächelte ihn an.

»Danke«, sagte sie und nahm sich einen *Scone,* der noch warm war und verführerisch nach Zucker und Butter roch. Dick strich sie Erdbeermarmelade und *Clotted Cream* darauf. »Was ist mit dem Herrenhaus?«

»Der Earl ist gestorben.« Die Augen ihrer Mutter verengten sich. »Angeblich soll daraus ein Hotel gemacht werden.«

»In dem ollen Ding?« Ungläubig schüttelt Bree den Kopf. »Das würde ich nicht einmal geschenkt nehmen. Wenn man eine Stelle repariert hat, kann man an einer anderen wieder von vorne beginnen.«

»Ein Hotel würde uns wahrscheinlich in den Ruin treiben«, entgegnete ihre Mutter scharf, was Bree das Gefühl vermittelte, mal wieder etwas entsetzlich Dummes gesagt zu haben. »Wir kommen gerade über die Runden.«

»Wie lange kannst du bleiben?« Ihr Vater lächelte Bree an;

wie immer versuchte er, sich als Schutzwall zwischen sie zu stellen. »Kannst du es mit deinem Beruf vereinbaren?«

»Beruf!«, mischte sich ihre Mutter ein und stieß ein Schnauben aus. Ein Geräusch, das Bree nur zu gut kannte und hasste. »Einen Beruf kann man das ja nun wirklich nicht nennen, was du da machst.«

»Hausfrau und Mutter ist natürlich qualifizierter«, schoss Bree sofort zurück. Als sie die Traurigkeit sah, die sich über das Gesicht ihres Vaters legte, bereute sie ihre harschen Worte. Sie schob den Teller mit dem halb aufgegessenen *Scone* nach hinten. Der Appetit war ihr vergangen. »Zwei Wochen musst du im Krankenhaus bleiben?«

»Wenn es dir zu viel wird, können wir jemand anderen fragen. Deine Schwester wird schon Zeit finden, obwohl sie mit den Zwillingen mehr als genug zu tun hat.«

»Du musst müde von der Reise sein.« Ihr Vater stand auf. »Komm, ich bring deine Sachen in dein Zimmer.«

Bree schnitt eine Grimasse, aber ersparte es sich und ihm, seinen allzu durchsichtigen Befriedungsversuch zu kommentieren. Auch sie erhob sich, bemühte sich um ein Lächeln für ihre Mutter und war froh, als sich die Küchentür hinter ihr schloss.

»Nimm es dir nicht so zu Herzen.« Ihr Vater hob Brees Koffer an und ächzte, als er ihn die enge Stiege hinauftrug. »Helen ist furchtbar nervös wegen der Operation. Ich auch.«

»Wie schlimm ist es?«, fragte Bree den Rücken ihres Vaters. Sie hätte nicht sagen können, ob sie ihn ansehen wollte, wenn er ihr antwortete. Angst krampfte sich um ihr Herz. »Was sagen die Ärzte?«

Ihr Vater blieb abrupt stehen und senkte den Koffer auf den dunkelroten Teppich mit Blumenmuster, der die Treppenstufen bedeckte. Ein dickfloriger Teppich, der die Geräusche dämpfte, damit Gäste nicht belästigt wurden. Ihr Vater seufzte. Brees Herz schlug schneller. Der

Gedanke, ihre Mutter zu verlieren, machte sie schwindelig.

»Du kennst die Ärzte doch. Sie spielen alles herunter.« Ihr Vater griff nach dem Koffer und trug ihn die letzten drei Stufen hoch. »Helen möchte nicht darüber reden … und ich auch nicht. Bitte.«

Ja, so wie wir immer alles unter den Teppich kehren, dachte Bree, aber sie wusste, dass es keinen Zweck hatte, wenn sie ihn mit ihren Vorwürfen konfrontierte. Ganz zu schweigen davon, dass es grausam wäre, in dieser Krisensituation ihren Vater anzugreifen. Stattdessen brummte sie eine Antwort. Ihre Eltern wurden älter, etwas, das sie sich nicht eingestehen wollte. Und nun noch die Operation ihrer Mutter. Bree blinzelte, als sie Tränen aufsteigen spürte. Nein, sie durfte nicht weinen. Nicht vor ihrem Vater, der ohnehin unglücklich und leidend wirkte. Er war niemals der Starke gewesen, sondern immer der Freundliche, an den man sich wandte, wenn man sich das Knie aufgeschlagen hatte oder unter Liebeskummer litt.

»Hier. Ich habe das Bett frisch bezogen.« Ihr Vater öffnete die Tür zu ihrem alten Zimmer. Wie jedes Mal, wenn sie zu Besuch kam, nahm Bree sich vor, es endlich neu zu tapezieren oder wenigstens die Poster von längst in der Versenkung verschwundenen Bands abzunehmen und stattdessen etwas Altersgemäßeres aufzuhängen. Dieses Mal hätte sie ja genug Zeit.

»Ich geh auf einen Sprung bei Alys vorbei. Auspacken kann ich nachher. Zum Abendessen bin ich zurück.«

»Deine Mutter …«, begann er und stockte dann. »Sie meint es nicht so.«

»Oh doch«, antwortete Bree und erschrak über die Bitterkeit, die sie empfand. »Sie meint es genau so. Bis später, Dad.«

Ihr Weggang glich einer Flucht, so schnell eilte sie aus dem Haus.

KAPITEL 7

Ben ging in seinem Büro auf und ab, so wie immer, wenn er auf der Suche nach einer Idee war. Nur der Qualität des langweilig grauen Teppichs war es zu verdanken, dass er noch keine Trampelpfade hinterlassen hatte. In Gedanken entwarf er einen Plan für das Projekt: Erst einmal musste er das Organisatorische klären, damit er den Kopf für das Kreative frei bekam.

»Gemma«, sagte er und blieb stehen. Sie hob den Kopf und sah ihn erwartungsvoll an. Was sie wohl für ein Leben führte? »Besorg mir Adressen von B & Bs in St. Bartholomew. Das liegt in Cornwall.«

»Hast du besondere Wünsche?«, fragte sie so leise, dass es eher ein Flüstern war. »Soll ich nach Tagungsräumen oder einem Fitnessbereich schauen?«

Ben überlegte einen Moment. Die Versuchung war groß, sich den Job so angenehm wie möglich zu gestalten, aber er wollte es nicht riskieren, Mr. Miller zu verärgern.

»Nein, ich benötige etwas Bescheidenes«, antwortete er, um dann zu ergänzen: »Halt, warte. Hunde müssen willkommen sein.«

Er schwieg, bis sie das in ihr Notebook getippt hatte, was viel zu lange dauerte. Das lag an seiner Ungeduld, aber auch daran, dass sie sich ständig vertippte. Ben wusste nicht, ob es auf Unfähigkeit oder Nervosität gründete, aber an Tagen wie heute musste er sich zügeln, seine Assistentin nicht anzuschreien. Wahrscheinlich wäre er schneller fertig, wenn er sich um alles allein kümmerte, aber das wollte er Gemma nicht antun.

»Such mir bitte eine Zug- oder Busverbindung dorthin.«

»Du fährst nicht mit dem Auto?« Ihre dunkelbraunen Augen waren vor Erstaunen weit aufgerissen. »Entschuldigung. Das war unangemessen.«

»Ich reise undercover.« Ben lächelte ihr zu. An und für sich war er ihr keine Rechtfertigung schuldig, aber irgendwie tat sie ihm leid. Daher bemühte er sich, sie menschlicher zu behandeln als die Kollegen, mit denen er sich die Assistentin teilte. »Hast du eine Idee, warum sich jemand im Spätherbst in St. Bartholomew einmieten sollte – und das für drei Wochen?«

Drei Wochen, 21 Tage – das klang nach einer verdammt langen Zeit in dem Ort, den er niemals wiedersehen wollte. Nun wurden ihre Augen, ohnehin übergroß aufgrund ihrer Brillengläser, noch weiter, als könnte sie nicht fassen, dass er sie um Rat gefragt hatte. Was er bisher auch noch nie getan hatte, wie er sich eingestehen musste. So viel besser als seine arroganten Kollegen war er wohl nicht.

»Mir will nichts einfallen.« Er lächelte, getrieben vom schlechten Gewissen. »Vor allem nichts, was erklären könnte, warum jemand so lange Zeit im Herbst in Cornwall verbringen sollte.«

»Hmmmm«, machte sie. Und noch einmal: »Hmmmm.«

Ben fiel es schwer, ruhig zu bleiben. Die Zeit drängte und er musste noch einiges regeln, bevor er nach St. Bart abreiste. Ob es Absicht von seinem Chef gewesen war, ihn gerade dorthin zu schicken? Eine verspätete Bestrafung, weil es Ben nicht gelungen war, die wunderbare Imogen glücklich zu machen? Nein, so dachte Mr. Miller nicht: Er war eher der Geradeheraus-Typ und hätte Ben hochkant hinausgeworfen. Außerdem hatte er selbst Imogen nichts von früher erzählt, auch, weil sie sich dafür nicht interessiert hatte.

»Schriftsteller«, flüsterte Gemma mit ihrem hauchigen Stimmchen. »Die suchen die Einsamkeit, nicht wahr?«

Überrascht sah er sie an.

Das war eine vernünftige Idee, aber …

»Würde ein Schriftsteller sich nicht ein einsames Cottage am Meer mieten, von dem aus er auf die See hinaussehen kann, als Inspiration?« Ja, darin lag seine Stärke: Nach kurzem Überlegen gelang es ihm, den Fehler im System zu finden. »Ist ein B & B nicht zu trubelig für einen Autor?«

Energisch schüttelte Gemma den Kopf. »Auf keinen Fall. Du möchtest dich nicht damit abplagen, Mahlzeiten zu kochen, und brauchst die Anregungen, die eine Stadt bietet. Außerdem ist dort im Herbst nicht viel los.«

Ihre Wangen hatten sich gerötet, ihre Stimme an Stärke gewonnen. Vielleicht hatte Ben sie bisher unterschätzt. »Mahlzeiten abplagen« – wenn sie wüsste.

»Das könnte klappen«, sagte er. Mit der Hand rieb er sich das Kinn, spürte die Bartstoppeln, die ihm heute Morgen beim Rasieren entgangen waren. »Hast du auch einen schönen Namen für mich? Ich schreibe doch unter Pseudonym, nicht wahr? Und in welchem Genre?«

Da grinste sie ihn keck an. »Du schreibst romantische Komödien, die in Cornwall spielen. Als … als … ich recherchiere einen passenden Namen im Internet.«

»Vielen Dank. Du hast mir sehr geholfen.«

Ihr *Hunca-Munca*-Gesicht errötete. Sie stolperte, als sie aufstand und hinausging.

Er überlegte kurz und tippte die Nummer von *Flowers from the Heart*, Imogens Lieblingsblumenhändler, ein.

»Bitte senden Sie einen bunten Herbststrauß an Gemma Holmes, in meiner Firma. Gleich morgen früh.« Ben schwieg einen Moment. »Mit einer Karte: Herzlichen Dank. Du warst großartig.«

Ob er ihr auch Pralinen schenken sollte? Nein, das könnte missverständlich wirken. Möglicherweise hatte Gemma eine Nussallergie oder hasste Schokolade. Schon bitter, sie arbeiteten seit mehr als drei Jahren zusammen und er wusste so gut wie nichts über sie. Nach seiner Rückkehr würde sich das ändern.

Ben stand auf, ging zur Tür und öffnete sie. »Gemma, was ich eben vergessen habe. Bitte streich alle Termine in den kommenden drei Wochen und mach neue aus.«

Sie schaute auf, einen konzentrierten Ausdruck auf dem schmalen Gesicht. »Ich war so frei, das bereits in die Wege zu leiten.«

»Äh, ja, danke.« Ben zog die Tür zu und ging zurück zu seinem Schreibtisch. Drei Wochen weg. Das würden seine Konkurrenten weidlich ausnutzen und versuchen, ihn zu verdrängen. Mist, er hätte sich mehr gegen das Projekt wehren müssen, aber wenn Mr. Miller etwas wollte, war er wie ein Rhinozeros. Langsam, schwer und vollkommen unbeweglich. Jammern half nicht, er musste alles für seine Abwesenheit vorbereiten.

~

»So gehte das nicht.« Matteo riss Ben das Messer aus der Hand. »Habe isch dir nichte gezeigt, wie du machen richtig?«

»Entschuldige.« Mit einem schnellen Griff holte Ben sich das Schneidwerkzeug zurück. Er grinste. »Bei mir kannst du dir deinen Fake-Akzent sparen.«

»Sorry, ich bin so daran gewöhnt, dass ich kaum abschalten kann.« Matteo, der aus einer Familie von vor zwei Generationen eingewanderten Sizilianern abstammte, war in Spitalfields im Londoner East End aufgewachsen und sprach eigentlich das reinste *Cockney*, manchmal so rein, dass es Ben wie eine Fremdsprache vorkam. Für seine Gäste jedoch spielte er den italienischen Küchenchef mit Akzent, Charme und weißer Kochmütze, die er in der Küche niemals trug. »Aber es regt mich auf, wenn du nicht bei der Sache bist. Kochen ist eine Kunst, auf die man sich konzentrieren muss.«

»Mr. Miller hat mich verbannt. Für drei Wochen. Mitten ins Nirgendwo von Cornwall.« Auch wenn Matteo und er sich im letzten halben Jahr angefreundet hatten, kannten sie einander nicht so gut, dass sie über allzu Privates redeten. Ihre Gespräche kreisten ums Kochen, um Gewürze, um Zubereitungsarten, um Kombinationen von Lebensmitteln.

Kurz nach der Trennung von Imogen hatte Ben das kleine Lokal für sich entdeckt. Es lag etwas versteckt in einer Seitenstraße, das Schild *La Cozza Infuriata* war kaum zu sehen, aber dennoch war jeder Platz besetzt. Neugierig und um sich von Imogen abzulenken, hatte Ben einen Tisch reserviert, auf den er eine Woche warten musste.

Das Essen begeisterte ihn so, dass er sich für jeden Tag einen Tisch bestellte und die Empfehlung des Tages aß. Nach sechs Wochen stand auf einmal Matteo vor ihm, der aussah, wie man sich einen italienischen Küchenchef vorstellte: klein, drahtig, aber mit Bauch, dunkelhaarig, mit großen braunen Augen und schmalen Händen, die ständig in Bewegung waren. Zu seiner weißen Uniform, auf der in Grün der Name des Restaurants aufgestickt war, trug er ein rotes Halstuch.

»Sie. Mitkomme in die Kiche.«

Obwohl Ben sich keiner Schuld bewusst war, folgte er dem Mann. Angst hatte er keine. Seit Imogen ihn verlassen hatte, war ihm vieles egal. Nur die Arbeit hielt ihn aufrecht, weil er nicht zulassen wollte, dass sie ihm das auch noch zerstörte. Schlimm genug, dass sie ihm sein Leben genommen hatte.

»Was wollen Sie?«

»Ich koche gut. Wirklich gut.« Auf einmal sprach Matteo wie der Junge von nebenan und nicht wie der gezierte Küchenchef. »Aber nicht so glorreich, dass man jeden Tag herkommt. Was stimmt nicht in Ihrem Leben, Darling?«

»Das geht Sie gar nichts an«, wollte Ben antworten. Stattdessen platzte er heraus: »Meine Freundin hat mich verlassen. Alles erinnert mich an sie …«

»Da hilft nur eins.« Matteo schlug ihm auf den Rücken, so kraftvoll, dass Ben zwei Schritte nach vorne stolperte. »Sie kommen weiter zu mir, aber ich bringe Ihnen Kochen bei. Ich bin Matteo, und du?«

»Ben«, hatte er verdattert geantwortet und kam nicht einmal auf die Idee, Nein zu sagen.

Seitdem arbeitete er in der Küche, putzte Gemüse und Fisch, lernte, Nudelteig herzustellen, und erfuhr einige Geheimnisse italienischer Pastasoßen. Zu seiner großen Überraschung bereitete das Kochen ihm nicht nur eine Freude, sondern er besaß auch ein Talent dafür, sodass er bald eigene Kreationen entwickeln durfte. Mehrmals hatte Matteo ihm angeboten, in das Restaurant einzusteigen, aber Ben hatte abgewehrt.

»Ich liebe die Arbeit in der Küche, weil sie keine Arbeit ist, sondern ein Hobby«, hatte er zu erklären versucht. »Wenn sie ein Job wird, verliere ich bestimmt den Spaß daran.«

»So ein Verlust für Menschen mit feinem Gaumen«, hatte Matteo seufzend gesagt. »Aber wie du willst. Keine Konkurrenz für mich.«

Inzwischen war ihm *La Cozza Infuriata* so etwas wie ein zweites Zuhause geworden. Nein, wenn er ehrlich war, war das Restaurant mehr ein Zuhause als seine Wohnung. Ben liebte die Küche, die in silbrigem Chrom glitzerte und glänzte. Wie viel Arbeit es machte, diesen Glanz zu erhalten, hatte Ben im letzten halben Jahr leibhaftig erfahren. Für Matteo gehörte das

Saubermachen ebenso zu Bens Ausbildung wie das Zubereiten von Pasta.

In der Mitte des Raumes stand ein großer Arbeitstisch, an dem Matteos Küchenhilfen Gemüse schnippelten und die Teller anrichteten. Die gesamte linke Seite nahmen gewaltige Kühlschränke ein, in denen die Lebensmittel lagerten. Rechts standen drei Herde. Über ihnen hingen polierte Töpfe und Pfannen sowie Kellen und Schöpflöffel, ordentlich nach Größe aufgereiht. Weitere Töpfe und Arbeitsgeräte fanden Platz in den Schränken.

Als er das erste Mal in die Küche gekommen war, war Ben tief beeindruckt von ihrer Größe und Funktionalität gewesen. Matteo legte großen Wert darauf, dass sich alles an seinem Platz befand, um sich die Arbeit zu erleichtern.

Inzwischen kannte er jeden Topf und jede Pfanne, wusste, wo das Gemüse lagerte und welchen Schöpflöffel Matteo bevorzugte.

Maria, Küchenhilfe und Matteos Schwarm, kam herein, nickte Ben kurz zu und widmete sich dem Fenchel, den sie in hauchdünne Scheiben schnitt. Aus dem großen Topf, in dem Nudelwasser kochte, entwichen Dampfschwaden, als Matteo den Deckel lüftete. Ben atmete tief ein: Es roch nach Knoblauch, Zwiebeln und angebratenem Fleisch, so verführerisch, dass ihm der Magen knurrte.

»Du sollst nicht träumen, sondern die Dorade schuppen«, schnauzte Matteo ihn an.

»Was ist los?«, fragte Ben. So übel gelaunt hatte er den temperamentvollen Italiener bisher noch nicht erlebt. Ob Maria ihm einen Korb gegeben hatte?

»Ärger mit dem Vermieter. Nicht wichtig.« Matteo rümpfte die Nase. »Selbst wenn du für drei Wochen gehen musst, was ist so schlimm daran?«

»Ich traue meinen Kollegen nicht.« Ben griff sich an die Nase, was ihm einen zornigen Blick von Matteo einbrachte.

Sofort ließ er die Hand sinken und widmete sich wieder dem widerspenstigen Fisch. »Drei Wochen ist eine lange Zeit im Spiel der Bürointrigen.«

»Vielleicht tut es dir gut. Macht den Kopf frei und so.« Mit einem Seufzer entriss der Küchenchef ihm die Dorade und säuberte sie mit schnellen, geschickten Bewegungen. »Lass es. Geh ins Restaurant. Ich koche dir was zum Abschied.«

Ben war so gerührt, dass er Matteo beinahe umarmt hätte. Glücklicherweise fiel sein Blick auf das große Messer und er nahm Abstand von diesem vermessenen Gedanken.

»Danke«, sagte er nur. »Für alles.«

»Hey, glaub nicht, dass du nicht bezahlen musst«, polterte Matteo. »Wenn du zurück bist, erwarte ich dich hier wieder.«

KAPITEL 8

Als Alys die Tür des Cottage öffnete, fühlte Bree sich sofort zu Hause. Egal, wie ihr Aufenthalt mit ihren Eltern verlaufen würde, zu Alys und auch Chesten könnte sie immer fliehen und fände Unterstützung und ein Lächeln.

»Toll, dass du hier bist.« Alys zog sie in ihre Arme, ganz fest. »Noch toller, dass du bleibst. Wie ist es bisher? Wie geht es deiner Mutter? Komm rein, sonst versucht Helyer noch, abzuhauen.«

»Ich freu mich auch, Darling.« Bree erwiderte die Umarmung, schnupperte an Alys' Haaren, die nach Zitrone und Lavendel dufteten. »Frag nicht. Meine Mutter schweigt. Wo ist der Dicke? Wie geht es Jory? Was macht die Zerstörung auf Pfoten?«

Bree schlüpfte in den Flur des gemütlichen Cottage, das Alys von ihrer Großmutter geerbt hatte. Wie auf Stichwort tauchte Alys' grauweißer Kater auf, musterte Bree missmutig und trollte sich dann wieder, als er erkennen musste, dass sie nicht zu fressen war.

»Hey, lauf nicht weg«, rief sie ihm hinterher. »Ich habe dir Leckerlis mitgebracht.«

Sie griff in ihre Handtasche, holte die Schachtel heraus und schüttelte sie. Sofort blieb der Kater stehen, lauschte, drehte sich um und kam angaloppiert. Mit Schwung warf er seinen kompakten Körper gegen Brees Beine.

»Ich sehe, man kann dein Herz immer noch leicht erobern.« Sie öffnete die Schachtel und nahm ein paar Leckerlis heraus. »Ist es okay?«

»Chesten meint, er sollte abnehmen, wegen seiner Gesundheit.« Alys zog einen Mundwinkel hoch. »Aber wenn ich ihn auf Diät setze, ist seine Laune entsetzlich mies, nicht zum Aushalten.«

Sie zog Bree hinter sich her in das Wohnzimmer, wo auf dem Couchtisch Gläser und eine Flasche Sekt im Kühler bereitstanden. Im Kamin brannte ein Feuer, dessen Knistern eine behagliche Atmosphäre schuf. Mit Schwung warf Bree sich auf das bequeme dunkelrote Sofa.

»Hast du keine Sorge wegen Helyer und Feuer?« Bree deutete auf den Kater, der ihnen gefolgt war und nun wie hypnotisiert in die zündelnden Flammen starrte. »Und was ist mit Jory und Buddy?«

Dass Buddy sich hier aufhielt, konnte Bree daran erkennen, dass die Regale leer geräumt waren – in Hundehöhe. Sie konnte sich ein Grinsen nicht verkneifen.

»Jory ist im Laden. Heute kommt eine Comiclieferung.« Als sie den Namen ihres Liebsten aussprach, leuchteten Alys' Augen auf, so verliebt, dass Bree sie beinahe beneidet hätte. Aber sie war nicht auf der Suche nach dem einen, sondern genoss ihre Freiheit. »Buddy ist bei einer Dogsitterin, der fünften. Alle davor haben aufgegeben.«

Obwohl ihre Freundin entnervt wirkte, musste Bree lachen. Jorys schwarzer Mischlingshund war unglaublich, ein lieber Kerl, aber mit einem unfassbaren Zerstörungspotenzial. Selbst vor Smartphones machte er keinen Halt, weshalb Alys und Jory beinahe nicht zueinandergefunden hätten.

»Also alles beim Alten.«

»Nicht mehr lange.« Alys zwinkerte ihr zu. »Ich habe beide bei einer Hundeschule angemeldet. Hoffentlich hilft das.«

Bree nahm die Sektflasche und goss ihnen beiden ein Glas ein. »Ist zwar noch früh, aber ich habe eine Tea Time mit meiner Mutter überstanden, ohne mich zu streiten.«

»Das müssen wir feiern.«

Sie stießen an und genossen das Gefühl der Vertrautheit, das sie verband.

»So richtig nach feiern ist mir nicht zumute«, sagte Bree mit einem schiefen Lächeln. »Ich fühle mich wie ein Teenie, zurück im Kinderzimmer.«

Sie rümpfte die Nase, als ob sie nur Spaß machte, aber ihr Herz blieb schwer. Wie sollte sie ihren Vorsatz, sich nicht mit ihrer Mutter zu streiten, nur umsetzen?

»Schau mich an.« Alys goss ihr Sekt nach. »Ich wohne wieder im Haus meiner Großmutter. Auf uns.«

»Auf uns.«

»Nun erzähl endlich aus dem spannenden Leben eines Plus-Size-Models.«

»Curvy. Heutzutage nennen wir uns Curvy.« Bree trank einen Schluck Sekt. »Ich bin fast die Einzige, die noch über ist. Alle anderen sind Kinder. Die Fotografen sehen aus, als bräuchten sie noch Pickelcreme.«

»Du übertreibst.« Alys musterte sie, schien unschlüssig, ob Bree scherzte oder es ernst meinte. »Du siehst kaum älter aus als damals am Strand.«

»Oh nein, inzwischen ist es so weit«, sagte Bree düster und starrte in ihren Sekt, als ob sie dort eine Antwort fände. Sie wickelte sich eine brünette Strähne um den Finger. Sah ihr Haar stumpfer aus als sonst? Entdeckte sie das erste Grau? »Ich bin offiziell alt.«

»Ach Quatsch! Nimm noch einen Schluck.« Alys hielt die

Sektflasche einladend hoch. »Das entspannt und vertreibt seltsame Gedanken.«

»Das glaube ich nicht.« Bree schüttelte den Kopf. »Ich muss mich damit abfinden.«

»Was ist passiert?« Alys goss sich ihr Glas voll. »Ärgerst du dich immer noch über das Jüngelchen beim Fotoshooting?«

»Ach, der!« Bree winkte ab. »Nein. Gestern in London, da musste ich einsehen, dass ich alt werde.«

»Was war? Mach es nicht so spannend.«

»Ach, ein paar Wintersonnenstrahlen. Du kennst das doch.« Bree seufzte. »Sofort fühlst du dich besser und die Männer gucken dich freundlich an.«

»Verstehe. Ein echtes Problem.« Alys legte den Kopf schief. »Kommt die Pointe noch?«

»Im letzten Jahr haben sie mich angelächelt. Alle Altersklassen.« Bree stürzte den Sekt mit einem Schluck herunter und hielt Alys ihr Glas auffordernd hin. »Aber gestern. Nix. Nada. Keiner. Na gut, stimmt nicht. Kinder haben mich breit angegrinst.«

»Und? Hast du was gegen Kinder?«

»Natürlich nicht, aber … ich bin jetzt offiziell in dem Alter, wo nur noch Kinder, zauselige Männer und Hunde dich anlächeln.« Bree verdrehte die Augen. »Meine besten Jahre sind vorbei! So ein unerzogener Beagle hat mich in Kensington Gardens gejagt.«

»Quatsch! Du kannst weiterhin so viele Herzen brechen, wie du magst.« Alys prostete ihr zu. »Erst gestern hat mich der Collie gefragt, wie es dir geht.«

»Colan ist verheiratet. Damit ist er tabu. Da bin ich … konservativ.« Sie lächelte. »Affären ja, aber nur mit Singles.«

»Bis der Richtige kommt …«

Bree wurde warm ums Herz, weil das Glück ihrer Freundin so deutlich zu sehen war. Mit Jory hatte sie einfach einen tollen

Mann an ihrer Seite, für den man auch Buddy in Kauf nahm. Aber Alys' Leben war nichts für Bree.

Ihre Versuche, sich auf eine längerfristige Beziehung einzulassen, waren für beide Seiten nicht wirklich glücklich gewesen. Sie war einfach zu freiheitsliebend und unabhängig. Jedenfalls nannte sie es so, einer ihrer Verflossenen hatte sie einmal als »beziehungsunfähig« bezeichnet, was Bree mit einem Achselzucken abgetan hatte.

Allerdings musste sie vielleicht umdenken, jetzt, wo sie nur noch die Aufmerksamkeit von Hunden, Kindern und zauseligen Männern auf sich zog.

Ein lautstarkes Miörg unterbrach ihr Gespräch. Suchend schauten sie sich um. Miörg!, ertönte es wieder. Es klang deutlich angefressen. Als Nächstes folgte ein vernehmbares Kratzen. Auch das klang reichlich mies gelaunt.

»Ist schon wieder Futterzeit?« Alys schaute auf die Uhr. »Helyer, Ruhe, du musst noch zwei Stunden warten.«

Der grauweiße Kater kam ins Wohnzimmer, würdigte sein Frauchen keines Blicks, sondern warf sich wieder an Brees Beine.

»Siehst du, wie ich gesagt habe: Hunde, Katzen, Kinder … und vielleicht zauselige Männer.«

Mack!, erklang es aus fordernder Katzenkehle.

»Was will er denn?«

»Was er immer will. Fressen.«

Alys strich Helyer übers Fell und ging in die Küche. Bree folgte ihr.

»Der Kater hat dich gut im Griff.«

»Ein echter Macho.« Alys lächelte. »Aber er hat es ja auch verdient. Der Arme.«

»Nicht wieder die Geschichte mit seiner schweren Kindheit.« Bree verdrehte die Augen. »Außerdem weißt du gar nicht, wie's ihm vorher ging. Und so wie er sich benimmt, muss er früher in einem Schloss gelebt haben.«

»Was hat es eigentlich mit den zauseligen Männern auf sich, die du erwähnt hast? Ist das ein bestimmter?«

»Ach, der Beagle-Besitzer war eigentlich ganz süß, nur etwas verzottelt.«

»Hast du seine Telefonnummer?«

»Nee, nicht jetzt, wo das mit meiner Mutter ist.« Bree dachte kurz nach. »Außerdem bin ich kein Fan von unerzogenen Hunden. Denk dir, meine Eltern nehmen jetzt auch Gäste mit Tieren auf.«

»Steht es so schlimm um euer Hotel?« Alys öffnete eine Futterdose, was Helyer dazu brachte, seine ohnehin großen Augen bettelnd noch weiter aufzureißen. »Ja, Dicker, es gibt ja gleich etwas.«

»Das ist echt ein Grund, kein Haustier zu haben.« Bree rümpfte die Nase, als der fischige Geruch des Katzenfutters zu ihr wehte. »Hast du nicht gesagt, er bekommt erst in zwei Stunden etwas?«

»Wenn ich ihn nicht füttere, nervt er die ganze Zeit und wir können nicht in Ruhe reden.« Alys zuckte mit den Schultern. »Diät! Chesten hat gut reden. Sie muss auch nicht mit ihm leben.«

»Wie geht es ihr? Hat sie sich endlich getrennt?«

Alys und Bree wussten nur, dass ihre Freundin eine Beziehung mit einem verheirateten Mann hatte, mit dem sie zusammenarbeitete. Sie legten allerdings auch keinen Wert darauf, diesen Mann kennenzulernen, der Chesten seit Jahren versprach, sich für sie von seiner Frau zu trennen. Und der sie trotzdem alle Fest- und Feiertage allein ließ, um bei seiner Familie zu sein.

»Sag mal«, fiel es Bree ein. »Wenn ich Weihnachten noch hier bin, dann könnten wir doch zusammen feiern.«

Alys, die das Futter in die Schale geschüttet hatte und sie vor Helyer hinstellte, sah auf. Der Kater stürzte sich wie ein Verhungernder auf die Pampe.

»Jory und ich müssen am ersten Feiertag zum Essen zu seinen Eltern.« Sie verzog das Gesicht. »Richtig offiziell, aber sonst … eine schöne Idee.«

»Dann wäre Chesten nicht allein. Oder kommt ihre Mutter dieses Jahr wieder einmal?«

Wie aufs Stichwort klingelte es.

»Halt du den Kater fest. Ich geh zur Tür.« Kaum hatte sie ausgesprochen, musste Bree grinsen. Helyer interessierte sich kein bisschen für das Klingeln. Seine Welt bestand aus dem Inhalt des Fressnapfes.

»Bree, Love!« Chesten stürzte sich auf sie und umklammerte Bree, als wäre diese ihre verschollene Schwester, die das Meer wieder freigegeben hatte. »Ich muss gleich zu einer Fohlengeburt. Schön, dass du da bist. Alles gut?«

»Kannst du wenigstens kurz reinkommen?« Bree schüttelte den Kopf. Weil sie offiziell Single war und keine Familie hatte, drückten die Kollegen Chesten gerne den Notdienst auf und diese wehrte sich leider nicht.

»Ja, eine Viertelstunde habe ich.« Ihre Freundin, wie üblich in farbenfrohe Sachen gekleidet, eine dunkelrote Jeans, ein orangefarbener Pulli mit pinkfarbenen Blumen und eine gestreifte Webjacke in den Farben des Regenbogens, trat ein.

In dem Moment erklang ein lautes Fauchen hinter Bree. Helyer, der ihr neugierig nachgelaufen war (sein Futter musste wohl alle sein), erstarrte, als er Chesten sah. Nicht nur, dass sie ihm Diätfutter verordnet hatte, auch das Ausdrücken der Analdrüse verzieh er ihr nicht.

»Na, das ist ja eine tolle Begrüßung.« Chesten grinste. »Erzähl, Dearie, was ist bei dir los?«

KAPITEL 9

Eine Bus- oder Zugreise von London nach St. Bart hätte zwar nur wenig länger gedauert als eine Fahrt mit dem Auto, aber wegen Charlie Brown sah Ben sich gezwungen, Joel zu bitten, ihn zu fahren. Der Beagle hasste den öffentlichen Personennahverkehr mit ebenso viel Inbrunst, wie er Autofahren liebte.

Mit dem ihm eigenen Enthusiasmus hatte sein Freund zugestimmt und war beinahe pünktlich zur Stelle gewesen, um Ben, Charlie Brown und einen großen Koffer in seinen klapprigen Volkswagen-Bus zu packen. Einen pinkfarbenen Bus, der mit einem großen Peace-Zeichen vorne und hinten bemalt war. Ben verdrehte die Augen wie jedes Mal, wenn er das rostige Gefährt sah, das an den Seiten noch mit schreiend bunten Blumen bedeckt war, deren Farbe allerdings abblätterte. Na gut, zu seiner Tarnidentität als aufstrebender Autor romantischer Komödien passte dieser Wagen besser als sein dunkelblauer Bentley, der sicher in der Garage parkte.

»Alter, echt, Alter«, wiederholte Joel zum gefühlt zwanzigsten Mal. »Was willste denn in Cornwall? Wenn das Kaff wenigstens am Wasser läge. Da könnte ich surfen.«

»Nicht wieder dieser Jugendjargon«, stöhnte Ben. »So kannst du mit deinen Studies sprechen, ich bin dafür zu alt. Du übrigens auch.«

Wie kam es nur, dass sie beide befreundet waren? Als Ben vor fünfzehn Jahren nach London gekommen war, hätte er seinen Plan, hier zu studieren, beinahe aufgegeben, weil er keine bezahlbare Wohnung finden konnte. Bis er Joel kennenlernte, der noch bei seinen Eltern lebte, die sehr daran interessiert waren, das Zimmer seiner Schwester zu vermieten, die vor Kurzem ausgezogen war.

Joel studierte auch, allerdings eher halbherzig und ziellos. Nicht wie Ben, der große Pläne und Karrierewünsche hegte, der eine To-do-Liste für sein Leben erstellt hatte, die er nach und nach abarbeitete. Während sein Freund vor sich hin lebte, dabei allerdings glücklicher war als Ben. So sehr es beide überraschte, war es ihnen gelungen, aus der Notgemeinschaft eine Freundschaft zu entwickeln, die dazu führte, dass sie sich eine kleine Wohnung in Islington nahmen. Nachdem er Imogen kennengelernt hatte, war Ben ausgezogen, was Joel dazu gebracht hatte, seinen Abschluss in Sozialwissenschaften zu machen. Überraschend gut sogar, sodass er eine Stelle an der Uni bekommen hatte. Nicht beim wissenschaftlichen Personal, sondern in der Studienberatung. Hier nistete er sich ein und genoss sein Leben immer noch.

Sein Freund besaß im Unterschied zu Ben überhaupt keinen Ehrgeiz außer dem, bei Sonnenschein im Park zu liegen oder nach Surfmöglichkeiten zu suchen. Joels Wohnung war spartanisch eingerichtet, weil er all sein Geld fürs Surfen opferte. Erst hatte Ben nicht glauben wollen, dass ein Londoner sich fürs Wellenreiten begeisterte, aber Joel hatte ihn eines Besseren belehrt. Zu Bens Erstaunen gab es in London eine große Surf-Community, die an den Wochenenden per Auto oder Bahn aufbrach, um in Kent oder Sussex ihrem Hobby zu frönen. Auf Joels Drängen hin hatte Ben es ein paar

Mal ausprobiert, aber es war nichts für ihn. Ihm fehlten sowohl Geduld als auch Balance.

»Warum zieht es dich nicht nach Cornwall?«, fragte Ben seinen Freund, um einem weiteren »Alter, echt, Alter« zuvorzukommen. »Hier hast du Surfstrände in Massen und könntest dich das ganze Jahr über deinem Hobby widmen.«

»Nee, Mann.« Joel schüttelte den Kopf. »Das sind doch keine Wellen. Ich brauch das echte, die großen Waves, nicht Cornwall.«

»Aber dort surfen viele.« So sehr Joel sich auch bemüht hatte, Ben konnte die feinen Unterschiede des Surfens nicht nachvollziehen. Brett war Brett und Welle war Welle. »Also kann es nicht so schlecht sein.«

Joel schaute nach links, warf ihm einen betrübten Blick zu und seufzte theatralisch. »Was soll'n das für'n Argument sein?« Erneut stieß er einen Seufzer aus. »Fresst mehr Scheiße. Eine Million Fliegen kann sich nicht irren.«

»Dafür bist du zu jung. Das ist ein Spruch aus den 80ern.«

»Aber wahr bleibt wahr!« Joel schaute über die Schulter auf die Rückbank, wo Charlie Brown schlief. »Godzilla wäre bestimmt auch gern mitgekommen.«

Nur Joel konnte auf die Idee kommen, einen Jack Russell Terrier »Godzilla« zu nennen und sich diesen Namen als Schriftzug auf den linken Unterarm tätowieren zu lassen.

Eine Weile herrschte Schweigen, in dem Ben seinen Gedanken nachhing. Noch immer gefiel es ihm nicht, nach St. Bart zurückzukehren. Ob er dort jemanden treffen würde, den er noch von früher kannte? Ob jemand ihn überhaupt wiedererkennen würde? Schließlich hatte der Ben Barnes von heute wenig mit dem Benjie gemeinsam, der er früher gewesen war.

»Vielleicht findest du ja eine neue Frau«, sagte Joel schließlich, was Ben mit einem Stöhnen quittierte. »Imogen hat mir echt immer Angst eingejagt.«

Diese Worte aus dem Mund von jemand zu hören, der fast

einen Meter neunzig groß und ziemlich breit gebaut war, brachte Ben zum Lachen. Imogen war zierlich und zwei Köpfe kleiner als Joel.

»Ich will erst mal mein glückliches Singledasein genießen«, sagte er, nachdem er sich beruhigt hatte.

»Glücklich? Habe ich was verpasst?« Manchmal wünschte sich Ben schon, dass sein Freund etwas britisch-zurückhaltender wäre und nicht immer alles aussprach, was ihm in den Sinn kam.

»Da vorne musst du abbiegen«, sagte Ben nach einem Blick auf die Ausdrucke, die er auf seinem Schoß verteilt hatte. »Es ist nicht mehr weit.«

Joel weigerte sich, ein Navigationsgerät anzuschaffen. »Ich lasse mir doch von keinem Computer was vorschreiben.« Also hatte Ben ihren Weg per Online-Routenplaner herausgesucht und ausgedruckt. Er konnte nur hoffen, dass dieses Projekt wirklich so großartig war, wie Tom es beschrieben hatte, und dass ihm damit endlich der Durchbruch gelänge. Weg von Der-fast-Schwiegersohn-vom-Chef hin zu Ben, der Mann.

Vor ihnen tauchte das Meer auf, das im Licht der Mittagssonne dunkelblau leuchtete.

»Wow, Mann, was für ein Anblick. Lass uns einen Umweg machen.« Joels ebenfalls blaue Augen glitzerten mit dem Meer um die Wette. »Wir steigen aus. Charlie tut Bewegung bestimmt auch gut.«

Joel deutete auf die Rückbank, wo Charlie herumzappelte, obwohl er in einem Geschirr angeleint war.

»Wir sind sowieso sehr früh«, stimmte Ben zu. »Im Magnolia Gardens oder so erwarten sie uns erst um drei.«

Selbst Charlie hörte auf zu bellen, als sie am Wasser angelangt waren. Der Anblick war atemberaubend. Ben hatte ganz vergessen, wie schön Cornwall war. Die dem Strand vorgelagerten Klippen, umtost von Wellen, die sich an ihnen brachen, verliehen der Szenerie Dramatik. Sonst hätte die Landschaft lieblich gewirkt, so jedoch erschien sie kraftvoll und voller Spannung. Ein Land, das rau, aber auch freundlich sein konnte.

»Willst du heute nicht in St. Bart bleiben? Ich würd dir auch das Zimmer bezahlen«, fragte Ben, nachdem sie wieder im Auto saßen. Die Idee war ihm eben erst gekommen. Zwei Tage mit Joel in St. Bart nahmen dem Ort den Schrecken. Gute Güte, er war doch keine fünfzehn mehr. »Als Dank für die Fahrerei.«

»Lass das!«, brüllte Joel. Er nahm die linke Hand vom Steuer und wedelte damit nach hinten über seinen Kopf, um Charlie Brown zu vertreiben, der ihm den Hals ableckte. Dann wandte Joel sich Ben zu. »Godzilla ist viel pflegeleichter.«

Ben verdrehte die Augen aufgrund des Vorwurfs in Joels Ton. Es war schwer gewesen, Joel die Idee auszureden, seinen Hund auf den Ausflug mitzunehmen, aber Charlie und Godzilla mochten sich nicht, was erstaunlich war, weil der Beagle sonst auf jeden Hund schwanzwedelnd zulief. Bei Godzilla und ihm jedoch war es Antipathie auf den ersten Blick gewesen, was sich auch durch diverse Versuche und gemeinsame Spaziergänge (die immer sehr kurz blieben) nicht änderte. Wenn Ben und Joel sich treffen wollten, musste einer der Hunde zu Hause bleiben. Welcher es war, das war jedes Mal wieder ein Diskussionspunkt, bei dem Joel betonte, wie schlecht Charlie Browns Erziehung war.

»Was soll ich denn machen?« Ben seufzte. »Charlie gehört eigentlich Imogen, die ihm alles durchgehen ließ. Und du weißt selbst, dass mir die Arbeit keine Zeit lässt, mich wirklich um ihn zu kümmern.«

Schon oft hatte Ben überlegt, ob es dem Beagle gegenüber nicht fairer wäre, ihm einen neuen Besitzer zu suchen, der besser für ihn sorgen konnte. Aber er war nie über das Stadium der Überlegung hinausgekommen, weil – das gestand er sich ein – er immer noch hoffte, dass Imogen sich eines Tages besann und zu ihm zurückkehrte.

Charlie Brown wegzugeben, hieße, die Hoffnung aufzugeben. So weit war er noch nicht, obwohl er langsam von der Phase der Traurigkeit in die der Wut überging. Zorn darüber, wie sie ihn einfach zurückgelassen hatte, als wäre er ein Kleidungsstück aus der Vorjahreskollektion, nicht mehr attraktiv und stylish genug, es zu behalten.

Von einem Tag auf den anderen hatte sie gesagt: »Ich glaube, wir brauchen eine Pause. Irgendwie funktioniert es nicht mehr mit uns.«

»Aber …« Es fühlte sich an, als hätte sie weit ausgeholt und ihm einen fiesen Schwinger in den Magen versetzt. »Aber es lief doch alles gut.«

In den letzten Wochen hatten sie sich nicht mehr gestritten, sondern viel Zeit gemeinsam in Cafés und Pubs verbracht, sogar den Urlaub hatten sie zu planen begonnen. Und dann das. Andererseits war es auch typisch für Imogen gewesen – es ging immer nur um sie.

»Also, was ist, bleibst du mit mir in St. Bart?«

»Ich wollte nach Newquay fahren. Im Herbst ist da die beste Surfzeit.«

»Okay. Aber zum Mittagessen lade ich dich ein.«

Joel nickte. Ben zog an Charlies Leine, damit der sich wieder hinlegte. Der Beagle schaute ihn verwundert an, als könnte er nicht verstehen, warum jemand nicht gern abgeschleckt werden wollte.

Joel, der überraschenderweise ein paar Minuten geschwiegen hatte, räusperte sich. Ben grinste. Wie gut er seinen Freund kannte. Immer, wenn Joel etwa sagen oder fragen wollte, was ihm unangenehm war, kündigte er dies durch ein Räuspern an.

»Hast du von ihr gehört? Lass das, Charlie, setz dich ab.«

Erneut war der Beagle von der Decke aufgestanden, schwankte ein wenig im Rhythmus des Autos und streckte seinen schmalen Kopf vor, so weit es die Leine zuließ, mit der er angeschirrt war. Seine Zunge schoss heraus und strich über Joels Hals.

»Hast du dein Shampoo gewechselt? Oder dein Rasierwasser?« Ben dreht sich nach rechts hinten, um Charlies Leine zu greifen und den Hund wieder auf die Decke abzulegen. Charlie ignorierte ihn – ganz seine Besitzerin. »Er war doch sonst nicht so ein Fan von dir.«

Aber so leicht konnte er Joel wohl nicht von der Fährte abbringen. Sein Freund legte den Kopf leicht schräg und schaute Ben prüfend an.

»Hast du etwas von ihr gehört?« Joel schüttelte sich. »Mir war sie immer unheimlich.«

»Nein, sie hat sich nicht gemeldet und ja, ich weiß es. Du hast es oft genug gesagt.«

Erneut versank Ben in seinen Erinnerungen. Das erste Treffen zwischen seinem besten Freund und der Frau, die er liebte, war ein ebenso großes Desaster gewesen wie die erste Begegnung zwischen Charlie Brown und Godzilla. Sie passten wirklich nicht zusammen: Joel, der entspannte Surfertyp, und die verwöhnte Imogen, die so viel Wert auf Äußerlichkeiten legte. Ja, Ben kannte Imogens Schwächen, aber selbst diese Oberflächlichkeit konnte es nicht ändern, dass er sich immer noch nach ihr verzehrte wie ein liebeskranker Teenager.

»Vielleicht findest du ja eine Bessere in St. Bartholomew.« Joel bog nach links ab, wie Ben es ihm gesagt hatte. Charlie Brown verlor das Gleichgewicht und fiel auf die Decke. »Am besten eine Hundetrainerin. Kennst du dort noch Leute von früher?«

Sprunghafter Themenwechsel war Joels Königsdisziplin – da machte ihm keiner etwas vor.

»Möglicherweise, aber das ist so ewig her.« Selbst seinem besten Freund hatte Ben nie erzählt, warum er überstürzt aus St. Bartholomew weggelaufen war. Hoffentlich war dieser Job die Heimkehr, die keine war, wirklich wert.

KAPITEL 10

Das Klappern von Tellern und der Geruch von frisch gebrühtem Kaffee weckten Bree auf. In ihrem Zimmer war es aufgrund der Jalousien so dunkel, dass sie für einige Momente nicht wusste, wo sie war. Verschlafen tasteten ihre Finger nach dem Lichtschalter und fanden keinen. Schlagartig war sie wach. Sie setzte sich auf und blinzelte ins Dunkel. Langsam schälten sich ein paar Konturen aus dem Schwarz, sodass ihr Puls sich beruhigte.

Das war eine der unangenehmen Nebenwirkungen des Reisens – oft musste sie beim Aufwachen überlegen, in welcher Stadt sie war. Meist kam sie damit gut klar, doch heute Nacht hatte ein Albtraum den nächsten gejagt. Bree, die an leichter Höhenangst litt, hatte auf ungesicherten Wolkenkratzern gestanden, verfolgt von gesichtslosen Gestalten. Im nächsten Traum war sie auf hoher See, gekapert von Piraten.

Was hatte sie gestern nur im TV gesehen, das sie bis in die Nacht verfolgte? Oder lag es daran, dass ihre Mutter vor zwei Tagen ins Krankenhaus gegangen war? Obwohl ihr Vater ihr versichert hatte, dass alles erwartungsgemäß verlief, fühlte Bree sich hilflos und wünschte, sie könnte mehr tun.

Nachdem sie das Licht eingeschaltet hatte, schloss sie noch einen Moment die Augen. Beim besten Willen konnte man sie keinen Morgenmenschen nennen, sie schlief gern aus und fühlte sich in der Dunkelheit am produktivsten. Von ihren Eltern konnte sie das nicht geerbt haben. Die standen seit Jahrzehnten immer morgens um 6:00 Uhr auf und gingen spätestens um 22:00 Uhr schlafen. Ihr kamen sie insoweit entgegen, dass sie Bree erst gegen 8:00 Uhr weckten, zu einer Zeit, in der sie sich am liebsten noch mindestens dreimal umgedreht hätte. Heute hatte ihr Vater sie *sogar* bis 10:00 Uhr schlafen lassen.

Warum sie so früh aufstehen sollte, wollte Bree nicht einsehen. Schließlich war keines der Zimmer belegt, aber für ihre Eltern schien Ausschlafen eine Sünde zu sein, vor der sie ihre Tochter bewahren wollten. Selbst als Bree ihnen einen wissenschaftlichen Text gezeigt hatte, dass es Eulen und Lerchen – also Abend- und Morgentypen – gab, hatten sie sich nicht überzeugen lassen. Das war wohl der Preis, wenn man mit fast dreißig Jahren wieder zu Hause wohnte.

Ob ihr Vater sie heute mit ins Krankenhaus nehmen würde? Ihre Mutter hatte deutlich gemacht, dass sie bis auf ihren Ehemann keinen Besuch wünschte, aber Bree erschien es absurd, sie nicht einmal aufzusuchen. Schlimmer noch, dadurch, dass sie ihre Mutter nicht sah, ging ihre Fantasie mit ihr durch und erschuf ein bedrohliches Szenario nach dem nächsten. Das musste doch selbst ihre Mutter verstehen, nicht wahr? Bree gähnte, streckte sich und zog sich einen Morgenmantel über den seidenen Pyjama.

»Zieh dich vernünftig an, wenn wir frühstücken«, hätte sie von ihrer Mum zu hören bekommen, ihr Dad war da wesentlich toleranter. Sie tapste die Treppe herunter und blieb einen Augenblick im Flur bei dem Holzwappen stehen, das an der Wand hing und das Bree so typisch für ihre Mutter fand. Darauf war ein Ritter zu Pferd zu sehen, der eine Lanze in der rechten

Hand trug. Darüber stand in verkitscht-gothischen Lettern ihr Familienname. Marrak bedeutete Ritter auf kornisch, was ihre Mutter nicht müde wurde zu betonen, wenn sie sich mit Gästen unterhielt. Sie hatte versucht, einen Familienstammbaum zu erstellen, um den herrschaftlichen Vorfahren zu entdecken, aber das Vorhaben aufgegeben, nachdem sie erfahren musste, dass es auf beiden Seiten der Familie nur Bauern oder Arbeiter in den Zinnminen gab. Das hatte ihre Mutter allerdings nicht davon abgehalten, sich dieses Wappen erstellen zu lassen und es an prominenter Stelle in den Flur zu hängen.

»Guten Morgen, Dad.« Sie gab ihrem Vater einen Kuss auf die Wange. Er roch so, wie sie es ihr Leben lang kannte – nach seinem herben Rasierwasser, Kaffee und gebratenen Eiern. »Danke fürs Ausschlafenlassen.«

»Möchtest du Eier oder lieber Champignons? Oder beides?«

Im Unterschied zu ihrer Mutter konnte er akzeptieren, dass sie kein Fleisch aß.

»Zwei gebratene Eier, eine Tomate, Bohnen und Pilze. Und natürlich Toast.« Bree streckte sich. »Ich kann mir auch selbst Frühstück machen.«

»Lass nur. Wenn du etwas tun willst, back einen Kuchen.«

»Mach ich.« Bree nahm sich einen großen Becher mit einem Foto von St. Ives und goss sich Kaffee ein. »Irgendwelche Wünsche?«

»Kannst du heute Nachmittag hier sein? Es kommt ein Gast.« Die Erleichterung, um diese Jahreszeit ein Zimmer vermietet zu bekommen, war ihrem Vater anzusehen. »Ein Mr. Barnes aus London. Mit seinem Hund.«

Bree schaute von ihrem Frühstück auf. Die Zeit mit ihren Eltern würde eine deutliche Veränderung ihres normalen Rhythmus mit sich bringen. Wie sie befürchtet hatte, behandelten ihre Eltern sie, als wäre sie noch 15 Jahre alt. Sie konnte nur hoffen, dass sie selbst nicht in das Alter zurückfiel und sich ständig mit ihnen in den Haaren liegen würde.

»Breenie! Träumst du?«

»Entschuldige, vielleicht noch der Jetlag«, antwortete sie und gähnte erneut. Sie wollte ihren Vater nicht damit belasten, dass sie schlecht geschlafen hatte, weil sie sich um ihre Mutter sorgte. Er plagte sich schon mit genug Ängsten. »Gib mir noch zehn Minuten, dann bin ich wach.«

»Ich koch dir einen starken Tee. Der wirkt besser als Kaffee. Ich fahre gleich ins Krankenhaus.« Auf einmal sah ihr Vater müde aus, so als hätte ihn alle Energie verlassen. »Es kann spät werden. Mums Ärzte wollen heute mit mir sprechen.«

»Ich kümmere mich um alles.« Bree kämpfte gegen das Angstgefühl an, das ihre Kehle zuschnürte. »Grüß Mum von mir. Ich hoffe, dass alles ... gut wird.«

Das schrille Pingen der Klingel erwischte Bree unter der Dusche. Hastig spülte sie das Shampoo aus ihren Haaren, schlang sich ein Handtuch um den Kopf und schlüpfte in den Bademantel. Erneut schrillte die Klingel. Mit dem Fuß angelte sie nach ihrem Slip, damit sie sich nicht ganz so nackt fühlte. Hätte sie nur ein Kleid dabei, das sie einfach überstreifen könnte.

Eilig knotete sie den Gürtel des Bademantels zu und rannte die Treppe hinunter zur Tür.

Autsch!

Mit dem kleinen Zeh blieb sie an der Kommode hängen, die den Platz auf dem ohnehin schmalen Flur noch weiter beengte. Vor Schmerz blieb ihr kurz die Luft weg, aber das Klingeln hörte nicht auf. Also hüpfte sie fluchend auf einem Bein durch den Flur, bis sie die Haustür erreichte, die sie mit Schwung aufriss.

»Was?«, bellte sie den Mann vor sich an, der erschrocken zurückprallte. »Sehen Sie nicht, dass hier steht, dass nur zwischen 15:00 und 18:00 Uhr eingecheckt werden kann?«

An dem großen Koffer, den er neben sich stehen hatte, erkannte sie auf den ersten Blick, dass er ihr weder etwas verkaufen noch mit ihr über Gott reden wollte. Würden die Gäste es nie begreifen? Menschen, die ein Bed and Breakfast anboten, hatten daneben noch ein Leben – und die Regeln hatten Sinn. Schließlich mussten die Zimmer gesäubert werden, bevor neue Gäste einzogen. Gut, jetzt im Herbst vielleicht nicht, aber wenn das Haus ausgebucht war, brauchten sie die Zeit nach dem Auszug der alten Besucher.

Bevor der Mann, der selbst sie überragte, ihr antworten konnte, erklang hektisches Hundegekläff und ein zweiter Mann tauchte auf. An der Leine zerrte ein Beagle, der Bree vage bekannt vorkam. Genauso wie der Hundebesitzer, der sich verzweifelt und erfolglos bemühte, den Kläffer zur Räson zu bringen.

»Still, Charlie Brown«, redete er auf den Hund ein. Ja, das unselige Paar kannte sie. »Aus, Charlie Brown. Jetzt sei doch mal für fünf Minuten ruhig.«

Für den armen Hund musste es sich anhören wie eine Abfolge von blablablablabla. Kein Wunder, dass der Beagle an der Leine zerrte und diesem Gewäsch zu entkommen versuchte. An seiner Stelle hätte Bree das auch getan.

»Aus!«, sagte sie in scharfem Ton und Charlie Brown verstummte. Beide Männer starrten sie an. Sie gaben ein interessantes Paar ab, der Riese mit den dunkelblonden Haaren, die er an den Seiten kurz und oben lang trug, und sein schmaler Freund, der glücklicherweise seinem Zauselbart den Garaus gemacht hatte.

Bree grinste. In ihrem Modelleben hatte sie schon vor viel mehr Menschen mit viel weniger Kleidung posiert, also störten die Blicke dieser zwei sie kaum. »Haben Sie reserviert?«

Als wäre ihr Bed and Breakfast in der Gefahr, überbelegt zu sein. Aber das mussten die Gäste ja nicht erfahren. Jedenfalls jetzt noch nicht, bevor sie eingecheckt hatten. Spätestens wenn sie morgens im nahezu leeren Frühstücksraum saßen, würden die Neuankömmlinge bemerken, dass St. Bart im Herbst nicht der beliebteste Touristenort war.

»Ja«, antwortete der Mann, der an Charlie Browns Leine hing. Hmm, in London war er ihr gar nicht vorgekommen wie jemand, der in gleichgeschlechtlicher Partnerschaft lebte. »Auf den Namen Barnes. Ben Barnes. Für drei Wochen.«

»Ein Einzelzimmer«, antwortete sie. »Brauchen Sie ein zweites? Oder ein Doppelzimmer?«

Auch wenn sich ihre Begeisterung über die frühe Anreise in Grenzen hielt, musste sie höflich bleiben. Schließlich war bisher nur ein Zimmer vermietet, an das deutsche Paar, das sich schon dreimal über Nebel und Regen beschwert hatte. Bree fürchtete, dass sie ihren Urlaub abbrechen würden. Also musste sie Mr. Barnes und seinen Partner freundlich willkommen heißen. Begrenzt freundlich.

»Nein, nein.« Ben Barnes schüttelte so ausgiebig den Kopf, dass der Beagle sich ebenfalls schüttelte. Ob ihrer Mutter bewusst war, wen sie sich ins Haus holte? »Joel hat mich nur hergefahren.«

»Herzlich willkommen im *Magnolia and Hydrangea Gardens Guest House*.« Bree rang sich ein Lächeln ab. »Wir haben ein Zimmer im Erdgeschoss für Sie vorgesehen, wegen des Hundes. Ich hoffe, das ist in Ordnung.«

»Ja, ja, auf jeden Fall.« Mr. Barnes starrte sie an, als wollte er sie röntgen. »Kennen wir uns nicht?«

Bree zog es vor, die Frage zu ignorieren, ebenso wie die Tatsache, dass er anscheinend nicht wusste, wo er zuerst hinsehen sollte.

»Kommen Sie herein. Bitte.« Bree trat zurück, sodass beide Männer und Beagle in den Flur treten konnten, der nun wegen

Überfüllung geschlossen werden musste. »Hier ist ein Anmeldeformular. Bitte füllen Sie es aus. Ich bin gleich wieder da.«

Sie lächelte grimassenhaft und ging die Treppe hinauf, in ihr Zimmer, um sich anzuziehen. Begleitet von den Blicken der Männer und dem Bellen Charlie Browns. Ihr Aufenthalt in St. Barts wurde besser und besser.

KAPITEL 11

- *Projekt Branok Manor*
- *Einschätzung durch Ben Barnes, Lead Solutions Analyst*
- *Ortsbeschreibung: St. Bartholomew, 10.302 Einwohner, Wirtschaftszweige: Einzelhandel, Gesundheitswesen, Banken, Versicherungswesen, kleinere Dienstleistungen, Handwerk, Landwirtschaft (rückläufig), Tourismus (Sommer)*
- *Touristisch interessant: Kino, 3 Fitnesscenter, 1 Galerie (klein und mit Comicladen im Gebäude), 2 Museen*
- *Restaurants: 30 Pubs, 45 Restaurants, diverse Take Aways.*
- *Branok Manor und dessen Garten; Zustand Haus, Einschätzung von außen: stark sanierungsbedürftig; Zustand Garten: dito.*
- *Konkurrenzhotels*
- *Fünfsternehotel: The White Swan*
- *24 Bed and Breakfasts*
- *Ortschaften im Umkreis*
- *Penzance: 9 Meilen*
- *St. Ives: 15 Meilen*

Erste Einschätzung des Potenzials für ein Wellness-Luxushotel:

- *Unattraktiver Standort: kein Meer vor der Haustür, Tourismus nur im Sommer, wenn Penzance und St. Ives belegt sind*
- *Fünfsternehotel als Konkurrenz*
- *Infrastruktur …*

War St. Bart wirklich so uninteressant, wie Ben es darstellte, oder betrachtete er den Ort nur besonders feindselig? Die Nähe zu Penzance und St. Ives könnte die Kleinstadt attraktiv machen, wenn man sie mit dem Slogan bewarb: »Bei uns genießen Sie Ihre Ruhe in Reichweite der schönsten Strände Cornwalls« oder so ähnlich. Oder lag es daran, dass er Bryluens Eltern nicht die Lebensgrundlage entziehen wollte? Ihre Mutter lag im Krankenhaus, der Vater war berufsunfähig und lebte von einer kleinen Rente.

Das hatte Ben beim Frühstück erfahren. Mr. Marrak – »Nennen Sie mich Stuart« – erwies sich als sehr redselig, vor allem, weil Ben der einzige Gast war, nachdem die Deutschen vor dem verregneten Herbst geflohen waren.

»Kochen Sie gern?«, fragte Ben und nahm sich eine Gabel von dem frischen Rührei.

»Nur das Frühstück.« Stuart zwinkerte ihm zu. »Früher war ich Schweißer, heute schwitze ich vor dem Herd.«

»Gab es keine Stellen mehr?«

»Ich hatte einen Unfall und bin berufsunfähig.« Nun tat es Ben leid, die Frage gestellt zu haben. Doch Stuart schien es nichts auszumachen, darüber zu reden. »Außerdem rede ich gern mit Menschen.«

Bryluen dagegen war ihm meist aus dem Weg gegangen. Sie brachte das Frühstück, machte eine kurze Bemerkung über das Wetter und verschwand. Dabei hätte er gern mehr über sie erfahren. So redefreudig Stuart auch war, sobald das Thema auf seine Tochter kam, blieb er verschwiegen.

»Das müssen Sie unsere Bree schon selbst fragen«, hatte er gestern gesagt, als Ben ihn fragte, ob Bryluen (die Abkürzung Bree fand er scheußlich) beruflich erfolgreich war. Leider hatte sich bisher keine Gelegenheit dazu ergeben, was Ben auf ihr Zusammentreffen in London zurückführte. Nachdem er Bryluen bekleidet gesehen hatte, war es ihm wieder eingefallen. Sein unbeholfener Versuch, sie zum Kaffee einzuladen, ihre deutliche Absage. Bisher hatte er es nicht gewagt, sie daraufhin anzusprechen, aber ihre Begegnungen hatten nun etwas Peinliches, jedenfalls von Bens Seite her. Danke, Charlie Brown!

»Was schreiben Sie da eigentlich immer?« Bryluen, die eine frische Kanne Tee in den Frühstücksraum brachte, musterte ihn. Misstrauisch. Sie versuchte, auf sein Netbook zu linsen. Gut, dass er den Blickschutzfilter benutzte. »Was ist so wichtig, dass Sie nicht einmal in Ruhe frühstücken können? Das Frühstück ist die wichtigste Mahlzeit des Tages.«

Kam es ihm nur so vor oder verspottete sie ihn? Er sah sie an, die großen dunklen Augen, die markanten Gesichtszüge, die schmale Nase, die ein wenig vorwitzig nach oben zeigte. Ihr Gesichtsausdruck war undurchdringlich. Etwas an dieser Frau brachte ihn dazu, über sie nachzudenken, sich zu wünschen, sie besser kennenzulernen. Ach, wem wollte er etwas vormachen? Er wollte sie nicht besser kennenlernen, er wollte sie küssen, wollte sie dazu bringen, dass Leidenschaft ihre undurchdringliche Miene verzerrte, dass sie seinen Namen voller Lust hauchte.

»Erde an Mr. Barnes«, sagte sie, was leider wenig leidenschaftlich klang, sondern weiterhin spöttisch. »Möchten Sie noch Toast? Und was schreiben Sie da?«

Ben sandte einen nachträglichen Dank an Gemma für ihre glorreiche Idee, wie er sich tarnen könnte.

»Eigentlich geht es Sie nichts an«, sagte er. Na prima, *so* würde er ihr sicher näherkommen. Was hatte sie nur an sich, dass er sich holpriger benahm als zu schlimmsten Teenagerzeiten? »Ich habe mich hierher zurückgezogen, um *in Ruhe* an meinem Roman zu schreiben.«

»Echt jetzt?« Ein Schimmer von Interesse blitzte in ihren Augen auf. Tief und dunkel, sodass man darin versinken konnte. »Was für Geschichten schreiben Sie?«

Ben überlegte kurz, wie wohl ein echter Schriftsteller auf so eine Frage reagiert hätte. Wenn sie weiter so neugierig war, musste er sich wohl noch tiefer in seine Rolle hineindenken. Sein Freund Nigel – der einzige Autor, den er kannte – hatte Ben einen Schnellkurs über das Leben und das Schreiben gegeben, das jedoch nur oberflächlichen Befragungen standhalten würde.

»Ich rede ungern über aktuelle Projekte.« Frech grinste er sie an und klappte das Netbook zu. »Ein Schriftsteller-Aberglaube, wissen Sie. Wenn man von der Geschichte erzählt, gerät man in eine Schreibblockade.«

Hoffentlich kannte sie keine Autoren. In Cornwall tummelten sich neben Surfern auch Künstler und Schriftsteller. Spätestens seit dem Erfolg der BBC-Verfilmung der *Poldark*-Reihe galt Cornwall als inspirierend für Autoren.

Sie verzog den Mund.

»Okay, aber was haben Sie geschrieben? Vielleicht kenne ich einen Titel.«

Damit konnte er umgehen. Das war eine der Sachen, vor denen ihn Nigel, der mittelerfolgreiche Krimis schrieb, gewarnt hatte.

»Das ist die typische Frage, die jeder Autor fürchtet, wenn er nicht gerade auf der Bestsellerliste steht.« Nigels langes Gesicht, das an einen traurigen Basset erinnerte, wurde noch länger. »Gerne begleitet von: ›Sagen Sie schon. Ich lese wirklich viel.‹ Leider meinen die Fragenden das wirklich ernst – und nur gut.«

Sein Freund stieß einen tiefen Seufzer aus, der das Elend der Welt in sich trug.

»Aber das ist doch positiv, oder?« Ben sah das Problem nicht. Wollten Autoren nicht über ihre Bücher reden? Wenn er sich auf Facebook umschaute, hatte er oft den Eindruck, es bestand zu 60 Prozent aus Schriftstellern, die unbedingt mit ihren Lesern in Kontakt treten wollten. »Du willst doch gelesen werden, nicht wahr?«

»Selbstverständlich!« Nigel zog die Brille ein wenig tiefer und sah Ben über ihren Rand hinweg an. »Aber wenn ich dann meine Bücher nenne, werden ihre Gesichter immer kühler, bis zu dem Moment … Na, du kannst es dir vorstellen.«

»Also kann ich mir einfach ein paar Titel ausdenken und hoffen, dass es niemandem auffällt?«

»Danke für dein Mitgefühl!« Nigel verzog den Mund, was bei Ben die Assoziation nachdenklicher Basset hervorrief. »So einfach ist das nicht. Schließlich gibt es heute das Internet. Neugierige Menschen schauen sofort in Suchmaschinen und beim großen A, wie dein Buch läuft.«

»Und was mach ich da?« Langsam erschien ihm die Idee nicht mehr so gut, sich als einsamer Autor zu tarnen. In Zeiten von Internetsuchmaschinen konnte wohl niemand mehr anonym bleiben. »Eine bessere Undercover-Story fällt mir so schnell nicht ein.«

»Tu das, was Autoren machen: recherchiere.« Jovial klopfte ihm Nigel auf die Schulter. »Such heraus, wer Bücher schreibt. Wenig erfolgreich. Wer davon ein Pseudonym nutzt. Und das bist dann du.«

Na, ich lasse das Gemma machen. Gut, dass es meine Assistentin gibt.

»Langsam fühle ich mich wie in diesem Schwarzenegger-Film, wo er ein Geheimagent ist, der vorgibt, ein Versicherungsverkäufer zu sein.«

»*True Lies*. Einer der besten. Du kannst mich anrufen, wenn es Probleme gibt.« Nigel hatte breit gegrinst, als erwartete er viele Anrufe von Ben.

»Hallo, ich warte immer noch auf Ihre Antwort.« Bryluens Gesicht war so nahe neben ihm, dass er erkennen konnte, dass sie goldene Sprenkel in den braunen Augen hatte und dass eine winzige Narbe ihr Kinn verunstaltete. Ihr Parfüm, ein blumiger Duft, umwehte sie. »Ich les zwar nicht viel, aber vielleicht …«

Vernünftig wäre es, sie abzuwimmeln. Schließlich wartete man in London auf seinen ersten Bericht, um weitere Schritte unternehmen zu können. Heute Nachmittag hatte er einen Termin im Rathaus, um mehr über die Wirtschaftsinfrastruk-tur zu erfahren. Auch das musste noch vorbereitet werden.

»Wissen Sie«, sagte er stattdessen, »diese Frage fürchten alle Autoren. Wenn ich Ihnen die Titel nenne und Sie kennen keinen davon, sind wir beide frustriert.«

»Ich nicht.« Sie grinste breit. Ihre Zähne waren unglaublich weiß – da hatte sicher jemand nachgeholfen. »Ich kann damit leben, Wissenslücken zu haben.«

Ihre Ehrlichkeit weckte in ihm den Wunsch, sie zu küssen, ihr langes Haar mit seinen Fingern zu durchwühlen, anstatt sich in Fragen zu verzetteln.

»Dann machen wir es ›quid pro quo‹, wie Hannibal Lecter und Clarice Starling.« *Das* war vielleicht nicht die beste Analogie, die er hätte ziehen können. »Die Schöne und das Biest.«

»Was wollen Sie von mir wissen?« Bryluen goss sich einen Tee ein. Wie er schien sie eine Tif – Tea in First – zu sein. »Ich fange an: Schreiben Sie Krimis?«

»Romantische Komödien.« Er musste aufpassen, dass er sich nicht aus Unachtsamkeit verriet. Warum hatte er sich auf Gemmas Idee eingelassen? Er hätte einfach Nigels Namen und Bücher ausleihen sollen. »Lesen sie die?«

»Nur wenn sie zu Jane Austens Zeit spielen.«

Das überraschte ihn. Er hätte sie für eine Frau gehalten, die Bridget Jones las.

»Tut mir leid. Meine Romane spielen im Hier und Heute.« Im Spaß hob er die Hände. »Zu faul für die Recherche.«

»Sagen Sie mir einen Titel oder eben nicht.«

Geduld schien nicht ihre Stärke zu sein, was Ben nur zu gut verstand. Bei seiner Geburt weilte die Geduldsfee auch gerade im Skiurlaub.

»Sommersonnenprickeln, Mohnblumensommer. Ich schreibe als Olivia Bishop.« Er goss sich Milch ein, um etwas Zeit zu schinden. Wenn sie ihn jetzt abblockte, hätte er keine Chancen bei ihr. »Nun bin ich dran: Was arbeiten Sie? Ihr Vater hält sich bedeckt.«

»Oh, da war wohl jemand gesprächig.« Sie lächelte schief, was unglaublich sexy wirkte. »Im Moment ist alles im Fluss, ich orientiere mich neu. Ihre Bücher kenne ich nicht. Leider.«

»Sind halt nicht Ihr Beuteschema.« Ben zuckte mit den Schultern. Warum fühlte er sich enttäuscht, weil sie die Romane seines Alter Egos nicht las? Das war mehr als schräg … »Zwischen welchen Projekten?«

»Neugierig sind Sie aber nicht?«

»Ich will nur alles wissen. Berufskrankheit.«

»Ich war … vielleicht bin ich es auch noch … Model. Curvy Model, um genau zu sein.« Mit zwei Fingern rieb sie sich das Kinn. »So gern ich weiter plaudern würde, ich muss arbeiten.«

Sie sprang auf, was Charlie Brown, der bisher überraschend brav neben dem Tisch gelegen hatte (das könnte an den Würstchen liegen, die Ben ihm heimlich zugesteckt hatte), dazu veranlasste, sich ebenfalls zu erheben und aufzujaulen.

»Sie sollten besser mit ihm rausgehen.«

»Wollen Sie mich nicht begleiten und mir die Schönheiten Ihrer Heimatstadt zeigen?« Wow, das könnte zu forsch gewesen sein.

Prüfend schaute sie ihn an. »Gegen 10:00 Uhr habe ich

einen Termin, zu Mittag bin ich zurück. Falls Sie da nicht schreiben, können wir mit Charlie rausgehen.«

»Ich werde mir die Zeit nehmen.« Um genau zu sein, konnte er es kaum erwarten, dass es Mittag würde. Bis zu seinem Rathaustermin würde ihr Spaziergang sicher beendet sein, oder?

KAPITEL 12

JobCentre Plus stand auf dem unauffälligen hellgrünen Schild über dem Eingang. Seit zehn Minuten stand Bree vor dem graubraunen Gebäude mit den knalligroten Türen und Fensterrahmen und überlegte, ob sie den Termin nicht unter einem Vorwand absagen sollte, aber dafür war sie zu diszipliniert. Außerdem hegte sie die Hoffnung, dass hier jemand eine Idee hätte, wie sich ihre berufliche Zukunft gestalten könnte.

Noch zwei blaue Autos, dann gehe ich rein.

Der Flur im dritten Stock, in dem sie auf einem unbequemen Stuhl vor dem Büro ihres Sachbearbeiters wartete, war im selben tristen Graubraun gehalten wie die Fassade. Timothy Fenton hieß er, jedenfalls stand das auf dem Schild neben der Tür. Glücklicherweise kam ihr der Name nicht bekannt vor. Bree wollte sich nicht ausmalen, jemandem gegenübersitzen zu müssen, mit dem sie auf eine Schule, oder schlimmer noch, in eine Klasse gegangen war.

Endlich öffnete sich die Tür. Ein Mann, etwa zehn Jahre älter als sie, schaute auf den Flur, als ob sich dort die Massen drängten. »Ms. Marrak? Kommen Sie herein. Ihre Unterlagen haben Sie dabei?«

»Ja. Guten Tag.« Bree reichte ihm die Papiere, die sie ausgefüllt hatte. Dafür, dass sie zehn Jahre lang gearbeitet hatte, sah ihr Lebenslauf wenig beeindruckend aus.

Sie setzte sich, rutschte nach hinten, obwohl sie vor Nervosität am liebsten mit dem Stuhl gekippelt hätte.

»Sie haben also nur einen Schulabschluss.« Ihr Sachbearbeiter musterte sie von oben bis unten, wobei sein Blick am längsten auf ihren Brüsten verweilte. »In der heutigen Wirtschaftslage, insbesondere hier in Cornwall, finden wir maximal eine an- und ungelernte Tätigkeit für Sie. Im Mindestlohnbereich, Sie verstehen.«

Bree bemühte sich um ein Lächeln. Sie musste an das Motto der Pinguine aus Madagaskar denken: »Stur lächeln und winken.« Ein guter Leitspruch.

7,50 £ die Stunde – das waren ja grandiose Zukunftsaussichten. Auch wenn Bree nie zu den Topmodels gehört hatte, so waren ihre Jobs, egal, ob Werbung, Cover oder Katalog, stets gut bezahlt gewesen und ermöglichten ihr ein schönes Leben. Vielleicht sollte sie Sarahs Angebot, groß in Japan herauszukommen, doch noch einmal überdenken.

Nein, das würde das Problem nur ein wenig in die Zukunft verlagern. Modeln war keine Arbeit, die man bis zur Rente ausüben konnte. Von einigen Ausnahmen abgesehen.

Sie schaukelte auf der Suche nach einer angenehmen Sitzposition, die es nicht gab, hin und her. Wahrscheinlich sollten sich die Kunden, Klienten – wie nannte man Menschen wie sie heute? – sich nicht zu wohl fühlen.

Schweigend starrte er auf seinen Monitor, was Bree allerdings nichts ausmachte. Niemand machte ihr etwas vor, was beredtes Schweigen anging. Sie nutzte die Chance, um sich in dem Büro umzusehen. Vielleicht ließ sich etwas finden, mit dem sie eine persönliche Beziehung zu ihm herstellen konnte.

Das hatte sie in ihrem Job gelernt: Menschen einzuschätzen, eine gemeinsame Basis zu schaffen und so länger zu überleben als die meisten ihrer Kolleginnen und Freundinnen.

An der Wand hinter ihm hing nur ein typischer Bürokalender, grau-blau, vier Monaten übereinander, exakt ausgerichtet. Brees Blick schweifte weiter. Die übliche Büropflanze, irgendetwas Palmenartiges, sicher anspruchslos und wenig ansehnlich. An der Wand neben ihr hing ein offizielles Plakat, das Werbung für Weiterbildung machte. Nichts, überhaupt nichts, was auf die Persönlichkeit des Mannes schließen ließ. Keine humorvollen Bilder, aus dem Internet gezogen und ausgedruckt, kein Familien- oder Haustierfoto auf dem ordentlichen Schreibtisch. Setzten sie in den Ämtern inzwischen Roboter ein?

»Was sind Ihre Vorstellungen?«

Diese Frage drohte Bree aus dem Konzept zu werfen. *Wenn ich Vorstellungen über meine Zukunft hätte, säße ich bestimmt nicht hier.*

Nein, wenn sie das sagte, würde ihre Arbeitsbeziehung wenig erfolgversprechend beginnen.

»Studieren vielleicht …« Sie hasste es, wenn ihre Stimme sich kleinmädchenhaft anhörte und sich zum Satzende hob, als stellte sie eine Frage. »Oder eine Umschulung machen.«

»Eine Umschulung setzt voraus, dass sie eine Ausbildung haben.« Er hob seine Mundwinkel, was selbst ein freundlicherer Mensch als Bree kaum als Lächeln interpretieren konnte. »Bei Ihnen müssen wir ja ganz von vorne anfangen.«

Genieß du nur dein bisschen Macht. Hoffentlich werde ich nie von dir abhängig sein.

»Was meinen Sie damit?«, flötete sie, während sie ihm innerlich eine Grimasse nach der nächsten zog. »Was würden Sie mir empfehlen? Mit Ihrer jahrelangen Erfahrung.«

Da blickte er sie zum ersten Mal direkt an, schien wohl herausfinden zu wollen, ob sie es ernst meinte oder nicht.

Brees Gesichtsausdruck verriet nichts. Darin hatte sie viel Übung, gegen die ihr Gegenüber nicht ankommen würde. Beinahe tat er ihr leid, wie er sich abstrampelte, sie kleinzumachen, ohne den erwünschten Erfolg zu erzielen.

»Entweder vermitteln wir Sie in eine an- und ungelernte Tätigkeit in der Touristikbranche. Reinigung oder Empfang, möglicherweise.« Erneut musterte er sie. »Oder Sie machen eine Ausbildung. Krankenpflegepersonal wird gesucht. Oder Altenpflegehelferinnen.«

Na, das sind ja großartige Aussichten.

»Tut mir furchtbar leid.« Bree lächelte. »Ich kann kein Blut sehen und habe Angst vor Spritzen. Was ist denn mit dem Studium?«

Sichtlich irritiert, dass seine Vorschläge auf Ablehnung gestoßen waren, bewegte er die Computermaus auf und ab und starrte wieder auf den Monitor. Hinter Bree erklang das Geräusch eines Druckers; sie widerstand der Versuchung, sich umzuschauen.

»Ich drucke Ihnen ein paar Informationen zum Studium aus.« Ihr Berater stand auf und ging so nah an ihr vorbei, dass sie Zwiebeln riechen konnte, die er wohl zum Frühstück gegessen hatte, und ein Übermaß eines holzig-männlichen Eau de Toilette. »Die lesen Sie sich durch, informieren sich im Internet. Sobald Sie klarer sehen, vereinbaren Sie einen neuen Termin.«

Er übergab Bree die Ausdrucke und reichte ihr zum Abschied die Hand. Sein Händedruck war unerwartet kräftig.

»Vielen Dank für Ihre Unterstützung.« Das konnte sie sich einfach nicht verkneifen. »Auf Wiedersehen.«

Auf hoffentlich Nimmerwiedersehen.

Nachdem sie die Bürotür hinter sich geschlossen hatte, holte sie tief Luft. Das war noch schlimmer gelaufen, als sie befürchtet hatte. Gut, einen Großteil der Schuld trug sie, weil sie sich nicht genug Gedanken über ihr Leben und ihre

Zukunft gemacht hatte. Aber genau das hatte sie ja von ihrem Gegenüber erhofft. Das war doch bescheuert: Wenn man nicht wusste, was man wollte, halfen sie einem nicht. Wenn man wusste, was man wollte, brauchte man sie nicht. *Irgendwie wie Männer,* überlegte Bree mit einem Grinsen.

Alys und Chesten hatten es viel besser als sie, die eine, weil sie so ein unglaubliches Talent hatte, auch wenn sie dem erst nicht getraut hatte. Die andere, weil sie immer gewusst hatte, was sie wollte. Tierärztin in St. Bart sein, auf dem Hof ihrer Familie leben und sich mit Dutzenden von Viechern umgeben. Selbst ihre große Liebe hatten beide gefunden, auch wenn die bei Chesten eher unglücklich enden würde.

Ach was, für sie würde sich schon etwas ergeben, sie musste nur darauf vertrauen, dass das Leben es gut mit ihr meinte. Nur nichts überstürzen. Wie Alys' Grandma immer gesagt hatte: Wer zu früh plant, plant zweimal. Bree vermisste Rosenwyn Nankivell. Sie hatte Alys so viele Freiheiten gewährt, während Brees Leben nur aus Einschränkungen und Vorschriften bestanden hatte. Das brachte Brees Gedanken zu ihrer Mutter. Irgendwie war Bree sich sicher, dass es mit dem Krankenhausaufenthalt mehr auf sich hatte, als ihre Eltern ihr gegenüber zugeben wollten. So waren sie immer schon gewesen: Alles hinter dem Berg halten und nach außen den Schein wahren, wobei die Außenwelt auch ihre Kinder einschloss.

Vielleicht sollte sie sich über den Wunsch ihrer Mutter hinwegsetzen und morgen Nachmittag ins Krankenhaus fahren. Falls Alys oder Chesten Zeit hätten, sie zu begleiten. Allein wagte Bree sich nicht dorthin. Sie konnte wirklich kein Blut sehen und fiel bei Spritzen um.

Mr. Barnes stand bereits vor der Haustür und wurde von einem bellenden und wild hüpfenden Charlie Brown umkreist.

Das kann nicht gut ausgehen, dachte sie sich und blieb stehen, um sich den Spaß anzusehen. Charlie war ein dermaßen unerzogener Hund, dass Jorys Mischling Buddy richtig vernünftig wirkte. Buddy war nur tollpatschig, eine Vernichtungswaffe in Fell, aber Charlie … Bree hatte den Beagle im Verdacht, dass er sich für den Leithund hielt und Mr. Barnes nicht ernst nahm. Keine guten Voraussetzungen für eine Mensch-Hunde-Partnerschaft. Nicht, dass sie sich damit besonders auskannte. Ihre Eltern hatten jeglichen Vorstoß in Richtung Haustier sofort abgeblockt.

»Auf gar keinen Fall. Die Arbeit bliebe dann nur an uns hängen«, lautete das Argument ihrer Mutter. »Bree, du würdest doch ganz schnell das Interesse verlieren und wir müssten das Tier weggeben.«

Niemals hatten sie ihr die Chance gegeben, ihnen zu zeigen, dass sie in der Lage war, sich um ein Tier – selbst wenn es nur ein Vogel oder eine Schildkröte wäre – angemessen zu küm-mern. Also hatte Bree es irgendwann aufgegeben, ein gutes Kind sein zu wollen, und hatte alle Erwartungen ihrer Eltern erfüllt, indem sie sich zu einem wilden Mädchen entwickelte.

Was wäre wohl aus mir geworden, fragte sie sich, *wenn ich mit Alys' Grandma oder Chestens großartigen Eltern aufgewachsen wäre?* Ach, das war müßig. Auch Alys und Chesten hatten ihre Päckchen zu tragen. Auch wenn Alys wenig davon sprach, blieb die Galerie hinter den Planzahlen zurück, genauso wie der Comicladen, obwohl Jory Stammkunden hatte und auch online handelte.

»Jiff, jiff, jiff!« Charlie Brown hatte sie entdeckt und rannte kläffend auf sie zu, Mr. Barnes zog er einfach hinter sich her wie einen Sack Hundefutter.

»Hallo Ms. Marrak«, keuchte er, nachdem Charlie Brown sie erreicht hatte und an ihr hochsprang, um ihr feuchte Hundeküsse zu geben. »Ich wollte schon los zum Spaziergang, weil Charlie nicht mehr stillhalten konnte. Charlie, aus, lass das.«

Wie zu erwarten, ignorierte der Beagle den Befehl. Erst ein scharfer Blick und ein kurzes »Pfui!« von Bree veranlassten ihn, sich brav auf seinen Hundehintern zu setzen.

»Haben Sie immer noch Lust, uns zu begleiten?« Mr. Barnes klang so flehentlich, dass Bree es nicht übers Herz brachte, sein Angebot abzulehnen. Außerdem konnte sie nach dem furchtbaren Tagesbeginn ein bisschen Ablenkung brauchen. Zum Beispiel indem sie seinem Aufenthalt in St. Bart auf den Grund ging, da sie ihm nicht glaubte, dass er einen Roman schrieb. Die Schriftsteller, die sie bisher kennengelernt hatte (Models zogen Künstler an und umgekehrt), waren das Gegenteil ihres Gastes gewesen: wenig gesprächig, bis in die Mittagsstunden hinein schlafend und mit dem Kopf in den Wolken.

»Gut, dann zeige ich Ihnen die Gegend.« Sie hakte sich bei ihm unter, was dazu führte, dass er erstarrte. Sollte er doch vom anderen Ufer sein? Nein, Schwule gingen ihrer Erfahrung nach viel unbefangener mit Frauen um als Mr. Barnes. Außerdem hatte der doch etwas von einer Ex erzählt. Das würde sie jetzt herausfinden.

KAPITEL 13

Schweigend verließen sie die Stadt in Richtung Norden, zu den Wiesen und Weiden, die St. Bartholomew umgaben. Zu Brees Erstaunen war es keine unangenehme Stille, sondern eine einvernehmliche, die es ihnen ermöglichte, ihren Gedanken nachzuhängen. Nur ab und zu störte Charlie Brown die Ruhe, wenn er hektisch kläffte oder in Pfützen am Straßenrand sprang.

Sie führte Ben Barnes und seinen Beagle zu einer kleinen Anhöhe, von der aus man einen wunderschönen Ausblick über die Umgebung genießen konnte. Das war die übliche Tour, wenn Gäste nach Wanderwegen fragten. Schon als Kind hatte Bree Touristen hierher begleitet und kannte daher die Reaktionen, wenn diese die Schönheiten Cornwalls sahen, die für sie alltäglich waren. Auch Ben bildete keine Ausnahme. Er blieb stehen, um sich dann einmal um sich selbst zu drehen.

»Was für eine unglaubliche Weite.« Er öffnete die Arme, als wollte er die Hügel und Wiesen darin einfangen. »Was für ein unglaubliches Grün. Das habe ich fast vergessen.«

»Du kennst St. Bart?« Davon hatte er bisher nichts gesagt.

»Als Kind war ich mal hier.« Er zog eine Grimasse. »Ist ewig her. So leuchtend habe ich es nicht in Erinnerung.«

»Das liegt am Regen«, antwortete Bree. Sie versuchte, die Umgebung mit den Augen eines Fremden zu sehen, aber es wollte ihr nicht gelingen. »Und am Golfstrom.«

»Es ist eine Landschaft, die einem das Herz erwärmt«, hatte einmal ein Gast zu ihr gesagt. Damals hatte sie das nicht verstehen können, weil ihr das endlose Grün und das weite Blau so vertraut waren. Jetzt jedoch, nach den Jahren unterwegs, begriff sie, was der Mann gemeint hatte. Das Mosaik aus hellgrünen Wiesen, durchzogen mit etwas dunkleren Hecken wirkte beruhigend und gleichzeitig belebend. Kein Wunder, dass es jedes Jahr mehr Menschen hierherzog. Auch ohne das Meer vor der Haustür hatte dieser Landstrich etwas zu bieten.

»Romantik ist wohl nicht deine starke Seite«, sagte Mr. Barnes, nein, Ben – »Wollen Sie mich nicht Ben nennen?«, hatte er zu Beginn des Spaziergangs gefragt. »Wenn man in London lebt, ist man es nicht gewohnt, so weit schauen zu können. Irgendwo steht immer ein Gebäude im Weg. Während du hier bis zum Meer schauen kannst.«

Seine Hand deutete nach links. Brees Blick folgte ihr. Ja, wenn man sich anstrengte, konnte man hinter den Weiden, auf denen Kühe grasten, das dunklere Blau des Meers erspähen, über dem sich das Azur des Himmels aufspannte.

»Warte nur ab«, spottete sie, um sich gegen das warme Gefühl zu wehren, das in ihr aufstieg. Sie wollte nicht in St. Bart bleiben, egal, wie schön es hier war. »Wenn Nebel und Regen beginnen, wirst du dich nach den Lichtern Londons zurücksehnen. Bei schönem Wetter ist es hier wunderhübsch, aber im Winter …«

»Hattet ihr in den letzten Jahren Schnee, Bryluen?« Ben war weitergegangen, weil Charlie Brown an der Leine zerrte. »Das muss großartig aussehen. Diese … idyllische Landschaft unter einer Schneedecke.«

»Warum nennst du mich nicht Bree? Das tun alle.«

»Bryluen passt viel besser zu dir als Bree«, lauteten seine Worte, was sie freute. Sie mochte ihren Spitznamen, aber irgendwie ließ er sie wie einen Teenager wirken, nicht wie eine erwachsene Frau.

»Ich muss dich enttäuschen.« Bree folgte ihm und dem Beagle. »Es schneit hier selten. Der Golfstrom ist schuld.«

Der Winter in Cornwall wirkte ein wenig wie der Schlaf des Frühlings, nicht so klirrend und knackig wie an anderen Orten. In Cornwall gab es weder flirrende Kälte noch Schnee und Eis. Falls es überhaupt schneite, schmolz der Schnee innerhalb weniger Minuten wieder und ließ nur Matsch und flache Pfützen zurück. Bree hatte festgestellt, dass sie Schnee mochte, als sie für Shootings in Colorado gewesen war. Überhaupt schätzte sie es, wenn die Jahreszeiten sich stärker abgrenzten. In Cornwall hingegen führte der Golfstrom dazu, dass das Klima mild war, das Gras niemals sein leuchtendes Grün verlor und die Temperaturen nicht allzu tief gingen.

Das Einzige, was darauf hinweist, dass die Jahreszeit sich geändert hat, sind die fallenden Temperaturen. Bree kuschelte sich in ihre Drizzledays-Jacke von Seasalt. Sie liebte die Kleidung des kornischen Herstellers, die wettertauglich war und darüber hinaus gut aussah.

»Ach schade«, sagte Ben. »Weiße Weihnachten in St. Bart hätte mir gut gefallen.«

»Weihnachten bist du längst wieder in London, nicht wahr?«

Er stutzte einen Moment. »Stimmt, ja klar. Ich habe es mir nur vorgestellt.«

»Das weihnachtlichste, was wir bieten können, sind die Lichter von Mousehole«, antwortete sie. Die Erinnerung drohte, sie einzuholen, sodass sie schnell weitersprach. »Das Spektakel zieht jedes Jahr viele Touristen an. Vielleicht solltest du dafür noch einmal herkommen.«

Leichthin war das gesagt, aber sie musste zugeben, dass sie sich freuen würde, sollte er seinen Aufenthalt verlängern. Ben Barnes war – neben ihren Freundinnen natürlich – ein Lichtblick ihres Aufenthalts in St. Bart. Bisher hatte sie nur die Tatsache, dass er zahlender Gast ihrer Eltern war, davon abgehalten, mit ihm zu flirten.

»Oh, so spät«, war seine Antwort. Er schaute auf die Uhr. »Ich muss noch telefonieren. Mit meiner Ass… meinem … Verleger.«

Kurz überlegte sie, nachzuhaken, entschied dann aber, dass es sie nichts anging, mit wem er telefonieren wollte.

Der Wind wehte ihr kräftig ins Gesicht, sodass sie den Kopf senkte, damit er ihr nicht Tränen in die Augen trieb. Erst am Stadtrand, wo die Häuser und Bäume den Wind abmilderten, hob Bree den Kopf wieder.

»St. Bartholomew ist eigentlich ein hübsches Städtchen.« Ben deutete auf die spätviktorianischen Häuser, deren Erker auf die Straße schauten. Oft verdeckten hohe Palmen die unteren Fenster.

»Ja, aber es gibt auch weniger schöne Ecken. *Greenfields* zum Beispiel.« Bree rümpfte die Nase. »Ein beschönigender Name für hässliche Bauten.«

Ben zuckte zusammen. Was hatte sie denn nun schon wieder Falsches gesagt? Sollte er die Sozialbauten im Westen der Stadt etwa kennen? Irgendetwas an ihm war äußerst, äußerst irritierend. Bisher hatte sie noch jeden Mann für sich gewinnen können, aber bei Ben Barnes drohte ihr Charme zu versagen. *Das kann nicht sein, mir muss nur etwas einfallen, wie ich ihn für mich gewinnen kann.*

»Wenn es am Meer läge, könnte die Stadt sich vor Touristen nicht retten«, sagte er, als hätte er ihren Einwurf über *Greenfields* überhört.

Bree zuckte mit den Schultern. Das war weder eine neue noch eine besonders originelle Erkenntnis. Immer wieder gab es Pläne des Stadtparlaments für Touristenattraktionen. Ein Freizeitpark scheiterte am Widerstand der Bevölkerung, der Betreiber des Spaßbades hatte sein Angebot zurückgezogen und die Eishalle erschien allen dann letztlich doch zu übertrieben. Also blieb die Stadt, wie sie war. Etwas eigen, etwas verborgen, sehr kornisch, wie Bree meinte.

»Retten ist das passende Wort«, antwortete sie. »Warum kann St. Bart nicht bleiben, wie es ist? Muss man immer alles verändern?«

»Wandel ist Leben.« Ben zwinkerte ihr zu. »Du hättest wohl den anderen Affen geraten, auf dem Baum sitzen zu bleiben. Weil unten Tiger und Hyänen warten.«

Was war das denn? Kaum duzten sie sich, kam er ihr frech. Eben hatte er den Spaziergang abbrechen wollen und nun flirtete er mit ihr. Sie hasste sprunghafte Männer, aber trotzdem stieg sie auf seine Frotzelei ein.

»Und du wärst als Erster vom Baum gehüpft, einem Tiger direkt ins Maul?« Bree blieb stehen, stemmte ihre zu Fäusten geballten Hände in die Hüften und neigte den Kopf. »Ehrlich, auf mich wirkst du wie einer, der lieber abwartet und andere vorschickt.«

»So kann man sich täuschen.« Sein freches Grinsen gefiel ihr, das musste sie zugeben. »Ich hätte dem Tiger einen auf die Nase gegeben, um die Affendamen zu beeindrucken.«

Vielleicht war es an der Zeit, sich ihre Zwangspause etwas zu versüßen. Ihren Eltern würde es sicher nicht gefallen, wenn sie eine Affäre mit einem Gast anfing, aber Ben blieb ja nur noch wenige Wochen. Und Diskretion war ihr zweiter Vorname.

Bevor sie antworten konnte, entdeckte Charlie Brown etwas, das ihn in helle Aufregung versetzte. Er zerrte an der Leine, hüpfte auf und ab und rannte dann so überraschend los, dass er Ben mit sich riss. Bree blieb stehen, um das Spektakel in voller Pracht zu genießen.

»Nein, Charlie, nicht.« Ben kämpfte sichtlich um sein Gleichgewicht, was Bree zum Lachen brachte, ihr aber auch gefiel. Unter den viel zu weiten Klamotten verbarg sich ein ziemlich sportlicher Körper. Fast schien es, als wollte er von seinem wahren Äußeren ablenken. Aber so leicht ließ sie sich nicht täuschen, weder von der billigen Kleidung noch von der altmodischen runden Brille, in der sich augenfällig nur Fensterglas verbarg.

Inzwischen war es Ben gelungen, die Balance wiederzugewinnen. Er stemmte die Beine in den von Laub übersäten Boden, sodass der Hund anhalten musste. Mit hängender Zunge versuchte Charlie Brown immer wieder, davonzurennen, aber Ben hielt die Leine fest in der Hand. Plötzlich änderte der Beagle seine Strategie. Er wandte sich um und rannte um Ben herum, kläffend und hüpfend, sodass dieser sich hoffnungslos in der Leine verhedderte.

Nun standen sie beide – ein eindeutiges Patt. Nachdem sie beobachtet hatte, wie Ben versuchte, sich aus Charlie Browns Leine zu entknoten, entschloss sich Bree, einzugreifen. Das Elend war einfach nicht zum Ansehen.

»So kann das nicht weitergehen«, sagte sie, nachdem es ihr gelungen war, den Mann zu befreien, ohne den Beagle entkommen zu lassen. »Ein Freund von mir hat einen Hund, der ähnlich … herausfordernd ist wie Charlie. Übermorgen will er mit Buddy zu einer Hundeschule. Wollt ihr beide ihn nicht begleiten?«

Einen Moment lang sah es so aus, als hätte sie ihn mit ihrem Vorschlag beleidigt. Dann jedoch seufzte er, hob die Hände, was Charlie Brown als Aufforderung verstand, hochzuspringen.

»Ich fürchte, du hast recht.« Ben senkte die Hände und klopfte dem Beagle die Schulter. »Charlie ist ein starker Charakter. So wie seine Besitzerin.«

Warum versetzten diese Worte ihr einen Stich? Bree runzelte die Stirn. Jetzt musste sie sich ja keine Sorgen mehr machen, dass das Falten gab. Das war das Beste daran, dass sie aktuell keine Jobs hatte. Endlich konnte sie tun und lassen, was sie wollte, ohne an die Konsequenzen für ihr Äußeres denken zu müssen. Trotzdem fehlte es ihr, auch wenn die meisten Menschen nicht verstehen konnten, dass Modeln harte Arbeit war, die viel Disziplin erforderte.

»Ach so, ich dachte, Charlie gehört dir?«

»Nun, ja und nein.« Langsam ging Ben weiter und zog den widerstrebenden Beagle hinter sich her. »Eigentlich gehört er Imogen. Meiner Ex.«

Als er ihren Namen nannte, verdüsterte sich seine Miene, was Bree erneut einen Stich versetzte. Was hatte es wohl mit dieser Imogen auf sich? Hatte sie sich von ihm getrennt oder er von ihr? So wie Ben reagierte, war er wohl der, der verlassen worden war.

»Und du hast ihn entführt?«, fragte sie leichthin, damit er nicht bemerkte, wie sehr sie die Antwort interessierte. »Oder gibt es einen Sorgerechtsstreit?«

»Imogen wollte ihn nicht mehr. So wie mich.« Ben ruckte so hart an der Leine, dass Charlie Brown sich auf die Hinterbeine erhob. »Also, wie ist das mit der Hundeschule?«

KAPITEL 14

E*s war eine verflucht dumme Idee, aber ich habe ja unbedingt meine Mutter besuchen müssen, obwohl diese niemanden sehen wollte,* dachte Bree, während sie auf die Armaturen des Fahrstuhls hämmerte, der sie wieder ins Erdgeschoss und zum Ausgang bringen sollte.

So ein Pech, dass weder Alys noch Chesten heute Morgen Zeit hatten und dass ihr die Geduld fehlte, noch einen weiteren Tag zu warten. Den krankenhaustypischen Geruch nach Desinfektionsmitteln und Linoleumfußboden ertrug sie nur, indem sie durch den Mund atmete. Nachdem sie durch endlos erscheinende lindgrün gestrichene Gänge geirrt war, fand sie endlich die Station, auf der ihre Mutter lag.

Onkologie – schon das Wort klang bedrohlich. Bree atmete noch flacher, ihre Finger zitterten, als sie nach der Tür griff. Ihr Vater hatte ihr heute Morgen dringend davon abgeraten, ins Krankenhaus zu fahren, aber sie wollte sich mit eigenen Augen davon überzeugen, wie es ihrer Mutter ging. Je länger diese im Krankenhaus blieb, desto mehr galoppierte Brees Fantasie und gaukelte ihr ein Schreckensbild nach dem anderen vor. Immer wieder versuchte sie, sich einzureden, dass ihre Eltern sie in einer derart wichtigen Sache nicht anlügen würden, aber das glaubte sie nicht.

»Hallo Mum«, sagte sie.

Zwei Frauen teilten sich das Zimmer. Eine Blondine, etwa in ihrem Alter, die Bree freundlich anlächelte, und ihre Mutter, die entsetzlich blass und zerbrechlich wirkte. In ihrem Arm steckte ein Schlauch, der zu einem Tropf führte. Bree musste ihren Blick abwenden, Nadeln konnte sie nur unter Aufbietung ihrer Willenskraft ertragen.

»Was willst du hier?« Die Stimme ihrer Mutter klang kräftiger, als ihre fragile Konstitution erwarten ließ. »Jane, lässt du uns bitte einen Moment allein?«

»Klar, Helen.« Neugierig musterte Jane Bree, als sie an ihr vorbeiging. Der fahrbare Tropf klapperte, was Bree ein schlechtes Gewissen machte, die Frau vertrieben zu haben.

»Ich habe dir einen *Crumble* mitgebracht.« Bree holte die Dose aus ihrer Handtasche. »Pflaume-Zimt, den magst du so gern.«

»Nimm ihn wieder mit.« Wenn ihre Mutter in diesem eisigen Ton sprach, lohnte es sich nicht zu diskutieren, das wusste Bree nur zu gut. »Ich will weder den Kuchen noch deinen Besuch.«

Brees Hand zitterte so sehr, dass ihr der Plastikbehälter entglitt und auf den Boden fiel. Sie bückte sich danach und kämpfte um ihre Fassung.

»Mum, ich habe mir Sorgen gemacht.«

»Das brauchst du nicht. Dad kann dir alles erklären.«

»Wie geht es dir?«

»Es ginge mir besser, wenn du dich nicht über meine Wünsche hinwegsetzen würdest.«

»Es tut mir leid.« Bree zog ihre Unterlippe zwischen die Zähne, um die Worte zurückzuhalten, die aus ihr heraussprudeln wollten. »Ich wollte dich nicht aufregen.«

»Dann mach einmal in deinem Leben, was man dir sagt.«

Bree stellte die Dose auf den Tisch.

»Vielleicht möchte Jane ja den *Crumble*, wenn du ihn nicht willst.« Sie zwang sich zu einem Lächeln. »Tschüs, Mum.«

»Auf Wiedersehen.« Ihre Mutter wandte Bree den Rücken zu und starrte aus dem Fenster in den hellgrauen Himmel.

Bree schloss die Zimmertür hinter sich und verspürte das dringende Bedürfnis, einen Wutschrei von sich zu geben. Unwillkürlich ballten sich ihre Hände zu Fäusten, ihr Körper spannte sich an vor unterdrückter Energie. Sie musste raus, musste irgendetwas unternehmen, um sich abzulenken.

Als sie vor die Tür des Krankenhauses trat, hatte der Him-mel aufgeklart. Das milde Herbstwetter schien Bree zu ver-spotten, deren Stimmung eher nach Regen und Sturm als nach lieblicher Sonne war. An der Haltestelle gegenüber dem Krankenhaus fuhr gerade der Bus nach Penzance ein. Das betrachtete Bree als einen Wink des Schicksals. Sie rannte los.

»Ich hätte auf Sie gewartet, Love«, sagte der Fahrer lächelnd, als er die Türen für sie wieder öffnete.

Obwohl es nur eine kurze Strecke war, suchte sie sich einen Platz im oberen Stock, an dem sie die Sonne genießen konnte. Sie schloss die Augen und schlug den Kragen ihrer Jacke hoch, um sich gegen den Fahrtwind zu schützen, der ihr Haar durcheinanderwirbelte. Obwohl ihr Magen sich immer noch so anfühlte, als hätte ihr jemand einen heftigen Hieb versetzt, freute sie sich auf die Stadt.

Schon als Kind und Teenager hatte sie Penzance geliebt. Die Stadt hatte all das, was St. Bart ihrer Meinung nach fehlte: Charme, Lebendigkeit, Vielfalt und deutlich mehr Shopping-Möglichkeiten. Aber vor allem faszinierte Penzance sie durch sein mediterranes Flair. Nicht umsonst nannte man die Region die *kornische Riviera*. Selbst der pfeifende Wind wirkte in Penzance heller und freundlicher als in anderen Städten. Palmen und bunt blühende Büsche prägten das Stadtbild – und natürlich die See, die direkt vor Penzance begann und in der ganzen Stadt zu spüren war.

Obwohl der Ort am Meer lag und einige Sehenswürdigkeiten vorzeigen konnte, fanden sich hier nicht so viele Touristen ein wie in St. Ives oder in den malerischen Fischerdörfern, die sich an der Küste aufreihten wie Juwelen an einer Kette. Bree schwankte, ob sie das bedauern oder sich lieber darüber freuen sollte. Für die Stadt und ihre Bewohner wäre es sicher besser, wenn mehr Menschen hier Urlaub machten und ihr Geld dort ließen. Für Penzances Charakter jedoch war es angenehmer, dass sich die Touristen nicht in Pulks durch die Stadt schoben und alles mit sich brachten, was in ihrem Gefolge eben kam: Läden mit kitschigen Andenken, noch mehr Restaurants, Pubs und Tea Rooms.

Bree stieg an der *Market Jew Street*, der Haupteinkaufsstraße, aus, die sich in zweiter Reihe hinter der Hafenpromenade befand. Selbst hier spürte man das Wasser. Der allgegenwärtige Wind brachte das Salz der See mit sich, das sich auf der Haut und in den Haaren niederschlug. Als Kind hatte Bree gedacht, dass die Hauptstraße nach jüdischen Händlern hieß, die hier irgendwann ihre Geschäfte geführt hatten. Ihr Vater hatte ihr erklärt, dass der Name eine Verballhornung des kornischen *Marghas Yow*, des Donnerstagsmarkts, war.

Auch wenn sie eigentlich nichts brauchte, schaute Bree in den Oxfam-Laden. Es gefiel ihr, durch Einkaufen etwas Gutes zu tun. Sollte sie bei Oxfam nicht fündig werden, gab es in Penzance noch drei andere Geschäfte, in denen es Waren aus zweiter Hand gab, die einem guten Zweck dienten. Langsam kam sie etwas zur Ruhe, obwohl sie sich immer wieder fragte, warum ihre Mutter so zornig reagiert hatte. Ob sie mit Alys und Chesten darüber reden sollte? Nein, besser nicht. Selbst ihren Freundinnen gegenüber konnte Bree sich nicht eingestehen, wie wenig sie und ihre Mum sich verstanden.

Sie blieb stehen, um die Sonnenbrille aus ihrem Rucksack

zu holen. Kaum hatte Bree sie aufgesetzt, verschwand die Sonne hinter den Wolken, als wollte sie nie wieder hervorkommen. Typisch kornisches Wetter. Sie schob die Sonnenbrille in die Haare und schlenderte weiter in Richtung Meer.

Wie zu erwarten, standen ein paar Touristen fotografierend vor dem *Egyptian House*. Am liebsten hätte Bree ihnen gesagt, dass es bessere Motive gäbe; Bilder, die typischer für Penzance waren als dieses auffällige Gebäude mit seiner Fassade, die an den Cleopatra-Film mit Elisabeth Taylor erinnerte.

»Schaut euch die viktorianischen Häuserreihen an«, hätte Bree am liebsten gesagt. »Geht in einen der beiden Parks. Dort findet ihr wahre Motive, nicht diesen Kitsch.«

Aber sie schwieg, weil sie wusste, dass die Touristen sie nur erstaunt ansehen und sowieso nicht auf sie hören würden. Als Teenager hatte sie es ein paar Mal probiert. Die Touristen waren entzückt darüber, eine echte Einwohnerin Cornwalls zu treffen, hatten aber nicht auf ihre Ratschläge zu Fotomotiven hören wollen.

Bald kam das zweite Touristen-Highlight in ihren Blick. Das hatte sie beinahe vergessen – das Piratenschiff im Penzancer Hafen, in dem sich alles kaufen ließ, was das Piratenherz begehrte. Brees Vater meinte, dass das Schiff auf die Operette »The Pirates of Penzance« von Gilbert und Sullivan zurückginge, Bree hingegen war sicher, dass es nur ein weiterer erfolgreicher Versuch war, die Touristen zu ermuntern, Geld für etwas auszugeben, das sie nicht benötigten.

An der Mole blieb sie unschlüssig stehen. Ginge sie nach rechts, führte ihr Weg sie nach Newlyn, einer etwas kleineren Version von Penzance, in dem es heute sicher ruhig zuginge. Wählte sie den linken Weg, käme sie nach Marazion, das selbst in der Winterzeit bei Touristen beliebt war, die von dort aus nach St. Michael's Mount übersetzten. Eine Weile schaute sie dorthin, wo sich die Burg wie ein dunkler Schatten gegen den Himmel abhob.

Heute war ihr mehr nach der Ruhe von Newlyn.

Während sie den gepflasterten Weg am Kai entlangschlenderte, musterte Bree die wenigen Menschen, die ihr entgegenkamen. Die Kleidung war der einfachste Weg, Touristen von Einheimischen zu unterscheiden. Nicht anhand des Stils oder der Marken, die die Menschen trugen, sondern anhand der Dicke ihrer Kleidung. Die Touristen hüllten sich selbst bei Sonnenschein in lange Hosen, Fleecejacken und Schals, als wären sie mitten im tiefsten Winter. Einheimische wie Bree hingegen feierten die Sonnenstrahlen, die dieser goldene Novembertag mit sich brachte, mit kurzen Ärmeln, Shorts oder Miniröcken und Sandalen.

Das Tosen der Wellen, die sich mit weißem Sprühnebel am Kai brachen, wurde übertönt vom Flattern des Windes. Eine für Cornwall typische Brise, die wild und kraftvoll vom Meer her wehte, Bree die Haare durcheinanderwirbelte, ihr den langen bunten Rock aus viel zu dünnem Stoff gegen die Beine presste und ihr die Kapuze der Jacke auf den Rücken schleuderte. Sie lächelte, als sie das winzige Mädchen entdeckte, das sich mit gesenktem Kopf energisch über den Lenker beugte und mit ihrem Fahrrad gegen den Wind ankämpfte.

Das schöne Wetter hatte etliche Jungen in den Skatepark gelockt, die sich mit Kunststücken überboten, während zwei Mädchen bewundernd am Rand standen.

So war es schon in ihrer Jugend gewesen, allerdings ohne Skatepark. Aus Trotz hatte Bree damals skaten lernen wollen. Viel schwieriger als surfen würde es nicht sein, hatte sie gedacht. Aber ein Sturz, bei dem sie sich die Narbe am Kinn zugezogen hatte, hatte sie eines Besseren belehrt. Danach fürchtete sie eine Verletzung, die dauerhafte Narben mit sich brächte. Da sie damals schon wusste, dass sie Geld mit ihrem Aussehen verdienen wollte, hatte sie das Skaten aufgegeben, bevor sie es richtig begonnen hatte.

Sie blieb eine Weile stehen und beobachtete einen Jungen,

der sich gekonnt auffällig von seinem Board fallen ließ. Die Show erzielte die gewünschte Wirkung: Eines der Mädchen rannte zu ihm hin, küsste und tröstete ihn.

War sie auch einmal so jung gewesen? Bree lächelte bitter. Wie naiv sie gewesen war zu glauben, dass es leicht wäre, vom Modeln zu leben. Sicher, es gab viele Jobs, die anstrengender, schwerer, schmutziger und schlechter bezahlt waren, aber trotzdem … Bree schüttelte sich. Sie wollte sich den Tag nicht mit weiteren düsteren Gedanken verderben, sondern für eine Weile nur den Moment genießen, den Geruch der See, das Gefühl des Windes, das Geräusch der Wellen.

KAPITEL 15

Bree fröstelte. Sie war so in ihren Gedanken versunken gewesen, dass sie gar nicht bemerkt hatte, wie die Zeit vergangen war. Die Sonne streifte schon die Dächer der Häuser. Ein Blick auf die Uhr zeigte ihr, dass sie seit mehr als zwei Stunden unterwegs war. Ihr Vater würde sich fragen, wo sie blieb, falls er denn zu Hause war. Wahrscheinlich hatte ihre Mutter ihm bereits berichtet, dass Bree sich über ihre Wünsche hinweggesetzt hatte. Das würde ihr Zusammenleben nicht leichter machen.

Bree kam es vor, als ginge ihr Dad ihr aus dem Weg, als würde er nur das Nötigste mit ihr besprechen, damit das Bed and Breakfast am Laufen bliebe. Nicht, dass ihr Vater zu den gesprächigen Männern gehörte, außer den Gästen gegenüber, aber gerade jetzt, in einer Zeit der Krise, hätte sie erwartet, dass er sich auf sie stützte. Anstatt dass sie sich gemeinsam der Sorge um ihre Mutter stellten, schien die Angst sie eher zu trennen als zu verbinden.

Auch ihre Geschwister waren Bree keine Hilfe. Ihr Bruder Pawly hatte nur gemeint, dass sie ihre neugierige Nase nicht in alles stecken müsse, und ihre Schwester Emblyn nahm alles so hin, wie es ihr gesagt wurde.

»Ich weiß auch nicht mehr als du«, hatte sie festgestellt, als Bree sie gestern angerufen hatte. »Mum muss operiert werden. Eine Frauensache, nicht wahr.«

Damit hatte ihre Schwester sich zufriedengegeben, während Bree weiterhin ein ungutes Gefühl mit sich trug, das sie aber ihrem Vater gegenüber nicht ansprechen konnte. Warum verweigerte ihre Mutter jedes Gespräch? Warum machten ihre Eltern so ein Geheimnis aus der Operation? Heutzutage waren »Frauenangelegenheiten« doch nichts Peinliches mehr, nicht in Zeiten, wo man im Fernsehen auf Channel 4 *Embarrassing Bodies* in voller Farbenpracht sehen konnte, Erkrankungen, von denen Bree vorher noch nie etwas gehört hatte. Bei etlichen davon wäre sie froh gewesen, wenn sie in dieser glücklichen Ignoranz verblieben wäre.

Bei dem Gedanken daran schüttelte sie sich und beschleunigte ihre Schritte. Bis zur Bushaltestelle hatte sie noch eine gute halbe Meile zu gehen. Bree zuckte zusammen, als es im Gebüsch neben ihr plötzlich raschelte. Ein grauer Schatten hüpfte heraus und flüchtete unter ein geparktes Auto.

Ach ja, jetzt begann die Zeit der Katzen. Das hatte Bree schon vor Jahren festgestellt: Tagsüber gehörte Penzance den Menschen und Hunden, die gemeinsam am Ufer spazieren gingen oder die Stadt erkundeten. In der Dämmerung jedoch nahmen die Katzen die Straßen und Gärten in ihren Besitz. Sobald der Himmel sich grau färbte, tauchten sie von überall her auf: graue, schwarze, rote, gefleckte, getigerte, einfarbige Katzen und Kater in den allen Größen. Einige von ihnen trugen Halsbänder und sahen gepflegt aus, andere wirkten wie Straßenkämpfer, die schon fünf oder sechs ihrer neun Leben verbraucht hatten.

Die meisten von ihnen interessierten sich nicht für Bree. Ab und zu jedoch schloss sie eine kurze Freundschaft, strich über einen pelzigen Rücken oder kraulte ein Kinn. Es waren die Katzen mit Halsbändern, die wahrscheinlich ein freundliches Zuhause kannten, die Bree um die Beine schlichen oder mit dem Kopf an ihrer Hand entlangstreiften.

Die struppigen Straßenkatzen blieben ihr gegenüber misstrauisch, so wie wohl allen Menschen gegenüber. Bree mochte Hunde und diese sie, deutlich an Charlie Browns Zuneigung. Aber sie favorisierte die Unabhängigkeit und Selbstständigkeit von Katzen. Man musste mit ihnen nicht Gassi gehen, sondern durfte sich glücklich schätzen, wenn sie einem ihre Aufmerksamkeit schenkten.

Ein wenig beneidete sie Ben um den Hund. Trotz all seiner Macken hing der Beagle an ihm. Manchmal, gerade in Krisensituationen wie heute, wünschte sie sich, sie hätte auch jemanden an ihrer Seite, dem sie ihre Ängste und Sorgen ins Ohr flüstern könnte. Ach, was sollte das, ihr Leben hatte einfach keinen Platz für ein Haustier gehabt. Hätte sie einen Hund oder eine Katze mit auf Reisen nehmen sollen? Das wäre allein aufgrund der Quarantänevorschriften der unterschiedlichen Länder kaum möglich gewesen.

»Miarf.« Beinahe hätte sie das leise Geräusch überhört. Aber es klang so verzweifelt, dass Bree stehen blieb und sich umdrehte. Eine schwarz-weiß gefleckte Katze, die furchtbar ausgemergelt aussah, kam auf sie zugehumpelt. Ihr Fell wirkte schmutzig und stumpf, als wäre es mit Sand bestäubt. Das linke Ohr blutete und der Schwanz sah aus, als wäre er an mehreren Stellen gebrochen.

»Na, du scheinst ja ein hartes Leben zu haben.« Bree beugte sich nach unten, aber dann zögerte sie. Wollte sie dieses kranke Tier wirklich streicheln? Als die Katze sie verzweifelt aus riesig wirkenden grünen Augen ansah, strich Bree ihr sanft über den Rücken und spürte die Wirbelsäule. »Du brauchst was zu essen und bestimmt auch einen Arzt. Ich ruf Chesten an. Lauf nicht weg.«

Als hätte sie sie verstanden, setzte die Katze sich hin, ohne ihren durchdringenden Blick von Bree zu wenden. Glücklicherweise ging ihre Freundin sofort ans Telefon.

»Hallo Chesten«, sagte sie eilig, weil sie fürchtete, dass die Katze es sich anders überlegen und davonlaufen würde. Allein würde das arme Ding sicher nicht lange überleben. »Ich bin in Penzance, in der Nähe von *Morrab Gardens*. Hier ist eine Katze, der es schlecht geht. Kannst du helfen?«

»Was heißt ›schlecht gehen‹? Kannst du mir Symptome schildern?« Ihre Freundin klang besorgt und gleichzeitig professionell. So wie immer, wenn es um Tiere ging. »Hat sie ein Halsband?«

Bree musterte die Katze, die ihren Blick gelassen erwiderte, so als wüsste sie, dass sie sich auf Bree verlassen könnte.

»Nein, kein Halsband. Sie sieht wirklich elend aus. Richtig krank.« Bree suchte nach Worten, um sie zu beschreiben. »Entsetzlich mager. Sie humpelt. Bitte, Chesten, ich … ich kann nicht einfach weggehen.«

Was war nur los mit ihr? Normalerweise gehörte sie nicht zu der Sorte Menschen, die meinte, jeden Streuner retten zu müssen. Aber etwas an dieser Katze, an ihrem flehenden, aber auch stolzen Blick rührte Brees Herz an.

»Ich brauch fünfzehn Minuten. Kannst du die Katze solange bei dir behalten?«

Wie stellte Chesten sich das vor? Sollte Bree der Katze ein Seil, das sie nicht bei sich führte, um den Hals legen? Oder sollte sie das Tier mit ihrer Jacke fesseln? Irgendetwas musste ihr einfallen, wenn sie den Streuner retten wollte.

»Ich versuch's. Beeil dich.«

Bree legte auf und wandte sich der Katze zu, die immer noch an der gleichen Stelle saß und sie nicht aus den Augen ließ.

»Was mach ich mit dir? Es wäre wirklich hilfreich, wenn du nicht abhaust.« Sie fürchtete, die Katze zu verscheuchen, falls sie versuchte, sie hochzuheben. Außerdem war sie unsicher, ob sie ihr damit nicht Schmerzen bereiten würde. Also blieb nur eins: warten und mit der Katze reden, um sie am Weglaufen zu hindern. Wenn sie wenigstens etwas dabeigehabt hätte, das sie ihr zu fressen anbieten könnte.

»Notiz an mich: Geh nie ohne Katzenfutter aus dem Haus«, sagte sie und setzte sich an den Rinnstein, wobei sie etwas Abstand zur Katze einhielt, um sie nicht zu verschrecken. »Ob du wohl einen Namen hast?«

Zum Glück war kein Mensch auf der Straße zu sehen, der beobachten konnte, wie sie hier saß und mit einer Katze sprach, die ihr anscheinend interessiert zuhörte.

»Du wirst Chesten mögen, obwohl sie Tierärztin ist.«

Sie plauderte weiter, bis die Katze sich einrollte und die Augen schloss. Als die Melodie von *Shake It Off* erklang, sprang sie auf und fauchte.

»Schsch, es ist nichts«, sprach Bree beruhigend auf sie ein. Eilig wischte sie über das Display. »Ja, ich bin in der Nähe des Garteneingangs. Sei vorsichtig, sie ist ein bisschen nervös.«

Langsam stand sie auf, um die Katze nicht noch mehr zu ängstigen, und spähte die Straße hinauf. Endlich sah sie Chestens schmale Gestalt auf sich zukommen. Ihre Freundin ging gemächlich, wobei sie zu Brees Irritation einen Arm hinter dem Rücken hielt. Mit dem anderen winkte sie ihr zu. Bree winkte zurück.

»Kannst du sie festhalten? Sei vorsichtig«, flüsterte Chesten, die inzwischen nur noch wenige Schritte entfernt war. »Sie wird den Korb nicht mögen.«

Bree ging neben der Katze in die Hocke, die vertrauensvoll zu ihr aufschaute. Das machte Bree ein schlechtes Gewissen, als sie den Streuner erst streichelte und dann am Rücken festhielt. Als die Katze empört aufjaulte, fühlte Bree sich wie eine Verräterin.

»Hallo Darling.« Chesten beugte sich herunter. Ihre Haut

strahlte Wärme aus und sie roch nach Desinfektionsmitteln und feuchtem Hund. »Ja, das sieht nicht gut aus. Ich übernehme jetzt.«

»Kannst du ihr helfen?« Brees Magen krampfte sich zusammen. Sollte alles umsonst gewesen sein? Die Vorstellung, dass die Katze todkrank sein könnte, machte ihr ein flaues Gefühl.

»Dafür muss ich sie erst untersuchen.« Sanft, aber zielsicher griff Chesten nach der Katze und packte sie am Nackenfell. Bree trat zurück. Chesten hob das Tier hoch und drehte es nach links und rechts, um es anzuschauen.

»Herzlichen Glückwunsch«, sagte ihre Freundin, die die Katze nun in den Tragekorb sperrte. »Es ist ein Junge.«

Die Katze, nein, der Kater kreischte und jaulte entsetzlich.

»Woran hast du das erkannt?« Bree konnte nur staunen. Sie hatte eine Viertelstunde mit der Katze verbracht, ohne zu bemerken, dass sie ein Kater war.

»Erfahrung«, antwortete ihre Freundin und lächelte. »Ich fahre mit ihm in die Praxis. Willst du mit?«

»Was wird aus ihm?«, fragte Bree, während sie überlegte, ob sie noch mehr Verantwortung für den Kater auf sich laden wollte. Aber er hatte ja sonst niemanden.

»Ich untersuche ihn und prüfe, ob er gechipt oder tätowiert ist. Wenn nicht, muss er ins Tierheim. Falls er gesund ist.« Chesten lächelte ermutigend.

»Nimmst du mich mit? Erst muss ich meinem Vater Bescheid geben, dass ich später komme.«

KAPITEL 16

Vor lauter Nervosität ließ Bree beinahe den Teller fallen, als sie Ben das Frühstück brachte. Wie jeden Morgen hatte er zwei Eier, Hash Browns, Champignons und Tomaten bestellt. Ebenfalls wie jeden Morgen saß er exakt um 8:00 Uhr am Frühstückstisch, was Bree ungewöhnlich für einen Schriftsteller fand. Waren Autoren nicht Nachteulen, die bis weit nach Mitternacht schrieben und morgens nicht aus dem Bett fanden? Bens Pünktlichkeit konnte sie kaum in Einklang bringen mit ihren Vorstellungen eines schreibenden Menschen. Andererseits wusste sie von Drehbuchautoren, die sie auf Partys in Los Angeles getroffen hatte, dass zum Schreiben viel Disziplin gehörte.

»Vorsicht«, sagte Ben und lächelte ihr zu. Auch Charlie Brown sah kurz von seinem Fressnapf auf, bevor er weiter die braune Pampe in sich hineinschlang.

»Nur solange kein anderer Gast da ist«, hatte ihr Vater gesagt und erlaubt, dass Charlie Brown im Frühstücksraum sein Futter bekam.

»Danke.« Ben nahm ihr den Teller aus der Hand und musterte sie. »Ist irgendwas? Du wirkst … kribbelig?«

»Ich habe gestern eine Katze, äh, einen Kater in Penzance gefunden«, platzte sie heraus. Ihrem Vater hatte sie das bisher nicht erzählt, weil sie einander anschwiegen. Er war ihr böse, weil sie ins Krankenhaus gefahren war. »Chesten hat ihm Blut abgenommen und heute entscheidet sich, wie krank er ist.«

Ben hielt mit der Gabel voll Ei auf dem Weg zum Mund inne.

»Ich hätte dich nicht für einen Katzenmenschen gehalten.«

»Als Kind habe ich mir immer ein Tier gewünscht«, sagte sie leichthin und zuckte mit den Schultern, »... aber es passte nicht. Damals haben meine Eltern keine Tiere hier zugelassen.«

»Warum haben sie diese Regel geändert? Das ist ja ein ziemlicher Wechsel.«

Bens Frage überraschte sie. Bree hatte erwartet, dass er sich nach dem Kater erkundigte oder vielleicht nach der Hundeschule fragte, von der sie ihm erzählt hatte. Warum ihn so etwas Langweiliges wie die Gästevorschriften ihrer Eltern interessierte, konnte sie sich nicht erklären. Immer, wenn sie gewiss war, Ben Barnes durchschaut zu haben, tat er etwas gänzlich Unerwartetes.

»Wahrscheinlich mussten sie den Wünschen der Gäste entgegenkommen«, sagte sie. »Hier tobt nicht gerade das Leben.«

»War das immer schon so? Oder ist das eine Entwicklung der letzten Jahre?«

Spielte sein neuer Roman etwa in einem Hotel, dass er sich so sehr für dieses Thema erwärmte? Bree jedenfalls verspürte keine Lust, mit ihm darüber zu reden. Oder sollte sie ihn in ihre Pläne einweihen, dem Bed and Breakfast neuen Schwung zu geben?

Nein, besser nicht. Sollten ihre Überlegungen zum Erfolg führen, sollte es allein das Ergebnis ihrer Bemühungen sein. Zum ersten Mal in ihrem Leben müssten ihre Eltern eingestehen, dass Bree mehr erreichen konnte, als sie ihr zutrauten.

»Ich war in den letzten Jahren viel unterwegs. Da musst du meinen Vater fragen.«

»Was wird aus dem Kater?«, wechselte er das Thema.

»Vielleicht wird er vermisst.« Das konnte sie sich kaum vorstellen, so zerrupft wie er ausgesehen hatte. »Das wird Chesten alles prüfen. Falls er gesund ist, kommt er ins Tierheim.«

Als sie die Worte aussprach, fühlte Bree sich wieder genauso mies wie gestern Abend, als sie die Praxis verlassen hatte, verfolgt von dem Blick des Katers. *Ich habe dir vertraut und du hast mich verraten,* schien der Blick zu sagen. In dem Quarantänekäfig wirkte der Kater noch magerer und heruntergekommener als auf der Straße.

»Du kannst ruhig gehen. Ich kümmere mich um alles. Sobald die Testergebnisse da sind, melde ich mich.«

Widerstrebend hatte Bree beide verlassen, obwohl sie nichts tun konnte, um dem Kater zu helfen.

Trotzdem fühlte es sich an, als hätte sie sein Vertrauen missbraucht. Sie schaute auf die Uhr. Wie lange es wohl dauerte, bis Ergebnisse vorlagen? Ob sie Chesten anrufen sollte?

»Kann ich etwas tun?« Schon wieder stellte Ben eine Frage, die sie überraschte. »Ich hab zwar keine Idee, was, aber gib mir Bescheid, wenn ich helfen kann.«

»Erst einmal solltest du essen, bevor es kalt wird.« Sie zwinkerte ihm zu. »Jory und Buddy kommen gegen zwei. Du hast es nicht vergessen, oder?«

Ben sollte besser niemals pokern. Auf seinem Gesicht zeichneten sich seine Gefühle deutlich ab. Jetzt sah er ertappt aus.

»Charlie und du, ihr wollt euch doch nicht drücken?«

Als er seinen Namen hörte, hob der Hund den Kopf. Futterpampe tropfte von seiner Schnauze auf den Fußboden. Gut, dass ihre Eltern die Holzdielen versiegelt hatten.

»Ich bin etwas im Zeitverzug mit meinem Buch.« Ben

schnitt eine Grimasse. Er schaute ihr nicht in den Augen, sondern schob mit der Gabel einen Champignon über den Teller. »Der Abgabetermin rückt näher.«

Selten hatte sich in Brees Ohren etwas so sehr nach einer Ausrede angehört. Ihr konnte es egal sein, ob Charlie Brown jemals Grundkenntnisse hündischen Benehmens lernte, aber …

»Jory hat sich sehr gefreut, dass er nicht der einzige Anfänger dort sein wird«, insistierte sie. »Sie sollen wirklich sehr nett sein.«

Was hatte er schon zu verlieren? Charlie Brown tat, was er wollte. Meist war das witzig anzuschauen, aber Bree fielen sofort fünfzig Dinge ein, bei denen das unglücklich ausgehen konnte. Angefangen bei Hundebegegnungen über verfolgte Joggerinnen bis hin zu Verkehrsunfällen.

Ben stieß einen Seufzer aus.

»Okay, aber wehe, du ziehst mich hinterher damit auf.«

Bevor sie antworten konnte, rief ihr Vater nach ihr.

»Bis später.« Sie lächelte. »Viel Erfolg beim Schreiben.«

»Danke.« Wieder schaute er auf den Teller, während sein Hals rot anlief. Mit ihm zusammenzuleben, wäre sicher einfach, weil man ihm jede Lüge an der Nasenspitze ablesen könnte. Falls man denn auf der Suche nach einem Mann war, mit dem man zusammenleben wollte. Bree überlegte immer noch, ob Ben nun eine geeignete Affäre wäre oder nicht.

~

Erst gegen 15:00 Uhr würde Chesten die Ergebnisse aus dem Labor bekommen, hatte Bree erfahren, als sie angerufen hatte. Den Vormittag hatte sie sich mit Putzen abgelenkt, dann an ihrem Plan weitergearbeitet, die Situation des Hotels zu verbessern. Als Erstes hatte sie im Netz nach kostengünstigen Werbemöglichkeiten gestöbert.

Wenn sie schon hier war, konnte sie gleich versuchen, mehr Touristen für das Bed and Breakfast zu interessieren. Bree öffnete die Internetseite, die ihr Vater vor zwei Jahren endlich angelegt hatte. Wie sie es befürchtet hatte, lag die letzte Aktualisierung ein Jahr zurück, die Fotos sahen amateurhaft aus und die Seite war viel zu textlastig. Außerdem fand sie ihre Pension nur auf wenigen Booking-Seiten. Bree erstellte eine Liste dessen, was zu tun war:

- Internetseite aktualisieren
- *Magnolia and Hydrangea Gardens* bei den wichtigsten Seiten anmelden
- Neue Fotos erstellen (lassen? – Kosten?)
- Marketing-Kampagne überlegen: Was sind unsere Stärken?

Als es klingelte, schaute sie überrascht auf die Uhr. Unglaublich, was für ein Zeitfresser das Internet war, beinahe als würde jede Minute, die man dort verbrachte, nur zehn Sekunden umfassen.

Bree sprang auf und lief zur Tür.

»Ist euer Gast so weit?« Jorys Haare strubbelten in alle Richtungen, auf seiner Jacke waren Pfotenspuren zu sehen. Er roch gut nach Rasierwasser und Regen. »Kommst du mit, um dir das Elend anzusehen? Buddy würde sich bestimmt freuen.«

Mit der Hand deutete er zu seinem Auto, wo Buddy seinen Kopf aus dem Fenster gesteckt hatte und hechelte, als wäre Hochsommer.

»Leider nicht.« Sie hob die Hände. »Ich muss hier die Stellung halten. Komm rein, ich hole Ben.«

»Ihr seid also schon beim Vornamen.« Jory neigte den Kopf. »Ich warte lieber hier, sonst flippt Buddy aus.«

»Hallo, ich bin Ben«, erklang eine Stimme hinter ihr. »Und das ist Charlie Brown.«

Beide Männer musterten sich so wie Hunde, die sich das erste Mal begegneten. Erst einmal den anderen beschnuppern. Allerdings sahen Ben und Jory davon ab, sich gegenseitig die Hintern zu beriechen. Das Bild brachte Bree zum Kichern, was ihr wiederum einen erstaunten Blick der beiden einbrachte.

»Wir können von hier aus zu Fuß gehen.« Jory schien Ben ganz okay zu finden. »Dann können die beiden sich ein bisschen miteinander bekannt machen.«

Er ging in die Knie und hielt Charlie Brown seine Hand entgegen. Der Beagle schnupperte kurz und sprang dann so temperamentvoll auf Jory zu, dass dieser das Gleichgewicht verlor und auf den Fußboden plumpste.

»Sorry«, sagte Ben, dem das Ganze sichtlich peinlich war. »Er meint es nur gut.«

»Schon gut.« Nachdem er aufgestanden war, klopfte Jory Charlie Browns Schulter. »Ich kann nicht garantieren, dass Buddy sich besser benimmt. Tschüs, Bree.«

»Tschüs, ihr vier. Viel Erfolg.«

Sie fühlte sich wie eine Mutter, deren Kind darauf bestanden hatte, das erste Mal allein zur Schule zu gehen. Ob Jory und Ben sich wohl verstehen würden? Bree fuhr sich mit den Fingern über den Hinterkopf und lockerte ihre Haare. Warum war es ihr so wichtig, dass Ben Akzeptanz bei Jory fand? Schließlich war er nur ein Gast ihrer Eltern, um den sie sich bemühte, weil sie ihren Eltern beweisen wollte, dass sie sich um das Bed and Breakfast kümmern konnte.

Aber so zwischendurch machte es Spaß, die Zimmer sauber zu machen und sich zu überlegen, wie man mehr Gäste anlocken könnte. Es hatte etwas Meditatives an sich, mit Staubsauger und Putzeimer zu arbeiten, die Gedanken wandern zu lassen und nicht darüber nachgrübeln zu müssen, wie sie sich ihre Zukunft vorstellte. Es war eine Art Arbeitsurlaub.

In dem Moment klingelte ihr Smartphone.

Chesten.

Brees Herz schlug schneller. Wollte sie wirklich das Ergebnis hören? Was sollte sie tun, wenn sich herausstellte, dass der Kater todkrank war?

»Alles ist gut.« Chesten hielt sich nicht mit Vorgeplänkel auf.

Bree seufzte erleichtert. »Zum Glück. Wollen wir uns mit Alys bei *Nanni's* treffen und du berichtest mir genau, wie es ihm geht?«

Erwartungsgemäß war Alys bereits eingetroffen, als Bree das Café betrat, und von Chesten noch nichts zu sehen. Auf dem Weg hatte Bree nur einen Gedanken hin und her gewälzt: Wäre sie bereit, den Kater zu sich zu nehmen?

»Du hast eine Katze gefunden?« Alys' blaugraue Augen leuchteten voller Humor auf. Ein Hauch Ölfarbe begleitete sie. »Du musst mir alles erzählen.«

»Bree!« Nanni kam hinter dem Tresen hervor, um sie zu umarmen. »Wie sieht es aus mit Weihnachtskuchen?«

Bree erwiderte Nannis Umarmung. Die blonde Frau fühlte sich zerbrechlicher an als bei ihrem letzten Treffen. »Ich habe ein paar unglaubliche *Trifle*-Rezepte entdeckt.«

»Ich freu mich.« Nanni klatschte in die Hände. »Tea Time für euch? Die Dritte im Bunde kommt noch?«

»Oh ja, *Cornish Cream Tea* für uns drei«, entschied Alys. »Chesten müsste in zehn Minuten da sein.«

»Wer ist die Neue?«, fragte Bree und deutete auf die schlanke junge Frau hinter dem Tresen. Mit ihren großen blauen Augen hätte sie Nannis Tochter sein können, doch dafür war sie wohl etwas zu alt. Sie schaute sich kurz im Café um und nahm dann das Buch zur Hand, das sie eben beiseitegelegt hatte, um Bestellungen aufzunehmen. Als sie sich darüber beugte, fielen ihre langen blonden Haare wie ein Vorhang vor ihr Gesicht.

»Das ist Vanessa«, antwortete Alys. »Nanni hat sie vor Kurzem eingestellt. Sie will wohl kürzertreten.«

»Geht es Nanni nicht gut?«

»Du kennst sie ja, sie spricht nicht viel.« Alys hob die Hände. »Es ist nur vorübergehend. Vanessa will nach Australien reisen, um dort zu surfen. Aber nun erzähl endlich von der Katzenrettung. Was wird aus dem Kater?«

KAPITEL 17

Die erste Begegnung zwischen Buddy und Charlie Brown verlief viel, viel besser, als Ben befürchtet hatte. Sein Beagle und Jorys schwarzer Mischling beschnupperten sich, lieferten sich einen kurzen Scheinkampf, bei dem sie einander nach den Vorderbeinen schnappten, und kamen dann anscheinend zu der Übereinkunft, sich weitgehend zu ignorieren. Er und Jory hingegen fanden sich sofort sympathisch, als sie durch die schmalen Straßen St. Bartholomews gingen.

Als sie an der Schule vorbeikamen, musste er schlucken. Sie sah nahezu unverändert aus, während der Supermarkt daneben für ihn neu war. In den vergangenen Tagen hatte er ein-, zweimal gedacht, jemanden von früher entdeckt zu haben, aber das hatte sich jedes Mal als Täuschung erwiesen. Dennoch musste er sich nichts vormachen: Es war nur eine Frage der Zeit, bis er jemanden traf. Je länger er in St. Bart blieb, desto größer war die Wahrscheinlichkeit einer unerwünschten Begegnung.

»Klasse, dass du mit dabei bist«, sagte Jory und versuchte, Buddy davon abzuhalten, eine Plastiktüte zu fressen, die am Straßenrand lag. »Zu zweit macht das bestimmt mehr Spaß.«

»Spaß ist nicht unbedingt das Wort, das mir einfällt. Beagle kann man eigentlich nicht erziehen.« Ben klopfte Charlie Browns Seite, was dieser mit fröhlichem Schwanzwedeln quittierte. »Außerdem ist er schon vier Jahre alt …«

»Buddy ist auch nicht jünger«, erwiderte Jory, dessen Hund um ihn herumsprang, sodass er sich hoffnungslos in der Leine verhedderte. »Was haben wir schon zu verlieren?«

Ben beneidete ihn um seine Unbekümmertheit. Ihm fiel einiges ein, was sich als unangenehm erweisen könnte: eine schikanöse Lehrerin, die weder Charlie Brown noch ihn mochte; andere Hundebesitzer, die alles besser wussten und auf Charlie und ihn herabsahen; eine fiese Erziehungsmethode, mit der Charlies Wille gebrochen werden sollte. Das würde Ben seinem Beagle niemals antun.

Andererseits konnte er sich Bryluens spöttischen Blick ausmalen, falls Charlie Brown und er nicht brav zur Schule gingen. Warum war ihm das wichtig? Sie hatte ihm deutlich genug zu verstehen gegeben, wie wenig sie von ihm hielt. Ganz zu schweigen davon, dass er Frauen erst einmal abgeschworen hatte.

… Und trotzdem: Bryluen hatte etwas an sich, das dazu führte, dass er immer wieder an sie denken musste, selbst wenn sie sich noch so kratzbürstig zeigte. Vielleicht lag es daran, dass sie so ganz anders war als Imogen. Während die Welt seiner Exfreundin aus Partys, Kleidung und Szene-Aktivitäten bestanden hatte, wirkte Bree auf ihn einfach nur authentisch. Ihr schien vollkommen egal zu sein, was gerade angesagt war und mit was für »spannenden« Menschen man sich umgeben musste, wollte man hip sein.

Mit dem Abstand zu London gewann Ben auch immer mehr Abstand zu Imogen und fragte sich, warum er ihr so lange nachgetrauert hatte. Das ideale Paar waren sie nie gewesen, aber trotzdem hatte es gute Zeiten gegeben. Jedenfalls zu Beginn.

Nun, wo er begann, sich in Bryluen zu verlieben, musste Ben sich eingestehen, dass er Imogen wohl nie geliebt hatte. Sie hatte ihn angezogen, weil sie all das verkörperte, was er nicht besaß: Reichtum, eine teure Erziehung, einen erlesenen Geschmack. Weil er immer gedacht hatte, dass sie viel zu *classy* für ihn wäre, war er nur zu gern bereit gewesen, über ihre Fehler hinwegzusehen und stets nachzugeben, wenn sie etwas wünschte.

»Charlie Brown ist aus dem Tierheim?«, fragte Jory.

»Ja, darauf habe ich bestanden.« Ben zog einen Mundwinkel hoch. »Wenn meine Ex und ich uns schon einen Hund anschafften, was überhaupt nicht in unser Leben passte, dann einen, der eine Familie braucht. Wo ist Buddy her?«

»Er gehörte meinem Bruder«, antwortete Jory. Seine Stimme hatte einen Unterton, der Ben riet, das Thema zu wechseln.

»Kannst du mir was über die Hundeschule erzählen? Wie arbeiten sie?« Im Internet hatte Ben einiges über Hundeerziehung gelesen, nur nie die Zeit gefunden, das in London in die Tat umzusetzen. »Sind sie autoritär?«

»Chesten hat sie empfohlen. Sie arbeiten dort mit positiver Verstärkung, was immer das auch ist.« Jory zuckte mit den Schultern. »Ich will nichts, was Buddy unterwirft.«

Für Ben sah es nicht so aus, als wäre der schwarze Mischling leicht zu brechen. Eher das Gegenteil. Buddy schlang etwas am Straßenrand in sich hinein, von dem Ben gar nicht wissen wollte, was es war. Es hieß immer, Beagle seien verfressen, aber gegen Buddy wirkte Charlie Brown wie ein Model auf Diät.

»Nun komm, Buddy. Pfui!« Endlich gelang es Jory, seinen Hund loszueisen, sodass sie weitergehen konnten. »Wenn es ihnen gelingt, Buddy wenigstens ein bisschen auf Spur zu bringen, wäre schon viel gewonnen.«

»Drei Dogsitter in London weigern sich, Charlie Brown

noch einmal aufzunehmen«, übertrumpfte ihn Ben. »Eine meinte, mein Beagle hätte ADHS.«

»Können Hunde das haben?«

»Im Internet herrscht die Auffassung vor, dass Hunde mit so einem Verhalten gelangweilt oder gestresst sind«, musste Ben zugeben. »Die meiste Schuld trägt der Besitzer. Also ich.«

»Na ja, du hast ihn ja nicht als Welpen bekommen«, sagte Jory, was Ben wohl trösten sollte. »Ältere Hunde kommen halt mit einer Vergangenheit. So wie wir Menschen.«

War das eine Anspielung? Kannte Jory ihn? Oder begann er langsam, paranoid zu werden? St. Bart und dieses blöde Projekt waren einfach nicht gut für ihn.

»Schau«, sagte Jory und deutete nach vorn, wo sich fünf Menschen und die dazugehörigen Hunde versammelt hatten. »Das scheint unsere Klasse zu sein.«

Ben blieb stehen, um sich ein Bild des Ganzen zu machen. Die Schule war eine Wiese, umgeben von einem hohen grünen Drahtzaun. Am Tor wies ein kleines weißes Schild mit schwarzer Schrift darauf hin, dass hier Hundetrainings stattfanden.

Am Rand des eingezäunten Areals stand eine mittelgroße, etwas rundliche Frau, die ihre Haare in einem praktischen Kurzhaarschnitt trug. Einen Moment lang stutzte Ben, in Sorge, dass sie ihn von früher kennen könnte, doch er bemerkte keine Anzeichen dafür, als Jory und er sich ihr näherten. Neben ihr stand ein etwas über kniehoher Hund, der ihnen aufmerksam entgegenschaute. Als Erstes fielen Ben dessen gewaltige Ohren auf, die er interessiert gespitzt hatte. Das schwarze Gesicht des Hundes mit hellbraunen Stellen erinnerte ihn an einen Jagdterrier, den ein Freund von ihm besessen hatte. Doch dafür war das Fell zu glatt und der Hund zu groß. Gar nicht zu reden davon, dass Brust und Vorderbeine weiß waren. Vom Körperbau her erinnerte er Ben an einen Windhund. Na, die Eltern hätte er gern einmal kennengelernt.

Die Frau streckte ihnen zur Begrüßung die Hand entgegen.

»Schön, dass ihr dabei seid. Das ist Baxter. Er ist ein Kurzhaar-Collie.« Die Frau lächelte ihn an. »Verwandt mit Lassie, aber eine eigene Rasse.«

Stimmt, nun wo sie es gesagt hatte, konnte Ben das Collietypische in Baxter erkennen. Bevor er antworten konnte, stürzte sich Charlie Brown mit lautem Kläffen auf Baxter. Na, das fing ja gut an. Mühsam zerrte Ben den Beagle davon und stellte sich neben Jory, dessen Buddy sich überraschend vorbildhaft verhielt. Nach und nach trafen vier weitere Teilnehmer mit ihren Hunden ein. Charlie Brown hechelte vor Aufregung und ließ sich weder durch einen scharfen Tonfall noch durch gutes Zureden beruhigen. Buddy hingegen blieb gelassen und schien sich ein Fleißkärtchen verdienen zu wollen.

Nachdem alle ihren Platz gefunden und die Hunde einigermaßen zur Ruhe gekommen waren, trat die Besitzerin des Kurzhaar-Collies nach vorn.

»Hallo, ich bin Silvia Heymann.« Sie sprach mit einem deutlichen Akzent. »Silvia, denn wir duzen uns hier. Wie ihr sicher hört, bin ich aus Deutschland.«

Sie lächelte in die Runde, die Hundebesitzer nickten oder lächelten, die Hunde zerrten an ihren Leinen oder pressten sich eng an ihre Besitzer, überfordert von der Anwesenheit so vieler anderer Hunde.

»Ich bin für ein halbes Jahr hier und freue mich auf die Arbeit mit euch.« Sie wandte sich Ben zu. »Stellt euch bitte kurz vor. Euren Namen, den eures Hundes und euer größtes Problem.«

Na, das fing ja gut an. Ben musterte die anderen Hundebesitzer und stellte erleichtert fest, dass er mit keinem Gesicht eine Erinnerung verband.

»Hallo, ich bin Ben, nur zu Besuch in St. Bartholomew. Das ist Charlie Brown.« Sein Beagle bellte, als er seinen Namen hörte. So laut und hektisch, dass Ben nicht weitersprechen konnte. Endlich beruhigte der Hund sich ein wenig. »Charlie ist aus dem Tierheim. Wir … ich kenne seine Vorgeschichte nicht. Wie er eben gezeigt hat, ist er ziemlich unerzogen.«

Als wollte er Bens Worte beweisen, fing Charlie an, an der Leine zu zerren und den Labrador ihm gegenüber anzuknurren. Ben konzentrierte sich darauf, seinen Hund zu beruhigen, sodass er die Vorstellung der anderen nur mit halbem Ohr mitbekam. Es war eine blöde Idee gewesen, völlig unvorbereitet mit Charlie Brown hierherzugehen.

Ben hasste nichts so sehr wie Situationen, die sich seiner Kontrolle entzogen … und hier war er nicht derjenige, der etwas zu sagen hatte. Wenn überhaupt, dann gab Charlie das Tempo vor. Ob sich das durch die Hundeschule ändern würde?

»Wir verfolgen hier den Ansatz des Miteinanders, nicht gegeneinander.« Silvia schien ihn direkt anzusprechen, sie strahlte Ruhe und Kompetenz aus, was Ben hoffen ließ. »Wir arbeiten mit positiver Verstärkung und wollen erreichen, dass ihr und euer Hund einander vertraut.«

Das klingt ja gut, dachte Ben, *aber ob Charlie das auch so sieht?* Der Beagle schien in dem Labrador seinen Erzfeind gefunden zu haben und ließ den anderen Hund nicht aus den Augen.

»Ihr werdet lernen, besser mit eurem Hund zu kommunizieren und seine Körpersprache zu verstehen.« Sie machte eine kleine Pause, sah von einem zum anderen und lächelte. »Und er oder sie lernt euch besser zu lesen.«

Passten Charlie und er wirklich hierhin, fragte sich Ben. War das nicht alles zu kornisch für ihn, zu esoterisch? Hieß es nicht immer, Hunde müssten sich unterordnen?

»Ben, du siehst aus, als ob du Zweifel hast?«

Ups, er musste dringend an seinem Pokerface arbeiten.

»Ich dachte immer, ich müsste der Leitwolf sein und Charlie Brown seinen Platz im Rudel zuweisen.«

»Ah, du hast wohl eine der Hundeflüsterer-Sendungen gesehen?«

Oh nein, Ben spürte Wärme seinen Hals aufsteigen. Er würde doch nicht rot werden, oder? Na, das fing ja prima an.

»Danke für deine Frage.« Silvia lächelte. »Es gibt ganz unterschiedliche Vorstellungen davon, wie Hundeerziehung aussehen sollte.«

»Aber Hunde stammen doch vom Wolf ab«, sprang die Besitzerin des Labradors Ben zur Seite. »In Wolfsrudeln führt nun einmal der Stärkste.«

»Das hat man früher geglaubt. Heute geht man davon aus, dass Wölfe in komplexen Familienverbänden leben.« Silvia klopfte Baxter die Schulter. »Hunde brauchen Orientierung, das gilt immer noch. Aber darum müsst ihr nicht mit ihnen kämpfen, sondern ihr müsst souverän und kompetent sein.«

»Das klingt ja prima, aber was soll das heißen?«, mischte sich nun der Besitzer eines weißen Kläffers ein.

»Am besten erkennt man das in der Praxis. Darum beginnen wir jetzt mit der ersten Übung.« Die Hundetrainerin wirkte vollkommen entspannt, obwohl sich der Labrador und Charlie Brown weiter anfeindeten, der kleine weiße, puschelige Hund hysterisch kläffte und Buddy auf und ab hüpfte wie ein schwarzer, pelziger Gummiball. »Als Erstes legen wir ein individuelles Markersignal für jeden fest.«

KAPITEL 18

Bree lehnte am Küchentisch, das Gesicht in die aufgestellten Hände gestützt und beobachtete den Kater, der auf einem roten Kissen schlief. Irgendetwas stimmte mit ihm nicht. Obwohl er fünfmal am Tag Futter bekam, wirkte er noch genauso mager wie vor drei Tagen, als Bree ihn abgeholt hatte. Ihr Vater war nicht begeistert gewesen, aber sie hatte sich durchgesetzt, dass er zumindest bleiben durfte, bis er gesund war.

»Was wird aus dem Tier, wenn du wieder auf Reisen gehst?«, hatte ihr Vater gefragt. »Mitnehmen wirst du ihn ja wohl nicht. Katzen hängen an Häusern.«

Als wüsste er, dass sie über ihn sprachen, sprang der Streuner ihrem Vater auf den Schoß. Elegant legte er sich hin und begann leise zu schnurren.

»Chesten würde ihn nehmen. Das habe ich mit ihr besprochen.«

»Er kann hierbleiben.« Ihr Vater wandte sich wieder dem Gemüse zu, das er gerade putzte, aber seine Hand stahl sich in den Nacken des Katers, um ihn zu streicheln. »So eine Katze macht ja nicht viel Arbeit.«

Bree grinste. Dem Kater war es gelungen, ihren Vater um die Kralle zu wickeln.

Einerseits war sie erleichtert, dass es ein Zuhause für den Kater gab, sollte sie nach Japan reisen, andererseits mochte sie den Gedanken nicht, ihn verlassen zu müssen.

Charlie Brown und der Kater hatten eine kurze, für beide unerfreuliche Begegnung, die mit viel Gekläff auf Charlies Seite und Fauchen und sich Aufplustern aufseiten des Katers einhergegangen war, sodass Bree darauf achtete, dass der Kater eingesperrt war, solange Ben und der Hund im Haus waren.

Zu ihrer Überraschung zog es der Kater, für den sie immer noch keinen passenden Namen gefunden hatte, vor, im Haus zu bleiben, obwohl es sowohl einen Vorgarten als auch eine Grünfläche hinter dem Haus gab. Für Bree wirkte es, als hätte er genügend Abenteuer auf der Straße hinter sich gebracht und wollte nun seinen verdienten Ruhestand genießen.

Chesten schätzte ihn auf etwa vier Jahre. Bis auf die Ohrverletzung und die alten Brüche am Schwanz war der Kater gesund, nun entwurmt und entfloht, sodass er eigentlich zunehmen müsste. Stattdessen blieb er klapperig; sein schwarz-weiß-gefleckte Fell sah weiterhin stumpf aus und er schlief selbst für eine Katze viel.

»Was ist nur los mit dir?« Sie musterte ihn eingehend, als könnte sie auf diesem Weg etwas herausfinden. Als er ihre Stimme hörte, öffnete er ein Auge, schaute sie kurz an und schlief weiter. »Übertreibe ich oder müssen wir mit dir zu Chesten?«

»Worüber machst du dir Sorgen?«

Bree wandte sich um. Eigentlich war der Familienbereich des Hauses für Gäste tabu. Inzwischen jedoch behandelte ihr Vater Ben, als würde der zur Familie gehören, wohl weil er der einzige Gast war. Sie hatte ihn nicht kommen hören, gefangen in der Sorge um den Kater. Nun erinnerte sie sich wieder, warum sie auch kein Haustier angeschafft hatte, nachdem sie zu Hause ausgezogen war. Nicht nur, weil ein Tier nicht in ihr Nomadenleben passte, sondern auch, weil sie die Verantwortung scheute. Sie fürchtete, Krankheitssymptome zu übersehen oder aus Unwissenheit etwas falsch zu machen.

»Vielleicht bin ich überfürsorglich, aber es kommt mir vor, als ginge es ihm schlechter, nicht besser.« Sanft strich sie dem Kater über den Kopf. Sonst schnurrte er immer, doch heute reagierte er nicht. Nicht einmal ein Augenöffnen war ihm das Streicheln wert. »Ich überlege, ob ich mit ihm zu Chesten fahre. Oder soll ich bis heute Abend warten?«

»Leider kenne ich mich mit Katzen nicht aus.« Auch Ben strich der Samtpfote über den Rücken, wobei sich ihre Finger kurz berührten. Beide zuckten zurück, um dann zu lachen. »Mir kommt er auch magerer vor. Ich würde dich begleiten.«

»Musst du nicht deinen Abgabetermin einhalten?«

In den vergangenen drei Tagen hatte sie ihn kaum gesehen. Entweder war er in seinem Zimmer geblieben oder mit Charlie auf langen Spaziergängen verschwunden. Manchmal kam es ihr vor, als wäre er eher ein Spion als ein Schriftsteller. Was er allerdings in St. Bart ausspionieren wollte, bei der Frage hatte sie ihre Fantasie verlassen. Hier gab es wenig, was einen zweiten Blick wert gewesen wäre.

»In den vergangenen Tagen bin ich gut vorangekommen.« Ben lächelte, aber sein Blick wich ihrem aus. »Außerdem kann ich eine Ablenkung gut gebrauchen. Eine kreative Pause hilft beim Denken.«

Sie überlegte. Was wäre schlimmer: Wenn sie sich bei Chesten als überfürsorgliche Katzenmutter präsentierte oder wenn der Kater ernsthaft krank war und sie es nicht erkannte? Das war keine Frage.

»Danke. Ich hole den Transportkorb.«

Der Kater war so müde, dass er sich nicht einmal wehrte, als er den Transportkorb sah. Hätte sie schon früher mit ihm zu Chesten gehen müssen? Aber ihre Freundin hatte den Kater vor drei Tagen eingehend untersucht und nichts gefunden, was auf eine schwere Erkrankung hinwies.

»Hast du dem Kater immer noch keinen Namen gegeben?«, fragte Ben, als sie im Auto ihres Vaters saßen. Wie selbstverständlich war er zum Fahrersitz gegangen. Ebenso selbstverständlich hatte sie ihm die Schlüssel überlassen.

So sehr sie sein Bemühen, sie abzulenken, auch zu schätzen wusste, hätte Bree lieber geschwiegen. Nervös fummelte sie sich im Gesicht herum, legte die Hände in den Schoß, nur um sie wieder ins Gesicht zu heben.

»Ich habe noch nichts Passendes gefunden«, antwortete sie schließlich, was nur die halbe Wahrheit war. Im Internet fanden sich Hunderte von Seiten, auf denen Katzennamen – von traditionell bis exotisch – vorgeschlagen wurden. Sie entschloss sich, Ben die Wahrheit zu sagen. »Nein, eigentlich traue ich mich nicht, ihm einen Namen zu geben.«

Was war nur in sie gefahren, dass sie Ben das erzählte? Sie kannte ihn doch kaum, hatte bisher nur ein wenig geplänkelt und nun öffnete sie ihm auf einmal ihr Herz, erzählte ihm etwas, was sie selbst ihren besten Freundinnen gegenüber nicht zugeben konnte. Das musste an der Sorge um den Kater liegen.

»Wenn man etwas einen Namen gibt, ist man dafür verantwortlich, nicht wahr?« Er wandte sich ihr zu, mit einem Lächeln, das ihr ein warmes Gefühl vermittelte. »So ähnlich heißt es doch in ›Der kleine Prinz‹?«

»Stimmt. Ich habe das Buch geliebt und bestimmt zehnmal gelesen.« Aber sie war nicht auf die Idee gekommen, dass es mit der Geschichte des gezähmten Fuchses zu tun haben könnte, dass sie davor zurückschreckte, dem Kater einen Namen zu geben. »Wahrscheinlich muss ich mich erst daran gewöhnen, ein Haustier zu haben.«

Sie lachte nervös. Erneut flogen ihre Hände in ihr Gesicht, als besäßen sie einen eigenen Willen. Bree musste sich dazu zwingen, sie auf ihre Beine zu legen. Sanft, als wäre er unsicher, ob sie es erlauben würde, legte Ben seine Hand auf ihre.

»Es wird gut werden.« Wie sehr Bree diese Plattitüden hasste. »Und wenn nicht, bin ich für dich da. Wenn du das willst.«

Sein Angebot erwischte sie unvermutet. Eben noch war sie zornig über dieses »alles wird gut« – und nun das, ein Angebot, ihr auch in schwierigen Zeiten zur Seite zu stehen. Bree spürte einen Kloß in ihrer Kehle. Sie würde doch nicht weinen, oder? So war sie nicht. Sie war Bree, die starke, unabhängige Frau, die ihr Leben allein geregelt bekam. Was bildete er sich ein? Er kannte sie kaum. Wie konnte er es da wagen, ihr seine Hilfe aufzudrängen, als wäre sie eine, die in Krisen einen Mann an ihrer Seite brauchte? Außerdem hatte sie Chesten und Alys, auf die sie bauen konnte, wenn es ihr schlecht ging.

»Danke«, sagte sie und drückte seine Hand.

Wieso sagte sie nicht »Nein, danke«, so wie sie es vorgehabt hatte? Es musste an dem Kater liegen – die Angst um ihn brachte sie ganz durcheinander. Nun gut, wenn sie ehrlich war, musste sie zugeben, dass es Ben war, der sie verwirrte und völlig ungeahnte Verhaltensweisen bei ihr hervorrief. Lag es an dem intensiven Blick seiner braunen Augen oder an dem warmen Tonfall seiner dunklen Stimme, dass sie weniger stachelig war als bei anderen Männern?

Antworten auf diese Fragen zu finden, hatte Zeit. Nun musste sie sich erst einmal auf ihren Kater konzentrieren.

Während Ben einen Parkplatz suchte, stürmte Bree die Treppen zur Praxisgemeinschaft hoch. Der Transportkorb schaukelte in ihrer Hand, aber der Kater gab keinen Laut von sich.

»Bree Marrak. Es ist dringend. Ich möchte zu Chesten Gwynn«, stieß sie atemlos hervor. »Mein Kater. Es … es geht ihm nicht gut.«

»Guten Tag, Ms. Marrak«, sagte das rothaarige Mädchen hinter dem Tresen. Mit fliegenden Fingern tippte sie etwas in den Computer ein. »Ms. Gwynn hat gleich für Sie Zeit.«

So sehr sie auch wünschte, dass Chesten sofort für ihren Kater da wäre, übte Bree sich in Geduld. Sie setzte sich, den Transportkorb nahm sie auf den Schoß.

Erneut ging die Tür auf. Ben kam herein, mit sich brachte er einen Schwall kühler Luft. Die Helferin schaute auf und ein Lächeln, begleitet von leichtem Erröten, erschien auf ihrem hübschen Gesicht. Bree war nicht so freundlich begrüßt worden, obwohl sie ein Tier dabeihatte.

Zu Brees ansteigendem Ärger lächelte Ben und nickte dem Mädchen zu, bevor er sich neben sie setzte. Allerdings kam sie nicht mehr dazu, eine bissige Bemerkung zu machen, weil die Tür zu einem der fünf Behandlungsräume aufging.

Ein Mädchen mit blau-schwarzen Haaren schaute heraus und sagte: »Ms. Marrak und ihr Kater, bitte.«

Bree sprang auf, so hastig, dass der Transportkorb von ihrem Schoß rutschte. Glücklicherweise war Ben da, der ihn auffing. Er nahm den Plastikbehälter und sagte: »Komm, ich begleite dich.«

»Ms. Gwynn ist gleich bei Ihnen«, sagte das Mädchen mit den gefärbten Haaren. Auch sie schenkte Ben ein deutlich intensiveres Lächeln als Bree, was sie schnauben ließ wie ein empörtes Pferd. Ben schaute sie erstaunt an. Bree grinste, als wäre nichts geschehen, und schaute sich in dem Behandlungszimmer um, das sie noch nicht kannte. Als Erstes fielen ihr die vielen Fotos von Katzen und Hunden ins Auge, die oft mit Dankesbekundungen an Chesten verbunden waren. An der Wand hing ein Kalender, dessen Bilder exotisch aussehende Formen zeigten. Erst auf den zweiten Blick erkannte sie, dass es Fotos von Würmern waren, und schüttelte sich. Sie stellte den Tragekorb mit ihrem Kater auf den weißen Tisch in der

Mitte des Raums, der feucht schimmerte und nach Desinfektionsmitteln roch.

»Bree.« Sobald Chesten die Tür zum Behandlungszimmer öffnete, spürte Bree eine Welle von Erleichterung. Bei ihr wusste sie den Kater in guten Händen. »Was ist los? Hallo, ich bin Chesten.«

Hinter ihr schlüpfte das Mädchen mit den blau-schwarzen Haaren ins Zimmer und stellte sich in die Ecke am Fenster.

»Ben.« Er schüttelte ihr die Hand. »Schön, dich zu treffen.«

Chesten öffnete die Tür zum Tragekorb und holte den Kater heraus, der nur schwach maunzend protestierte. Vorsichtig untersuchte sie ihn, wobei sie sanft auf ihn einmurmelte. Erneut strichen Brees Finger durch ihr Gesicht, bis Ben sie sanft berührte. Sie gab ihm ihre Hand, die er drückte, was sich erstaunlich beruhigend anfühlte.

Endlich schaute Chesten auf. Sie lächelte Bree an.

»Ich habe einen Verdacht. Frisst er viel? Geht er viel aufs Katzenklo?« Sie rieb sich mit dem Zeigefinger am Auge. Dadurch bemerkte Bree erst, wie müde ihre Freundin aussah. »Stinkt sein Kot?«

»Ja, aber ich dachte, das ist normal.«

»Ist sein Kot eher gelb als braun und sehr weich?«

So genau hatte sie sich das nicht angesehen, musste Bree zugeben. Sie überlegte. Erst heute Morgen hatte sie das Katzenklo sauber gemacht.

»Es ist ziemlich breiig, die Farbe habe ich nicht gesehen, weil er alles so tief in der Streu eingräbt.«

»Ich muss ihn hierbehalten, für eine Blut- und Kotprobe.« Chesten strich dem Kater über den Kopf. »Bree, mach dir nicht zu viele Sorgen. Wir bekommen das in den Griff.«

Bree spürte Bens Lächeln, auch wenn sie es nicht sehen konnte.

»Was ist es?«

»Wahrscheinlich eine exokrine Pankreasinsuffizienz, eine

Unterfunktion der Bauchspeicheldrüse.« Chesten tippte etwas in den Computer ein, der auf einem Pult an der Wand stand. »Kurz gesagt: Die Bauchspeicheldrüse bildet nicht genug Verdauungssäfte. Der Körper kann Nahrung nicht nutzen.«

Sie schaute auf, ihr Blick war ernst. »Der Kater verhungert, obwohl er frisst.«

Das war ja furchtbarer, als sie es sich ausgemalt hatte. Bree kämpfte gegen die Trockenheit in ihrem Mund an, konnte die Worte kaum formulieren.

»Kann man … kann man es heilen?«

»Leider nicht, aber man kann es behandeln.« Chesten nahm den Kater hoch und übergab ihn der wartenden Helferin. »Bitte, bring ihn zu den anderen. Ich komme gleich wegen der Blutprobe.«

Dann wandte ihre Freundin sich Bree zu: »Es klingt schlimm, aber mit einem Enzym im Futter kann man es in den Griff bekommen.«

»Danke.« Bree löste ihre Hand aus der von Ben, um Chesten zu umarmen. »Du hast etwas gut bei mir.«

»Du auch«, sagte sie zu Ben, den sie in ihrem Überschwang ebenfalls umarmte. Er stand wie erstarrt und auch sie löste sich eilig von ihm, als könnte eine Berührung sie verbrennen.

Bree hielt den Blick gesenkt.

»Ich komme darauf zurück«, antwortete er in scherzhaftem Ton, aber sie konnte nur an die Umarmung denken, die sie immer noch spürte.

KAPITEL 19

Verdammt, die letzten zwölf Tage waren so schnell vergangen, dass er beinahe vergessen hätte, sich in London zurückzumelden. Anstatt seine Arbeit zu machen und die Perspektiven für das Projekt abzuschätzen, hatte er sich verhalten, als wäre er wirklich Ben Barnes alias Olivia Bishop, der Autor, der romantische Komödien schrieb.

Sobald er versuchte, sich auf seine Arbeit zu konzentrieren, tauchte Bryluens Gesicht vor seinem inneren Auge auf. Er hörte ihre dunkle Stimme, ihr erotisches Lachen, meinte, ihr Parfüm zu riechen, das an ihr ganz anders wirkte als an anderen Frauen. Sexy und gleichzeitig unnahbar, voller Versprechen und Geheimnisse. Wie war es ihr nur gelungen, sich in sein Herz zu schleichen? Er war sicher gewesen, dass er nach Imogen nie wieder auf eine Frau hereinfallen würde – und jetzt …

Wem wollte er etwas vormachen? Er war in Bryluen verliebt, wie ein Schuljunge, so als hätte er noch nie zuvor in seinem Leben geliebt.

Und sie?

Der Gedanke daran trieb ihn zur Verzweiflung. Es gab Momente, in denen er sich sicher war, dass Bryluen ihn mochte, ja, mehr als mochte, dass sie seine Gefühle erwiderte. Als sie ihn beim Tierarzt umarmt hatte, hatte sich das angefühlt wie ein Knistern in der Atmosphäre kurz vor einem Gewitter. Das musste sie auch gespürt haben.

Dann wieder benahm sie sich, als wären sie beide nur gute Freunde, die nicht mehr verband als gemeinsame Spaziergänge mit Charlie Brown und die Liebe zu gutem Essen. Aus dieser Frau würde kein Mann schlau werden. Wenn er ehrlich war, musste Ben eingestehen, dass dies wahrscheinlich einer der Gründe war, die ihren Reiz für ihn ausmachten.

Ihre Undurchschaubarkeit, ihre Unabhängigkeit, ihr Pfeifen auf das, was sich gehörte. All das machte sie zum Gegenmodell von Imogen. Selbst ihr Äußeres war das Gegenteil. Während Imogen blond und schmal war, war Bryluen brünett und kräftig, stark, raumgreifend. Einfach eine sehr eigene, sehr besondere Frau. Jemand, mit der er sein Leben verbringen könnte, wenn da nicht sein verdammtes Geheimnis wäre.

Bevor er weiter ergründete, ob Bryluen etwas für ihn empfand oder nicht, musste er erst einmal die Lage in London klären. Ben stieß seinen Atem so laut aus, dass Charlie Brown irritiert aufschaute. Irgendwann musste er Bryluen die Wahrheit sagen, nur wann? Ben fühlte sich, als hätte er sich in einem Netz aus klebrigen Lügen verfangen, die er nicht von sich ablösen konnte, ohne dabei viel Haut zu lassen. Ein- oder zweimal hatte es Situationen gegeben, in denen er angesetzt hatte, alles aufzuklären. Aber immer war jemand dazwischengekommen … und jetzt, jetzt würde es sich seltsam anfühlen.

Was sollte er sagen? »Hey, Bryluen, ich muss dir eine Kleinigkeit gestehen. Mohnblumensommer ist nicht von mir. Sommersonnenprickeln ebenfalls nicht. Weil ich nicht Olivia Bishop bin. Immerhin stimmt der Name, unter dem du mich kennst. Aber von Beruf bin ich Projektmanager und beauftragt, das Potenzial von Branok Manor zu eruieren. Falls ich zustimme, können deine Eltern ihr B & B schließen.«

Genau so etwas wollten Frauen hören. Es kam ihm vor, als hätte er die Gelegenheit verpasst, als hätte es einmal einen optimalen Zeitpunkt gegeben, ihr gegenüber alles einzugestehen, nur leider hatte er den nicht erkannt. Und nun türmte sich Lüge auf Lüge wie Kiesel am Strand. Es brauchte nur eine Welle oder einen kräftigen Windstoß, damit die Steine seines Betrugs mit gewaltigem Poltern umfielen und jemanden schwer verletzten.

Ben rieb sich mit dem Zeigefinger über die Nasenwand, so wie immer, wenn er angestrengt nachdachte. Lag es an Bryluen? Lag es an Cornwall? Auf einmal war ihm die Arbeit, die sein Lebensinhalt gewesen war, nicht mehr wichtig. Auf einmal konnte er sich vorstellen, etwas ganz anderes zu machen. Was, das konnte er nicht sagen, aber die Vorstellung, wieder nach London zurückzukehren, gefiel ihm nicht. Er wollte nicht zurück in den alten Trott, in den sinnlosen Kampf mit Kollegen um Projekte und Karriere. Ben schaute auf sein Smartphone. Die Nummer seiner Assistentin leuchtete im Display auf, aber er zögerte. Noch hatte er sich nicht dazu durchringen können, wirklich alles hinter sich zu lassen.

»Bryluen«, flüsterte er ihren Namen, betonte jede einzelne Silbe, als läge darin ein Zauber, der sie zu ihm brächte. »Bry-lu-en.

Charlie, komm.« Wie ein Stehaufmännchen hüpfte der Beagle hoch. Ben griff nach der Leine und hakte sie in Charlie Browns Halsband. »Wir machen einen schönen langen Spaziergang.« Bryluen war nirgends zu sehen, was ihm ausnahmsweise lieber war.

Sobald sie die Stadt hinter sich gelassen hatten, ließ Ben Charlie so viel Leine, dass dieser seinen Interessen nachgehen konnte. Sofort senkte der Beagle die dunkle Nase zu Boden und lief in einem kunterbunten Zickzack den Weg entlang, schweifte auf die Weide ab, verschwand kurz im Graben, um dann seinen Pfad fortzusetzen, geleitet von Gerüchen, die nur er erschnüffelte.

»Gut, dass Sie anrufen.« Gemma ging bereits beim ersten Klingeln dran. Ihre Stimme überschlug sich, sodass er sie kaum verstehen konnte. Der kornische Wind, der ihm um die Ohren pfiff, tat sein Übriges, das Gespräch zu erschweren. »Sie müssen so schnell wie möglich zurückkommen.«

Ihre Stimme senkte sich zu einem Flüstern, das kaum hörbar war. Ben fühlte sich noch mehr wie in einem schlechten Spionage-Thriller als ohnehin schon. Warum hatte er sich nur auf diese wahnwitzige Idee eingelassen, in St. Bart undercover zu wohnen? Was in London noch wie ein pfiffiger Plan ausgesehen hatte, entpuppte sich in Cornwall als Konzept voller Lücken und Fallstricke. Wollte er wirklich weiter in einem Unternehmen arbeiten, das von seinen Beschäftigten solche Aktionen forderte?

»Gemma, ich bin draußen und verstehe dich kaum.«

»Rufen Sie mich in einer halben Stunde an.« Sie klang beschwörend, als könnte sie allein mit ihrem Tonfall alle Nebengeräusche ersticken. »Da habe ich Mittagspause. Es ist wirklich, wirklich wichtig.«

Na prima, jetzt blieb ihm eine halbe Stunde Zeit, sich die unterschiedlichsten Szenarien auszumalen, was Gemma so in Panik versetzt hatte. Sicher, sie wirkte etwas verhuscht, aber seine Assistentin neigte keinesfalls zur Übertreibung. Wenn sie die Situation im Büro als bedrohlich einschätzte, dann war da etwas dran. Gedankenverloren ging Ben weiter, kurz durch Charlies Ziehen an der Leine aus dem Rhythmus gebracht, doch dann überschlugen sich seine Gedanken wieder.

Wer konnte es sein? Welcher seiner Kollegen nutzte die Chance, die in Bens Abwesenheit lag? Oder sah Mr. Miller nun endlich die Gelegenheit, seinen Beinahe-Schwiegersohn elegant und schmerzfrei (jedenfalls für ihn) zu entsorgen? Hatte er einen Fehler gemacht, als er nach Cornwall verreist war?

Im Kopf ging er alle Projekte und Termine durch, die er in London zurückgelassen hatte. Hatte er etwa eine wichtige Frist versäumt? Nein, das konnte nicht sein. Über E-Mails und den Zugang zum Firmen-Intranet war er auf dem Laufenden, obwohl … Ben seufzte … er deutlich weniger gearbeitet hatte, als wenn er in London geblieben wäre. Hier in Cornwall ging er zur Hundeschule, sorgte sich um einen Straßenkater und unternahm lange Spaziergänge, was er in London nicht einmal am Wochenende ohne schlechtes Gewissen gemacht hatte.

Seine Kollegen, alle genauso der Arbeit verfallen, ständig online und erreichbar wie er, würden sich vor Lachen biegen, könnten sie sehen, was die Rückkehr nach St. Bart aus ihm gemacht hatte.

»Ben Barnes, du hast deinen Biss verloren«, sagte er zu sich, was Charlie aufhorchen ließ. »Schon gut, Charlie, ich spreche nur mit mir. Erst geht der Biss flöten, dann der Job.«

Ach was, das waren fruchtlose Gedanken. Um sich abzulenken, nutzte Ben die Zeit, um mit Charlie Brown die Übungen durchzuführen, die Silvia ihm als Hausaufgabe aufgetragen hatte.

Zu seiner Freude klappte es besser, als er erwartet hätte, was sicher auch an den Leckerlis lag, mit denen er Charlie belohnte. So einfach funktionierte die positive Verstärkung. Trotzdem, Ben konnte sich nicht erinnern, dass Charlie ihm gegenüber jemals so aufmerksam gewesen war.

»Immerhin hat dir unsere Reise etwas gebracht«, lobte er den Beagle. »Ob sie für mich gut ausgehen wird, entscheidet sich erst noch.«

Endlich ertönte sein Smartphone-Wecker. Ben rief Gemmas Handynummer auf. Es tutete und tutete. Warum ging sie nicht an das verdammte Telefon? Die halbe Stunde war doch bereits verstrichen!

»Tut mir leid, ich konnte Susie aus der Buchhaltung eben erst abschütteln.« Ihre Stimme klang atemlos, als wäre sie gerannt.

»Kein Problem.« Ben versuchte, sich seine Ungeduld nicht anmerken zu lassen. »Gemma, was ist los?«

Charlie Brown stand schwanzwedelnd vor ihm und schien auf weitere Aufgaben zu warten. Ben deckte das Smartphone mit der Hand ab. »Tut mir leid, mein Junge, ich muss arbeiten.«

»Mr. Barnes, Sie sollten wirklich morgen hierherkommen.« Sie musste vollkommen durcheinander sein, wenn sie ihn entgegen der Firmenleitlinie siezte. Er konnte Gemma vor sich sehen, wie sie sich umschaute, ob ihr niemand zuhörte. »Von Tracy aus dem Controlling habe ich gehört, dass es morgen ein wichtiges Meeting gibt.«

Spannend, dachte Ben, *was es für Netzwerke auf Gemmas Ebene gibt, von denen meine Kollegen und ich nichts wissen. Ob Gemma glücklich mit ihrem Job ist? Oder weint sie sich jeden Abend bei ihrem Mann – oder ihrer Frau – aus? Gibt es überhaupt jemanden in ihrem Leben?*

»Es gibt doch ständig wichtige Termine«, wiegelte er ab. Das müsste Gemma eigentlich wissen, schließlich arbeiteten sie schon einige Jahre zusammen. »Was soll an dem so besonders sein?«

»Das wusste Tracy auch nicht genau, aber …« Sie zögerte, als müsste sie nach passenden Worten suchen. Das machte Ben so kirre, dass er mit den Fingern der freien Hand auf seinem Bein herumtrommelte, irritiert beäugt von Charlie Brown.

»Gemma, bitte. Ich stehe hier auf den letzten Metern des Projektes.« Das war gelogen. Selbst mit geschickten Formulierungen würde jeder bemerken, dass Ben bisher nur oberflächlich das Potenzial von Branok Manor analysiert hatte. »Ich brauche schon mehr als ein Gerücht, um meinen Termin morgen zu canceln.«

Seinen Termin mit der Hundeschule, was er ihr natürlich niemals sagen würde.

»Es heißt, Mr. Miller will Sean Ihren Job geben.«

»Sean? Wer ist Sean?«

»Lucy von HR meint, dass er ...« Gemma stockte, als fiele ihr eben erst auf, was sie sagen wollte. »Ach, von irgendwem wirst du es eh hören. Sean ist der Neue von Imogen, heißt es.«

Obwohl Ben zu 90 Prozent sicher war, dass er Imogen niemals wieder in seinem Leben wünschte, fühlte sich das an, als hätte ihm der ominöse Sean seinen Kopf in die Magengrube gerammt.

»Gemma, bitte besorg mir eine Reiseverbindung und ein Bahnticket. In zwei Stunden will ich abreisen.« Erstaunlich, wie ruhig seine Stimme klang. »Und, Gemma, vielen Dank.«

KAPITEL 20

Charlie Brown ließ es sich nicht nehmen, an Bree hochzuspringen, um ihr einen feuchten Abschiedskuss zu geben. Der Hundeschule war anscheinend noch kein Durchbruch gelungen, was sein Benehmen anging.

»Sorry«, sagte Ben, der den Beagle von ihr zurückzog. »Er möchte halt lieber bei dir bleiben. So wie ich.«

Noch immer konnte sie nicht einschätzen, ob er das ernst meinte oder ob alles ein Spaß war, was sie wahnsinnig machte. Solange sie es nicht einordnen konnte, ließ sie sich auf seinen Ton ein. Wenn er mehr wollte, sollte schon Ben den ersten Schritt machen. Nicht, weil Bree zu den Frauen gehörte, die der Ansicht waren, dass Männer die Initiative ergreifen sollten, sondern weil ihr bewusst war, dass der Erste in der schwächeren Position war.

Aber Ben hielt sie hin, mal wagte er einen Vorstoß, den er jedoch mit einem Lachen begleitete, sodass es nie zu einer eindeutigen Aussage kam. Bis auf die kurze Umarmung, an die sie immer noch denken musste, obwohl er sie nicht erwidert hatte. Sein Körper hatte sich gut angefühlt, warm, stark, nahezu vertraut. Himmel, war sie etwa fünfzehn Jahre alt, dass sie von solchen Winzigkeiten zehrte?

»Ich würde euch gern begleiten, aber leider muss ich hier aufpassen.« Sie lächelte ihr Cover-Lächeln, dem bisher noch kein Mann hatte widerstehen können. »Grüß London von mir. Soll ich dir das Zimmer wirklich in Rechnung stellen?«

»Ich bin ja nur zwei Tage weg. Irgendwie käme es mir seltsam vor, wenn jemand anderes in der Zeit in *meinem* Zimmer schliefe.«

»Die Gefahr ist nicht allzu groß. Außerdem – sind Schriftsteller denn nicht immer arm?« Zwar kostete die Übernachtung in der Wintersaison nicht allzu viel, aber für jemanden, dessen Kleidung aussah wie aus einem Billig-Secondhandladen im East End und nicht aus einem der schicken Retrogeschäfte in Soho, sollte jeder Penny zählen, nicht wahr?

»Ach, ich kann davon ganz gut leben. Das Zimmer kann ich mir auf jeden Fall leisten.« Er zögerte einen Moment. Es sah aus, als wollte er ihr etwas Wichtiges mitteilen. Dann jedoch sagte er nur: »Wir sehen uns.«

»Gute Reise.« Sie hatte ihm angeboten, ihn zum Bahnhof in Penzance zu fahren, aber er hatte abgelehnt. »Charlie muss Busfahren üben und du hast genug zu tun.«

Mist, also stand sie wegen des Katers weiterhin in seiner Schuld. Bree war jemand, die ungern andere Menschen um einen Gefallen bat, und es missfiel ihr, dass sie Ben weiterhin zu Dank verpflichtet war.

Bree wartete, bis er die Eingangstür hinter sich geschlossen hatte, bevor sie zurück in die Küche ging. Mit fahrigen Händen stellte sie das Frühstücksgeschirr in die Spülmaschine, verstaute die Lebensmittel im Kühlschrank und putzte die Spüle, bis der Edelstahl glänzte. Was nun?

Sicher, es gab genug zu tun, aber irgendwie konnte sie sich nicht dazu aufraffen, in Bens Zimmer zu gehen, um dort sauber zu machen. Natürlich war ihr bewusst, dass das absurd war, schließlich war es ein Hotelzimmer, in dem schon Dutzende Gäste geschlafen hatten und in dem Ben nur einige wenige Nächte verbracht hatte.

Aber dennoch fiel es ihr schwer, den Raum zu betreten und zu wissen, dass er heute Abend nicht da sein würde, dass sie allein wäre, wenn der namenlose Kater aus der Tierarztpraxis zurückkehrte. Chesten hatte ihn sicherheitshalber einen Tag und eine Nacht zur Beobachtung dabehalten wollen. Erst heute Nachmittag konnte sie ihn und seine Medikamente dort abholen.

Obwohl er nur drei Tage bei ihr gelebt hatte, vermisste sie seine Gesellschaft. Zwar hatte er viel geschlafen, aber wenn sie ihn angesprochen hatte, hatte er freundlich geantwortet. Nun konnte sie die Menschen verstehen, die sich ein Haustier holten, damit sie nicht allein waren. Das Haus kam ihr riesig und leer vor.

Ihr Vater war im Krankenhaus, so wie jeden Tag, sobald er das Frühstück zubereitet hatte. Seit dem missglückten Besuch war Bree nicht mehr dort gewesen. Mit ihren Geschwistern hatte sie vereinbart, dass sie sich am kommenden Sonntag treffen würden, um eine kleine Willkommensfeier für ihre Mutter auszurichten, auch wenn diese das sicher übertrieben fände.

Es gab nur eins, was ihr zu tun übrig blieb, um nicht vor innerer Unruhe hochzugehen. Bree suchte sich in der Küche alle Utensilien zusammen, die sie für *Fairings* benötigte. Backen beruhigte sie und lenkte sie ab. Außerdem würden Chesten und Alys sich bestimmt über selbst gebackene Ingwerkekse freuen.

So, die Kekse waren im Ofen, die Küche erneut sauber gemacht und immer noch blieben ihr zwei Stunden, bis sie den Kater abholen durfte. Das Zimmer konnte sie auch noch morgen in Ordnung bringen, noch mehr Kekse wollte sie nicht backen …

»Alys, hallo, hast du Zeit und Lust auf einen Cappuccino? Mit frischen *Fairings*?«

Sie wartete, dass die Kekse fertig gebacken und ein wenig abgekühlt waren, bevor sie sie in Papiertüten füllte, die sie mit einem roten Geschenkband verschloss.

Ob Ben schon in London angekommen war? Ob diese Imogen dort auf ihn wartete? Obwohl sie beide einige Zeit miteinander verbracht hatten, wusste sie eigentlich wenig von ihm. Ben gehörte zu der seltenen Spezies Mann, die nicht gerne über sich redete. Ob er etwas zu verbergen hatte?

Jory fand ihn sympathisch, das hatte er Bree auf deren Nachfrage hin verraten. Aber Jory war jemand, der in allen Menschen das Gute sah und eher zu viel als zu wenig Vertrauensvorschuss gewährte. Bree war anders, sie neigte eher zum Beobachten und Abwarten, bis sie sich eine Meinung über jemanden bildete. Auch wenn es von außen so wirkte, als wäre sie leichthin und offenherzig.

Was war nur mit ihr los, dass sie am frühen Morgen über das Leben und die Menschen philosophierte? Alles nur, weil Ben zwei Tage nach London gefahren war. Dabei wusste sie so gut wie er, dass seine Zeit in St. Bart begrenzt war. Sicher warteten in London Termine auf ihn, sodass er seinen Aufenthalt hier nicht verlängern würde. Warum sollte er das auch tun? Das Einzige, was ihn halten könnte, wäre die Hundeschule – und davon gab es in der Großstadt mehr als genug.

Verflucht! Fuck!

Sie mochte es nicht, wenn ihre Gedanken sich so mit ihm beschäftigten. Das kannte sie nicht. Bisher waren Männer in ihrem Leben eine Randnotiz gewesen, angenehm und vermisst, wenn gerade mal keiner da war, aber nicht von übermäßiger Bedeutung. Um ehrlich zu sein, hatte Bree nie verstanden, was all diese Liebesschwüre bedeuten sollten, mit denen Männer sie überschütteten. Genauso wenig konnte sie die harschen Vorwürfe nachvollziehen, die ihr galten, sobald sie weiterzog.

Bisher war ihr Liebesleben perfekt gewesen: Ab und zu (wenn auch viel seltener als Alys und Chesten meinten) leistete sie sich einen Freund mit gewissen Extras, eine Affäre, die mal kürzer und mal länger dauerte. Keine schlechten Gefühle, wenn es vorbei war. Sicher erinnerte sie sich an die Männer, aber sie vermisste keinen von ihnen, konnte sich beim besten Willen nicht vorstellen, dass sie mit einem von ihnen länger zusammenlebte.

Aus den Augen, aus dem Sinn. Und jetzt das: Ben, an den sie dachte, sobald er die Tür hinter sich zugezogen hatte. Bei dem sie sich fragte, wie es wäre, ihn zu küssen, seinen Körper erneut zu spüren, durch seine braunen Haare zu streichen, seine braunen Augen zum Glitzern zu bringen.

Genug davon. Jetzt würde sie erst einmal einen Kaffee mit Alys trinken, dann ihren Kater abholen und ein bisschen mit Chesten reden. Wenn es eine Expertin für hoffnungslose Liebe gab, war das ihre Freundin. Bree musste nur ein wenig Zeit mit Chesten verbringen, um wieder zu wissen, warum die große Liebe nichts für sie war. Mit großer Liebe kommt großes Leid – autsch, das klang jetzt wie ein Zitat aus dem Spider-Man-Film oder aus einem der *Jezebel-Bligh*-Bücher, mit denen Alys sie als Jugendliche gequält hatte.

Bree hatte die Abenteuer des weiblichen James Bond nur ihrer Freundin zuliebe gelesen und konnte deren Faible dafür nicht nachvollziehen. So wenig wie Chestens Sucht nach den historischen Liebesromanen von Mills & Boon. Sicher war es ihren Freundinnen ein ebensolches Rätsel, dass Brees Lektüre sich auf Backbücher und Jane-Austen-Romane konzentrierte. Gerade die Unterschiedlichkeit trug dazu bei, dass sie über all die Jahre befreundet geblieben waren.

Genug nachgedacht. Bree legte zwei Tüten mit Keksen in ihren Rucksack, zog ihre Jacke über und schloss die Haustür hinter sich ab. Da der kornische Himmel in einem fröhlichen Blau erstrahlte, beschloss sie, zu Fuß in die Stadt zu gehen.

Gut, dass Alys' Galerie neben einem Coffeeshop lag. Durch dessen unwiderstehlichen Geruch nach frisch gemahlenem Kaffee hätte sie ihn sogar mit geschlossenen Augen gefunden. Bree holte zwei extragroße Cappuccinos zum Mitnehmen. Noch während der Verkäufer am Tresen das Wechselgeld zusammensuchte, musste sie einen Schluck versuchen, dessen nussiges Aroma sie nicht enttäuschte.

Sie spähte in den Comicladen, wo ein ihr unbekannter Junge mit buntstiftroten Haaren hinter dem Verkaufstresen stand. Also ging sie direkt in die Galerie. Ihre Freundin war in ein Gespräch mit einem Ehepaar verwickelt, das sich anscheinend für ein sehr großes, sehr buntes, abstraktes Gemälde interessierte, das in Bree Sehnsucht nach dem Meer erweckte.

Sie stellte den zweiten Kaffee auf den Verkaufstresen und schaute sich um. Die weißen Wände und der dunkelblaue Fußboden ließen die Galerie elegant, aber auch charmant wirken. Über dem Verkaufstresen hing ein überlebensgroßes Porträt von Helyer, der um Futter bettelte.

»Bree, danke für den Kaffee. Komm, lass uns in die Sofaecke gehen.« Alys hatte das Ehepaar verabschiedet.

»Wo ist das fröhliche Original?« Bree deutete auf das Katerbild.

»Folge dem Schnarchen«, antwortete Alys.

Da hörte Bree es auch und schaute hinter den Tresen. Der kräftige grauweiße Kater lag auf einem roten Samtkissen. »Hallo Helyer, wie geht es dir?«

Er würdigte sie nicht einmal eines Augenzwinkerns.

»Ah, charmant wie immer.«

»Er ist eben eine Persönlichkeit«, sagte Alys. »Ich will ihn nicht anders haben. Die Kunden lieben ihn.«

»Wo ist Buddy?« Bree schaute sich suchend um. »Habt ihr keinen Platz für ihn?«

»Wir haben es versucht.« Alys seufzte. »Aber er hat zwei

Bilder heruntergerissen und eine Erstausgabe von Jorys Lieblingscomic angekaut. Also muss er zu einer Dogsitterin.«

Sie zog Bree hinter sich her zu einem taubenblauen Samtsofa. Auf dem niedrigen Glastisch davor lagen Kunstzeitschriften, Ausstellungskataloge und ein gebundenes Buch.

»›Das Reich der sieben Höfe.‹« Bree nahm den Roman in die Hand und las den Klappentext. »Ich wusste nicht, dass du Fantasy liest.«

»Vanessa hat ihn mir vorhin vorbeigebracht. Sie sagt, es sei ihr Lieblingsbuch.« Alys setzte sich und zog Bree neben sich. »Vor lauter Arbeit komme ich kaum zum Lesen.«

»Könnte ich bei euch arbeiten?«, fragte Bree. »Falls ich länger in St. Bart bleibe.«

»Wir können nur Mindestlohn zahlen.« Alys zögerte. »Und nur für ein paar Stunden die Woche. Wäre das okay?«

Bree nickte. »Wenn meine Mutter erst wieder da ist und das Regiment im B & B übernommen hat, du weißt ja, dann kann es nicht lange dauern, bis einer von uns den anderen ermordet.« Sie lächelte schief, um dem Ganzen die Schärfe zu nehmen. »Aber du kennst mich: Ich brauche irgendeine Beschäftigung.«

Sie schwieg kurz. Wie konnte sie nur unauffällig das Thema anschneiden, das sie so penetrant verfolgte wie Charlie Brown sein Bällchen? Dann gab sie sich einen Ruck. »Woher hast du gewusst, dass Jory der Richtige ist?« Bree drehte den Kaffeebecher in den Händen. »Wie merkt man das?«

»Höre ich da richtig?« Alys musterte sie. »Meine Bree erkundigt sich nach der Liebe? Wer ist denn der Anlass? Obwohl ich natürlich einen Verdacht habe.«

»Quatsch«, antwortete Bree. »Ich bin nur neugierig.«

»Jetzt auf einmal? Vorher hast du mich das auch nie gefragt.«

»Wie läuft die Galerie? Ich mag die Meerbilder, die mit der

wilden Brandung. Man kann das Salz in der Luft förmlich schmecken.«

»Es könnte besser laufen. Wir hoffen auf den Sommer und die Touristen.« Alys nahm sich einen *Fairing*. »So leicht kommst du mir nicht davon. Was ist mit Ben und dir? Jory ist begeistert von ihm und Charlie Brown.«

»Ben ist in London. Für zwei Tage.«

»Vermisst du ihn? Bree, es ist nichts Schlimmes, sich zu verlieben.«

»Die Bilder sind von dir, nicht wahr? Sie gefallen mir sehr.«

»Bree!«

»Für die meisten Menschen mag es okay sein, sich zu verlieben. Ich mag nicht abhängig sein.«

Alys stand auf und ging zur Wand, an der die Meeresbilder hingen. Sie nahm eines davon herunter und legte es vor Bree auf den Tisch.

»Liebe macht dich nicht abhängig. Sie macht dich vollständig.« Sie deutete auf das Aquarell. »Ohne Jory hätte ich das nicht malen können. Er … er gibt mir den Mut und die Stärke, ein besseres Ich zu werden.«

»Du bist die Ausnahme von der Regel. Schau dir Chesten an. Seitdem wir sie kennen, leidet sie unter der Liebe.«

»Nicht nur. Manchmal schwebt sie auch auf Wolke 7.«

Bree verzog das Gesicht. »Aber nur weil Liebe blind macht. Stell dir mal vor, ich würde anfangen, Herzchen in die Rinde von Bäumen zu schneiden.«

Alys lachte. »Das würde ich wirklich gerne sehen.«

»Dazu wird es nie kommen!«

KAPITEL 21

Weder die Eislaufbahn, an der Ben der Weg von der Dogsitterin zu *La Cozza Infuriata* vorbeiführte, noch die beginnende Weihnachtsbeleuchtung in den Straßen konnte darüber hinwegtäuschen, dass der Londoner November grau, trist und verregnet war. Die Idee, erst einen Abstecher zu Matteo zu machen, bevor er ins Büro ging, erschien ihm jetzt nicht mehr so gelungen. Ben schlug den Kragen seines Mantels hoch und eilte weiter. Die Straßen fühlten sich enger an, die Häuser drohten ihn zu erdrücken; er musste es sich eingestehen, ihm fehlte die Weite Cornwalls.

Verdammt!

Vor fast zwanzig Jahren war er aus St. Bart geflohen und hatte geschworen, nicht wieder zurückzukehren. Reichten dunkelbraune Augen und ein ansteckendes Lachen, damit er alle seine Vorsätze über den Haufen warf? Oder war er einfach Londons müde? Konnte man dieser pulsierenden, lebendigen, einzigartigen Stadt denn überhaupt überdrüssig werden?

Dunkel erinnerte Ben sich daran, dass der Dichter Samuel Johnson gesagt hatte, wer Londons müde wäre, wäre des Lebens müde. Davon konnte bei Ben auf keinen Fall die Rede sein. Er fühlte sich lebendig wie schon lange nicht mehr – jedenfalls, solange er in Cornwall und in Bryluens Nähe war.

Nein, an sie sollte er jetzt besser nicht denken.

Stattdessen wandte er sich der Frage zu, welche Intrigen sich hinter seinem Rücken entsponnen hatten und wie er sie zu seinen Gunsten drehen konnte. Im Kopf ging er die üblichen Verdächtigen durch – Steve, George, Bill, vielleicht auch dieser Neue: Tom. Und welche Rolle spielte dieser Sean?

Zu seiner Überraschung langweilte ihn das Ganze. Ben fühlte nicht mehr den Adrenalinkick des Bürokriegs, wie er es gewohnt war. Normalerweise sah er diesen internen Machtkämpfen mit Freude entgegen, spürte sein Herz schneller schlagen, sein Gehirn intensiver arbeiten, fühlte sich lebendig. Heute jedoch dachte er nur: *Was soll das alles? Gibt es wirklich nichts Wichtigeres im Leben, als eine neue Karrierestufe zu erklimmen, nur damit die Zahl derjenigen wächst, die dich davon herunterschubsen wollen?*

Trotzdem musste er sich eine Erklärung zurechtzulegen, warum er mehr Zeit in St. Bart benötigte, warum das Projekt noch keine Fortschritte gemacht hatte. Immerhin konnte er ein paar Termine vorweisen, die es aussehen ließen, als wäre Ben vor Ort aktiv gewesen. Er konnte schlecht zugeben, dass sich der Bericht nicht verzögerte, weil er bisher keine Einschätzung zum touristischen Potenzial des Herrenhauses treffen konnte, sondern weil er sich der Auswirkungen seines Reports nur zu bewusst war. Bryluens Eltern würden ihr Bed and Breakfast wohl schließen müssen, sollte aus Branok Manor ein Luxushotel werden. So arbeitete die *Miller International Group*: Sie entledigten sich über Dumping-Preise der Konkurrenz vor Ort, dann zogen sie die Preise an, aber zu spät für die, die im Konkurrenzkampf auf der Strecke geblieben waren.

Diese Geheimnistuerei, diese Lügen Bryluen gegenüber konnte er nicht mehr durchhalten. Sobald er hier in London alles geklärt hatte, würde er zu ihr zurückfahren und ihr die

Wahrheit sagen, auch wenn er die Konsequenzen fürchtete. Bryluen machte auf ihn nicht den Eindruck, als nähme sie Lügen leicht. Aber er wollte eine Beziehung nicht mit Unwahrheiten beginnen.

Ben musste über sich selbst lachen. Da stellte er sich die Frage, ob Bryluen ihm wohl verzeihen würde, obwohl sie bisher nicht über das Stadium von Frotzeleien herausgekommen waren. Vielleicht deutete er ihre Signale falsch, vielleicht bemühte sie sich nur, besonders freundlich zu einem Gast ihrer Eltern zu sein. Möglicherweise interpretierte er, der die rauen Umgangsformen der Londoner Geschäftswelt gewohnt war, ihre kornische Höflichkeit vollkommen anders, als sie gemeint war.

Nein. Nur weil er Imogens Signale nicht erkannt hatte, hieß das nicht, dass er bei Bryluen danebenlag. Da war etwas zwischen ihnen, eine Faszination, ein Prickeln, dem er sich nicht entziehen konnte. Selbst wenn er sich irrte, was Ben nicht hoffte, so hatte die Reise nach St. Bart auf jeden Fall einen äußerst positiven Nebeneffekt für ihn: Imogen war nahezu ganz aus seinen Gedanken verschwunden.

Durch die wenigen Tage mit Bryluen hatte Ben erkannt, wie falsch seine Beziehung zu Imogen gewesen war, dass sie von Beginn an auf falschen Voraussetzungen beruht hatte, dass Imogen etwas in ihm sehen wollte, das er nicht war. Sie hatte gedacht, er wäre der Kronprinz, der ihren Vater einmal beerben würde. Nur, weil er damals der Shootingstar der Firma gewesen war, dem ein großes Projekt nach dem anderen gelungen war. Nichts schien ihn aufhalten zu können, der Himmel war die Grenze.

Was Imogen nicht gesehen hatte, weil es in ihrer Welt des Spaßes und der Partys nicht vorkam, war die harte Arbeit, die hinter Bens Erfolgen steckte, die unglaublich vielen Stunden, die er im Büro oder zu Hause vor dem Computer verbrachte.

Zu Beginn reizte es sie wohl, Ben von seinem Notebook

weg und in ihr Bett zu locken, aber bald waren seine langen Arbeitsstunden Gegenstand ihrer vielen Streitigkeiten geworden. Erst hatte er sich durchgesetzt, doch irgendwann waren ihm die Diskussionen zu viel geworden. Wann hatte es angefangen?

»Warum kannst du dir nicht wenigstens dieses Wochenende freinehmen?«, giftete Imogen, die eine Einladung nach Kent erhalten hatte. »Die Arbeit läuft dir nicht weg.«

»Der Bericht muss bis Montag fertig sein.« Ben schaute auf. Seine Augen waren müde und brannten von den langen Stunden vor dem Bildschirm. »Dein Vater vertraut darauf, dass ich meine Arbeit pünktlich erledige.«

»Wenn es nur das ist.« Schmollend schob sie die Oberlippe vor. Früher hatte er das sexy gefunden, heute dachte er, dass sie viel zu alt für dieses Kleinmädchengehabe wäre. »Ich red mit Daddy.«

»Nein!« Seine Stimme klang schärfer, als er es beabsichtigt hatte.

Imogen brach in Tränen aus. Ben nahm sie in den Arm, versprach ihr, das Wochenende mit ihr zu verbringen, und hörte mit stiller Wut zu, wie sie mit ihrem Vater telefonierte und über sein Leben bestimmte. Vielleicht war dieser Tag der Anfang vom Ende gewesen.

Was war das denn? Ben blieb stehen und starrte ungläubig auf das DIN A4 große Papierstück im Fenster des *La Cozza Infuriata.*

Wegen Renovierung geschlossen.

Mist! Warum hatte er in den vergangenen Wochen Matteo nicht wenigstens einmal angerufen? Die Zeit in St. Bart hatte Ben wie in einer schillernden Seifenblase verlebt, die ihn von allem abschloss. Hätte Gemma ihn nicht angerufen, hätte er einfach weitergemacht, ohne Gedanken an seine Londoner Freunde. *Egal, was sich im Büro ergibt, ich muss mich unbedingt bei Matteo melden.*

Ben trat näher an das große Fenster des Restaurants heran. Ein zweiter, etwas kleinerer Zettel informierte ihn, dass das *La Cozza Infuriata* unter neuem Management wiedereröffnen würde.

Matteo hatte ihm beim Abschied weder etwas über geplante Veränderungen gesagt noch darüber, dass er das Restaurant aufgeben wollte. Ben starrte fassungslos auf das Blatt. Es fühlte sich an, als hätte man ihm das Zuhause genommen. Seine Wohnung, die er nach der Trennung von Imogen gekauft hatte, war nur ein Notbehelf, ein Ort, an dem er seine Möbel und Bücher abstellen konnte. Auch jetzt wirkte sie immer noch, als wäre er gerade eingezogen. Nachdem Imogen sich von ihm getrennt hatte, musste er aus ihrer gemeinsamen Wohnung in Chelsea verschwinden. Aus dem riesigen Loft mit Blick auf die Themse, das ihr Vater ihr zum Examen geschenkt hatte. Die Möbel hatten alle Imogen gehört.

»Ach, Ben, deine Möbel passen nicht zu unserem Stil.« Also war sein Hausrat auf dem Flohmarkt gelandet und er war in das Loft gezogen, das nach Imogens Vorstellungen eingerichtet war. Zu Hause gefühlt hatte er sich dort nie, eher als gern gesehener Gast.

Sein Ein-Zimmer-Apartment hatte er nur spärlich möbliert: ein Bett, ein Schrank, ein Schreibtisch, an dem er arbeiten konnte. Nur die Küche war opulent eingerichtet, seitdem er bei Matteo kochen gelernt hatte. Vor allem seine Messersammlung hegte und pflegte Ben, er hatte einen Kurs besucht, in dem er das Messerschleifen gelernt hatte. Wenn überhaupt, dann verband Ben mit dem *La Cozza Infuriata* Heimatgefühle.

»Heute Abend Matteo anrufen«, sprach er in sein Smartphone. Jetzt jedoch musste er sich erst einmal seinem Job stellen. Ben duckte sich, als der Nieselregen sich verstärkte, hob seine Aktentasche über den Kopf und begann zu laufen. Seine eleganten Lederschuhe rutschten auf dem nassen Straßenpflaster und er kämpfte um sein Gleichgewicht.

»Mr. Barnes, Ben, gut, dass du endlich da bist.« Gemma wirkte, als wäre sie den Tränen nah. In den Tagen, die er in Cornwall verbracht hatte, war sie noch magerer und verhuschter geworden. »Möchtest du einen Tee?«

»Ja, bitte«, antwortete er automatisch und stieß die Tür zu seinem Büro auf. Auf dem Schreibtisch lagen drei Mappen mit der Post der vergangenen Tage. Nur gut, dass er seine E-Mails in St. Bart abgerufen hatte, sonst würde die Masse an zu Erledigendem ihn erschlagen.

Ben hängte seinen triefnassen Mantel auf und nahm hinter seinem Schreibtisch Platz. Bereits der erste Brief forderte DRINGEND!!! eine Reaktion von ihm. Da er die Kompetenzen seiner Assistentin kannte und schätzte, konnte er sicher sein, dass die anderen Briefe ähnlich bedeutsam waren oder sich wichtig nahmen.

Als er seinen PC hochgefahren hatte, ploppte sofort eine Nachricht hoch: Meeting um 14:00 Uhr! WICHTIG!

Gab es in dieser Welt etwas, das nicht dringend und wichtig – immer in Großbuchstaben – war?

»Ihr operiert doch nicht am offenen Herzen«, sagte Joel im-mer, wenn Ben ihm von seinen Arbeitstagen erzählte. »Mann, es gibt echt mehr im Leben. Meer, mit Doppel-e, du verstehst.«

Bisher hatte er Joel stets widersprochen, aber während er durch die Mappe blätterte, in der sich neben Briefen auch ausgedruckte E-Mails fanden, stellte er sich zum wiederholten Mal in den letzten Wochen die Sinnfrage. Sollte das wirklich alles gewesen sein?

Ben schaute auf die Uhr: noch eine Stunde bis zum WICHTIGEN Meeting. Da sollte er die philosophischen Überlegungen hintanstellen und sich den aktuellen Aufgaben widmen. Nach einem Seufzer durchblätterte er die erste Arbeitsmappe, markierte die Schreiben mit unterschiedlichen Farben für Abheften, Beantworten, Wegwerfen. Schnell nahm ihn die

Arbeit so gefangen, dass er das zaghafte Klopfen an der Tür beinahe überhört hätte.

»Komm rein, Gemma.« Täuschte er sich oder hatte sie lang für den Tee gebraucht? Ben schaute auf und sah, dass ihre Augen geschwollen und rot umrändert waren. Für Heuschnupfen war definitiv nicht die Jahreszeit, also musste sie geweint haben. Der Ben von früher hätte das ignoriert und sich seiner Arbeit gewidmet, der neue Ben stand auf, nahm Gemma das Tablett aus der Hand, stellte es auf den niedrigen Glastisch und sagte: »Setz dich, bitte.« Er führte Gemma, die wie paralysiert dastand, zu einem der tiefen Ledersessel.

»So, jetzt trink erst einmal einen Tee und erzähl mir, was dir auf der Seele brennt.« Da sie keine Anstalten machte, sich zu bedienen, schenkte Ben ihr ein, fügte zwei Löffel Zucker und Milch hinzu und drückte ihr die Tasse in die Hand. »Du kannst mir alles erzählen.«

»Ach, es ist nichts.« Ihr Mäusegesicht verzog sich, als die Tränen kamen. »Das Übliche. Bis auf Sie … bis auf dich sind alle fies zu mir. Ich suche mir einen neuen Job.«

»Bitte nicht, Gemma«, antwortete Ben, dem es einen Schock versetzte, wie unglücklich seine Assistentin hier war. »Ohne dich wäre ich in dem Haifischbecken verloren. Nimm dir heute Nachmittag frei.«

»Wirklich?« Ihr Gesicht leuchtete auf. »Danke.«

Endlich war dieser Tag vorbei. Die übertriebene Freude seiner Kollegen, ihn im Meeting zu sehen – nachdem sie ihre Überraschung überwunden hatten –, hatte ihn angewidert. Es war darum gegangen, neue Großprojekte zu vergeben, und seine Kollegen hatten wohl gehofft, diese unter sich aufteilen zu können. Gemmas Einschätzung, dass er abgesägt werden sollte, schien zutreffend zu sein. Zumindest für diesmal hatte er das abwenden können.

Den ominösen Sean lernte er nicht kennen, was Ben zu seiner Verwunderung auch nicht mehr interessierte. Am unangenehmsten war das Gespräch mit Mr. Miller gewesen. »Ich erwarte Resultate, keine Entschuldigungen, Ben!«

Jetzt konnte er es kaum erwarten, aus dem Büro zu kommen, um sich mit Matteo zu treffen. Er rief seinen Freund an.

»Ich bin in London. Hast du Zeit?« Kurz überlegte Ben, ob er Matteo wirklich am Telefon fragen sollte, seine Neugier siegte. »Was hat das Schild am *La Cozza* zu bedeuten?«

»Ärger mit dem Vermieter.« Kurzes Schweigen. »Ist in Ordnung. Ich wollte schon ewig zu meinen Verwandten nach Sizilien. Kochen, dort, wo es am besten ist.«

»Du wirst mir fehlen«, rutschte es Ben spontan heraus. Der alte Ben hätte sich geschämt, so etwas zu sagen. Bryluens Offenheit schien auf ihn abzufärben und es fühlte sich gut an.

»Danke. Du mir auch. Aber noch bin ich da. Was hältst du davon, heute Abend zusammen zu kochen?«

»In einer Stunde? Bei mir?« Erst nachdem er es ausgesprochen hatte, fiel ihm auf, dass er noch nie zuvor jemanden in seine Wohnung eingeladen hatte.

»Okay. Dann kann ich gleich überprüfen, ob deine Küche sizilianischen Ansprüchen genügt.«

KAPITEL 22

Den ganzen Vormittag summte Bree kleine Melodien. Selbst beim Staubsaugen, das sie hasste, sang sie leise vor sich hin. Sie putzte die Badezimmer auf Hochglanz und musterte ihr Werk prüfend. Ja, das Chrom der Armaturen glänzte und selbst die Emaille der alten Badewanne strahlte.

Nachdem sie die Hausarbeit erledigt hatte, trat sie vor die Haustür. Auch der anhaltende Nebel, der bis ins Binnenland hineingefunden hatte, konnte ihr die Laune nicht verderben. Heute kehrte er wieder nach St. Bart zurück.

Ben.

Gestern Abend hatte er angerufen, um ihr mitzuteilen, dass er gegen 16:00 Uhr anreisen wollte. Seitdem ging ihr jede Arbeit leicht von der Hand und sie ließ sich selbst nicht von dem unfreundlichen Gast, der nur für eine Nacht geblieben war, aus der Ruhe bringen.

»Was für ein langweiliges Kaff«, hatte der Schweizer heute Morgen gesagt. »Hier ist ja der Hund verfroren.«

»Oh, Sie haben einfach Pech mit dem Wetter. Bleiben Sie doch noch ein paar Tage und geben Cornwall eine zweite Chance.«

Zum Glück hatte er abgelehnt. Die Vorstellung, mit dem unfreundlichen Gesellen und Ben in einem Haus zu sein, hatte ihr nicht gefallen.

Denn Bree hatte einen Plan, einen sehr guten, wie sie meinte. Er war das Ergebnis ihrer schlechten Laune, nachdem Ben nach London gefahren war. Ohne ihn war ihr St. Bart grau und trostlos erschienen, ein Ort ohne Seele. Nachdem sie selbst ihren armen Kater angeschnauzt hatte, war es genug gewesen.

So konnte es nicht weitergehen! Bree hatte keine Lust mehr, dass Ben sich ständig in ihre Gedanken drängte und solchen Einfluss auf ihre Stimmung nahm. Ihrer Erfahrung nach gab es eine sichere Methode, wie man einen Mann schnell aus dem Sinn bekam. Wenn sie erst einmal Sex mit Ben gehabt hätte, verlöre er bestimmt seinen Zauber, den er aus unerklärlichen Gründen auf sie ausübte.

Die Sterne standen günstig für ihr Vorhaben. Ihre Eltern hatte Bree für eine Woche in ein Wellnesshotel nach Newquay geschickt, damit ihre Mutter sich erholen und ihr Vater ihr dabei Gesellschaft leisten konnte.

»Wie stellst du dir das vor?« Ihre Mutter, deutlich munterer als an dem Tag, an dem Bree sie besucht hatte, tippte sich mit den Fingern vor die Stirn. »Wir müssen uns um das Haus und die Gäste kümmern.«

»Nein, müssen wir nicht.« Zum ersten Mal sprang ihr Vater Bree zur Seite. »Das ist eine wundervolle Idee, Breenie. Helen, wir fahren.«

Sein Tonfall war so resolut gewesen, dass selbst ihre Mutter sich nicht dagegen wehren konnte. Nun würden Ben und sie das Haus für sich allein haben, was viele Möglichkeiten eröffnete.

Eine Verführung unter dem Dach ihrer Familie, mit Mutter und Vater nur zwei Zimmer weiter – das wollte Bree sich nicht ausmalen. Sie kicherte bei der Vorstellung, wie Ben und sie sich bemühten, besonders leise und vorsichtig zu sein, um Brees Eltern nicht zu wecken. Leise und vorsichtig war das Letzte, was sie mit der heutigen Nacht verband.

Nun war alle Arbeit erledigt und ihr blieb immer noch Zeit. Also kochte sie sich einen Tee und setzte sich in den geblümten Sessel im Frühstückszimmer, der so weich und bequem war.

»Hallo Süßer, schön, dass du mir Gesellschaft leistest.« Als der Kater ihr auf den Schoß sprang, merkte sie zufrieden, dass er zugenommen hatte. Das Pulver, das Chesten ihm verschrieben hatte, schien zu wirken. Er rollte sich ein und schnurrte, während sie ihn sanft hinter den Ohren kraulte.

Im Kopf stellte sie eine Liste der Dinge auf, die sie brauchte, um Ben zu verführen. Sein Zimmer oder ihr Zimmer? Nein, das war wirklich keine Frage. Die Vorstellung, mit Ben in ihrem Jungmädchenbett zu liegen, auf verblassende Poster längst in der Versenkung verschwundener Popstars zu schauen, reizte sie zum Lachen. Da zog sie das etwas unpersönliche, aber hübsch eingerichtete Zimmer vor, in dem er wohnte.

Wie stellte sie es am geschicktesten an, den Schritt vom unverbindlichen Flirten zum Sex zu gehen? Was hatte Ben nur an sich, dass sie sich solche Fragen stellte? Verführung war noch nie ein Problem für sie gewesen – bis zu Ben Barnes. Bree schüttelte den Kopf, was den Kater zu einem Maunzen veranlasste.

»Ist gut, mein Süßer.« Sie strich ihm vorsichtig über den Kopf. Chesten hatte gesagt, dass der Kater alte Rückenverletzungen aufwies, sodass er es nicht mochte, wenn man ihn dort berührte. »Ich wundere mich nur über mich. Es gibt eine Zeit vor Ben, wo mein Leben einfach war, und eine Zeit mit Ben, in der alles kompliziert ist. Das muss sich ändern.«

Der Kater schloss die Augen, als wollte er ihr zustimmen, und schlief weiter. Sie hatte es sich angewöhnt, mit ihm zu reden, als könnte er sie verstehen. Und manchmal hätte sie schwören können, dass er das auch konnte. Auch wenn er erst wenige Tage bei ihr lebte, konnte sie sich nicht vorstellen, ohne ihn zu sein. *Immerhin eine Konstante in meinem Leben,* dachte sie.

Das allerdings warf die Frage auf, was mit ihm würde, wenn sie wieder arbeitete, was Bree zu dem Fragenkomplex brachte, wie sie sich ihre Zukunft vorstellte. Schlagartig verdüsterte sich ihre Stimmung.

Oh nein, diesen Themen konnte sie sich später noch widmen, jetzt galt es, die Verführung des Ben Barnes zu planen.

»Tut mir leid, Kater«, sagte sie, als sie aufstand und ihn vorsichtig hochhob, um ihn auf eines seiner Katzenkissen zu legen. »Ja, und du brauchst auch noch einen Namen, ich weiß.«

So sehr sie auch überlegt hatte, bisher war ihr kein Name untergekommen, der zu dem Kater passte. Sie hatte Rat bei Jane Austen gesucht, aber Mr. Darcy erschien ihr zu naheliegend, Mr. Willoughby oder Oberst Brandon mochte sie als Figuren nicht. Eine Weile hatte sie mit dem Gedanken gespielt, ihn nach einem der Herrenhäuser aus *Emma* zu nennen, aber nichts davon spiegelte die Persönlichkeit des Katers wider.

Bisher hatte er sich als wahrer Gentleman gezeigt: höflich, freundlich, bescheiden und zurückhaltend. Selbst beim Fressen ließ er sich Zeit und nahm es so manierlich zu sich, dass sie ihm nicht hinterherputzen musste. Nicht so wie bei Alys' Helyer, der sein Futter so gierig in sich hineinschlang, dass er Stückchen um den Napf herum verteilte, die er später aufschlabberte, und dabei den Fußboden noch mehr einsaute.

Wentworth war bisher ihr Favorit, aber sie käme sich albern vor, an der Gartentür zu stehen und zu rufen: »Wentworth, komm nach Hause.«

Also musste der Kater warten, bis ihr eine Erleuchtung kam. Außerdem hatte jetzt erst einmal Bens Nacht Vorrang. Heute Nachmittag wollte er eintreffen. Das gab ihr ein bisschen Zeit, Lebensmittel und Sekt zu kaufen und einen Kuchen zu backen. Um ihre Kochkünste war es nicht sonderlich bestellt, aber Nudeln und einen Salat sollte sie wohl hinbekommen. Zum Nachtisch würde sie einen *Chocolate Cheesecake* backen, nach dessen Genuss Ben die Nudeln sicher vergessen würde. Das Rezept hatte sie gestern im Internet entdeckt und wollte es unbedingt ausprobieren.

~

»Hallo.« Sie hatte sich bewusst Zeit gelassen, die Tür zu öffnen. Ben sollte nicht auf die Idee kommen, dass sie auf ihn gewartet hatte. »Wie war London?«

Er sah müde aus, erschöpft und irgendwie zornig, so wie Bree ihn bisher noch nicht erlebt hatte. Was war wohl während der Reise vorgefallen? Ob es etwas mit dieser ominösen Imogen zu tun hatte?

»Anstrengend, laut und kalt. All überall Weihnachtsdekoration.« Als er lächelte, verschwand die Erschöpfung von seinem Gesicht. »Könntest du bitte Charlie halten, solange ich einen Parkplatz suche?«

Das lenkte ihre Aufmerksamkeit auf die Frage, wie Ben wohl hierhergekommen war. Sie sah auf die Straße hinaus. Dort stand ein dunkler Bentley.

»Oh, Schriftsteller verdienen besser, als ich dachte.«

Bens Wangen röteten sich.

»Das … das ist nicht mein Auto. Ein Freund hat es mir geliehen.«

»Muss ein guter Freund sein.«

»Ist er. Nimmst du Charlie?«

»Klar«, sagte Bree und griff nach der Hundeleine, die er ihr entgegenhielt. »Hey, Charlie Brown, schön, dich zu sehen.«

Sie beugte sich herunter, um den Hund zu streicheln, was dieser mit einem feuchten Hundekuss auf ihre Nase erwiderte. Mist, Charlie Brown hatte sie in ihren Planungen vergessen. Sex, während der Hund zuschaute, stand nicht oben auf der Liste der Dinge, die Bree erleben wollte.

»Jory hat nach euch gefragt«, fiel ihr ein. »Morgen ist wieder Hundeschule, falls ihr noch teilnehmen wollt.«

»Gern«, sagte Ben. Erneut lag Müdigkeit wie ein Schatten auf seinem Gesicht. Vielleicht sollte sie das Ganze noch einen Tag verschieben oder auch zwei …

Gemeinsam mit Charlie Brown wartete sie auf Bens Rückkehr. Er trug nur einen kleinen Koffer, was Bree daran erinnerte, dass er nur noch für wenige Tage gebucht hatte. Wenn sie ihn heute nicht verführte, drohte ihr die Zeit davonzulaufen.

»Magst du mit mir essen?«, fragte sie. »Einsame Mahlzeiten gefallen mir nicht.«

»Ich koche sogar mit dir, wenn du willst.« Sein Blick war liebevoll, da konnte sie sich nicht täuschen. »Gib mir eine halbe Stunde, mich frisch zu machen und anzukommen.«

»Klar«, sagte Bree. »Aber nicht länger. Ich habe Hunger.«

Während sie in der Küche auf ihn wartete, spielte sie im Kopf mehrere Szenen durch, wie sie den Schritt vom unverbindlichen Flirt zur heißen Nacht gehen könnte, aber nichts davon sagte ihr zu. Also lenkte sie sich ab, indem sie das Kochzubehör zusammensuchte. Hoffentlich würde ihr das Essen gelingen. Kochen war einfach nicht ihr Ding, Backen hingegen ging ihr leicht von der Hand. Der Käsekuchen kühlte in der Speisekammer aus und roch so verführerisch, dass sie sich am liebsten ein Stück gegönnt hätte.

Endlich kam Ben in die Küche, gerade, als Bree der Käsekuchenversuchung nachgeben wollte. Er hatte sich umgezogen und sah etwas entspannter, aber immer noch müde aus.

»Ich habe frische Nudeln gekauft und Pesto.« Bree wandte sich Ben zu, war sich seiner Präsenz sehr bewusst. »Ich hoffe, das magst du?«

»Hast du Parmesan, Basilikum, Eier, Mehl und Olivenöl?«, lautete seine Gegenfrage. »Und eine Nudelmaschine?«

»Basilikum steht im Fenster bei den anderen Kräutern«,

antwortete sie, irritiert von seinen Fragen. »Parmesan habe ich selbstverständlich gekauft. Ob wir eine Nudelmaschine haben …?«

Sie ging zum Schrank, in dem ihre Mutter Schüsseln, Töpfe und weitere Kochutensilien aufbewahrte. Dann trat sie zur Seite, damit Ben einen Blick hineinwerfen konnte.

»Wie sieht so etwas aus? Du willst doch nicht etwa …?« So hatte Bree sich den Abend nicht vorgestellt. Geplant war ein schnelles Essen, gefolgt von einer genussreichen Nacht. Das hier hörte sich eher nach etwas Kompliziertem an, das ihre schönen Pläne durcheinanderwirbelte.

»Ich esse lieber selbst gemachte Nudeln und Pesto.« Bens Stimme klang etwas undeutlich, weil er in den Schrank gekrochen war, um in dessen hintersten Fächer zu suchen. »Leider keine Maschine, aber das geht auch.«

Triumphierend hielt er ein Nudelholz hoch. Sie nickte, ohne seine Begeisterung zu teilen.

»Ist das nicht sehr aufwendig?«, fragte sie, wobei sie die Skepsis in ihrer Stimme nicht verbarg. Anstatt die Nacht im Bett zu beschließen, sah sie sich stundenlang die Küche schrubben und Nudelteigreste aus diversen Ecken sammeln. »Die frischen Nudeln, die ich gekauft habe, schmecken wirklich gut.«

»Meine schmecken besser. Versprochen.« Ben würde sich nicht davon abbringen lassen, das musste sie wohl einsehen. »Ich brauche eine Schüssel, einen Topf, eine Parmesanreibe und einen Mixer.«

»Dein Wunsch ist mir Befehl.« Bree öffnete weitere Schranktüren, um all die Utensilien zusammenzusuchen, die Ben sich wünschte. Ihre Stimmung kletterte in den Keller, wo sie es sich wohl gemütlich einrichten würde.

KAPITEL 23

Das war wirklich superlecker«, musste Bree zugeben. Der Aufwand, die Nudeln selbst herzustellen, hatte sich auf jeden Fall gelohnt. Und das Pesto mit frischem Basilikum und Parmesan würde sie am liebsten auf Brot streichen und aufessen. »Wo hast du so kochen gelernt?« Sie lehnte sich zurück. »Was hältst du von einem Espresso?«

Sie hatte sich zweimal von den Nudeln gekommen und hätte jetzt nicht einmal mehr eine Praline essen wollen. Keine guten Ausgangsbedingungen für eine Nacht mit heißem Sex. Aber noch war der Abend jung.

»Ein Espresso wäre wunderbar.« Ben erhob sich. Zu ihrer Überraschung hatte er nicht nur gekocht, sondern auch gleich aufgeräumt. »Sag mir, wo der Kaffee steht, und ich kümmere mich um alles.«

»Daran könnte ich mich gewöhnen«, antwortete sie. »Wie kann ich dich überreden, jeden Abend für mich zu kochen?«

»Oh, da fällt mir bestimmt etwas ein.« Er drehte sich um und zwinkerte ihr zu. Dann widmete er sich der Espressomaschine. »Schließlich bin ich kreativ.«

Sollte sie die Chance nutzen? Wer konnte schon sagen, ob

sich an diesem Abend eine bessere Gelegenheit böte? Bree öffnete den Mund, aber ihr wollte keine Antwort einfallen. Ihre Kehle fühlte sich trocken an, während ihre Handflächen feucht waren. Mist! Sie musste es sich eingestehen: Heute war sie nervöser als vor ihrem ersten Mal.

»Bitte schön, ein Espresso für die Dame.« Ben, der ein Handtuch über seinem Unterarm trug wie ein Kellner, verbeugte sich, nachdem er die Tasse vor Bree auf den Tisch gestellt hatte. »Zucker kommt gleich.«

»Bitte ohne Zucker.« Bree atmete den würzigen Duft des Kaffees ein. »Nun erzähl endlich, wo du kochen gelernt hast wie ein Italiener.«

»Im *La Cozza Infuriata,* der zornigen Muschel.« Ben lächelte. »Das ist eine lange Geschichte.«

»Ich habe heute nichts vor.«

Das war zwar nur halb wahr, aber die ganze Wahrheit würde Ben im Laufe des Abends noch herausfinden. Entspannt lauschte Bree seiner angenehmen, dunklen Stimme, die von einem Koch namens Matteo erzählte.

Langsam wich das Völlegefühl einem der wohligen Sättigung. Gern hätte Bree sich gestreckt und gerekelt wie ihr namenloser Kater, wenn er mit sich und der Welt im Reinen war. Und sie hätte geschnurrt, wenn ihr das möglich wäre. Nun galt es, den Schritt vom netten Beisammensitzen zur Liebesnacht zu gehen. Vielleicht sollte sie »in etwas Bequemes schlüpfen«, wie die Frauen in den alten Hollywoodfilmen immer sagten. Das Bild, wie sie sich in einem sündhaft roten Abendkleid mit Marabu-Federn zu Ben herabbeugte und ihm mit den Federn über die Wange strich, brachte sie zum Kichern.

»Habe ich etwas Falsches gesagt?« Ben schaute sie irritiert an, was Bree nur noch mehr zum Lachen reizte.

»Nein, nein«, brachte sie mühsam hervor. Das war kein vielversprechender Beginn für den Rest des Abends. Verunsicherte Männer waren keine guten Liebhaber – das wusste sie aus Erfahrung. »Ich genieße nur gerade das Skurrile der Situation. Du und ich in der Küche meiner Eltern, du als Hausgast. Das hat etwas von Jane Austen, oder?«

»Überhaupt nicht«, protestierte er scherzhaft. Er schüttelte den Kopf, als hätte sie ihn tief enttäuscht. »Ms. Austen würde niemals eine junge Lady und einen jungen Gentleman im heiratsfähigen Alter allein in einem Raum lassen ohne adäquate Aufsichtspersonen.«

»Aber warum denn, Mr. Barnes?«, fragte Bree mit einem Augenaufschlag, den sie bewusst übertrieb. »Muss ich in Ihrer Gegenwart um meine Unschuld fürchten?«

»Selbstverständlich nicht, Mylady.« Ben sprang auf und fasste sich theatralisch mit beiden Händen ans Herz. »Wie könnt Ihr so etwas Entsetzliches nur von mir denken?«

Sein Seufzer klang so falsch, dass Bree erneut kicherte. Doch damit nicht genug. Ben ging vor ihr auf die Knie, ließ die linke Hand auf seinem Herzen liegen und ergriff ihre mit der rechten. Dazu deklamierte er, übertrieben betonend wie ein Schmierenschauspieler: »Sollte ich unehrenhafte Absichten mit Euch haben, mag mich hier sofort der Blitz treffen.«

»Ach, das wäre aber schade.« Bree hielt seine Hand fest und zog sich vom Stuhl hoch, dann zog sie ihn zu sich heran. Warm fühlte sich seine Hand in ihrer an, ihn umgab ein angenehmer Geruch aus Nudeln und Rasierwasser. Dass ihr diese Mischung gefallen würde, hätte Bree nicht gedacht.

Sie wartete, bis Ben und sie auf Augenhöhe waren. Zum ersten Mal entdeckte sie goldene Sprenkel in seinen braunen Augen. Ebenfalls zum ersten Mal in ihrem Leben zögerte sie, die Chance zu ergreifen, die sich ihr auf dem berühmten Präsentierteller bot. Wollte sie wirklich mit ihm ins Bett, um ihre Affäre/Beziehung/Freundschaft/Was-immer-es-auch-war zum Abschluss zu bringen? Vielleicht sollte sie einmal etwas Neues wagen und mit einem Mann befreundet sein? Nein, mit

Ben würde das nicht funktionieren, dafür fand sie ihn zu attraktiv.

Bree schob die Zweifel, die sie unangenehm zwickten, zur Seite und tat endlich das, was sie sich für den heutigen Abend vorgenommen hatte. Langsam legte sie ihre Hand an Bens Hinterkopf und zog ihn zu sich heran, bis nur noch wenige Millimeter zwischen ihren Lippen verblieben. Sein Atem strich warm über ihre Haut und roch nach Pesto, vermischt mit Espresso.

Er sah sie fragend an, sie lächelte zur Antwort und legte ihre Lippen auf seine. Sanft zuerst. Mit geschlossenen Augen genoss sie das Gefühl seiner warmen Lippen auf ihren. Tastend schob sie ihre Zungenspitze vor, bis Bens Lippen sich öffneten. Nun endlich legte sie Versprechen und Sehnsucht in ihren Kuss. Das Versprechen einer wundervollen Nacht.

Nach einem Moment des Zögerns erwiderte Ben ihren Kuss, voller Leidenschaft und Stärke. Seine Hände strichen durch Brees Haare, und ihr glitten Schauder den Rücken herunter. Ihr Atem ging schneller und sie presste sich eng an ihn, ihre Hände zogen ihn noch näher an sich heran. Wie von selbst drückte sich ihr Körper an seinen und sie spürte Bens Erregung. Als er sie von sich wegschubste, wirkte das wie kaltes Wasser ins Gesicht.

»Was soll das?«, stieß sie hervor, überwältigt von ambivalenten Gefühlen. Sie war hin- und hergerissen zwischen dem Wunsch, erneut in einem leidenschaftlichen Kuss zu versinken, und dem Bedürfnis, Ben ihren Frust ins Gesicht zu brüllen. »Willst du mich oder willst du mich nicht?«

Die Luft zwischen ihnen knisterte, aufgeladen von Verlangen und Zorn. In ihrem Hinterkopf hörte Bree ein spöttisches Stimmchen, das sagte: »So viel Leidenschaft hat diese Küche bestimmt noch nie erlebt.« Eilig schob sie den Gedanken zur Seite, um sich auf Ben zu konzentrieren.

»Liebst du mich? Bist du wenigstens ein bisschen in mich

verliebt?«, fragte er und rang sichtlich nach Atem. Seine Augen glänzten, aber als Bree auf ihn zugehen wollte, hielt er sie mit den Händen auf Abstand. »Nein, sag mir erst, ob du etwas für mich empfindest?«

Was sollte das? Sie wollte Sex, jetzt, hier und sofort, und kein Gespräch über Liebe und Gefühle. Wo war der gute alte unverbindliche Spaß geblieben? Seit wann ging es um Ernsthaftigkeit und Liebe? Lag das etwa an ihrem Alter? Bree stieß ein Schnauben aus.

»Können wir nicht hinterher über Gefühle reden?«, gab sie Ben noch eine letzte Chance. Sie setzte ihr bestes verführerisches Lächeln auf, das Lächeln, das sie auf das Cover der Cosmo USA gebracht hatte. »Erst der Spaß, dann die ernsthaften Gespräche?«

»Bryluen.« Seine Stimme klang rau und dunkel. Sexy, sogar sehr sexy. Seine Worte allerdings waren abtörnend. »Ich mag dich zu sehr, als dass ich einen One-Night-Stand mit dir haben will. Ganz oder gar nicht!«

Was bildete er sich nur ein? Sie kannten einander gerade mal zwei Wochen und schon forderte er eine Liebeserklärung von ihr ein. Musste sie ihm deutlich sagen, dass sie sich nie verliebte? Gute Güte, sie hatte ihm doch nie etwas versprochen, was über ein bisschen Spaß hinausging. Warum – verdammt noch mal – konnte er sich damit nicht zufriedengeben?

»Verschwinde!« Zorn überrollte sie wie eine Woge. Verflucht, was maßte Ben sich an? »Stell niemals Forderungen.«

Immer noch voller Wut stürmte sie an ihm vorbei und riss die Küchentür auf. »Raus, sofort!«

Als Ben nicht reagierte, zog sie ihn am Arm hinaus, schubste ihn weg und knallte die Tür hinter ihm zu. Dann drehte sie den Schlüssel im Schloss herum. Ob sie Ben ausschließen wollte oder verhindern wollte, dass sie ihm nachlief, Bree hätte es nicht sagen können. »Was stimmt mit dir nicht,

Ben Barnes?«, flüsterte sie und wunderte sich, woher diese unendliche Traurigkeit kam, die sie plötzlich überfiel.

Wütend sollte sie sein, auf diesen Mann, der sie zu etwas zwingen wollte, was sie ihm nicht geben konnte. Sie wollte sich nicht in ihn verlieben, wollte ihr Herz weder verlieren noch verschenken. Sie wollte nur eine gute Zeit, ein unverbindliches Abenteuer, ihr Leben so weiterleben wie immer. Warum stellte Ben das alles infrage? Warum konnte er nicht so sein wie die anderen Männer, die bisher Brees Leben begleitet hatten?

Weil er eben Ben war – mit all seinen Fehlern und Stärken. Ben mit seinen braungoldenen Augen, der dunklen Stimme und den geschickten Händen.

Mit zitternden Fingern goss sie sich Rotwein in das Glas. Sie stürzte den Wein herunter, als wäre er Wasser und hoffte, dass das Betäubungsgefühl bald einsetzte. Zu ihrem Ärger blieb ihr Verstand klar, sodass ihre Gedanken rotierten. Hastig goss sie sich noch ein Glas Wein ein. Hatte sie ihm falsche Signale gesandt, aus denen er schließen musste, dass sie sich Liebe, Heirat, zwei Kinder, einen Hund und einen Vauxhall wünschte? Nein, außerdem war es nicht *ihr* Problem, wenn er etwas falsch verstanden haben sollte.

Sie schloss die Augen, um intensiv lauschen zu können. Wartete Ben auf der anderen Seite der Tür darauf, dass sie etwas sagte oder die Tür öffnete? Nein, es war nichts zu hören. Also wanderten ihre Gedanken erneut.

Je länger sie über ihn nachdachte, desto stärker schwankte ihre Stimmung. Immer wieder wurde Bree wütend, weil der Abend nicht so verlaufen war, wie sie es geplant hatte. Doch die Traurigkeit überwog. Nach und nach musste sie sich eingestehen, dass es längst zu spät war. Selbst wenn Ben mit ihr geschlafen hätte, hätte sie ihn nicht mehr aus dem Kopf bekommen. Schlimmer noch, irgendwie war es ihm gelungen, sich in ihr Herz einzuschleichen.

Liebte sie ihn?

Fühlte sich so Liebe an?

Mist!

Bree war kein Mensch, der gern und viel über sich oder das Leben nachdachte. Sie lebte einfach, suchte Abenteuer und Herausforderungen und überließ das Grübeln anderen Menschen. Nun zwang Ben sie zu etwas, was sie gar nicht mochte. Sich selbst zu hinterfragen, in den inneren Spiegel zu schauen und dabei vollkommen ehrlich zu sein. Es gefiel Bree nicht, was sie sah: eine Frau, die sich fürchtete, ihre Gefühle einzugestehen.

»Verdammt, Ben Barnes«, fluchte sie unter Tränen. »Was hast du nur mit mir angestellt?«

KAPITEL 24

Es hatte schon etwas von einer Flucht an sich, so hektisch wie Ben die Sachen aus dem Schrank zerrte und in seinen Koffer warf. *Wenn ich gewusst hätte, wie der Abend endet, hätte ich den Koffer vorhin gar nicht erst auspacken brauchen,* dachte er voller Bitterkeit, um sich von dem unschönen Ende des Abends abzulenken, der so wunderbar begonnen hatte.

Charlie Brown, der Bens Stimmung anscheinend spürte, verzog sich in eine Zimmerecke und versuchte, sich dort so klein wie möglich zu machen. Der arme Beagle musste darunter leiden, dass Ben einen verdammt großen Fehler begangen hatte. Schon wieder!

»'Tschuldige, Charlie«, sagte Ben kurz, ging zu dem Beagle, strich ihm über den Kopf und packte weiter. Nur nicht nachdenken, nur nicht zweifeln. Auf keinen Fall wollte er in Versuchung geraten, an der Küchentür zu klopfen, um Bryluen sein Verhalten zu erklären, das selbst ihn überrascht hatte. Bis zu ihrem leidenschaftlichen Kuss war ihm nicht bewusst gewesen, wie tief seine Gefühle für sie inzwischen geworden waren. Er wollte sie wirklich ganz oder gar nicht. Eine unverbindliche Affäre mit Bryluen konnte er sich nicht vorstellen.

Allerdings war es wohl nicht das Klügste gewesen, sie mit seinen Gefühlen zu überfallen und eine Liebeserklärung von ihr zu fordern! Was war nur in ihn gefahren, dass er sie dermaßen bedrängt hatte? Die Abfuhr war mehr als deutlich und möglicherweise auch verdient gewesen. Geschickt konnte man sein Vorgehen selbst mit viel gutem Willen nicht nennen. Er hätte ihr – und sich – mehr Zeit geben müssen, aber seine Gefühle hatten ihn überwältigt. Dieser eine verdammte Kuss hatte ihn dazu gebracht, alle Schutzwälle fallen zu lassen und Bryluen seine Gefühle zu gestehen. Glücklicherweise hatte er wenigstens nicht die drei Worte gesagt.

Hatte er sich so getäuscht? Ben hätte schwören können, dass es zwischen ihnen beiden knisterte, dass sie mehr verband als nur der Wunsch, miteinander ins Bett zu gehen. Ver-dammt, warum hatte er sich nur in Bryluen verlieben müssen? Warum hatte er nur im Bed and Breakfast ihrer Familie ein Zimmer buchen müssen?

»Ein Gutes hat die ganze Sache«, knurrte er mit einem Anflug von schwarzem Humor. »Über Imogen bin ich nun voll und ganz hinweg. Joel wäre stolz auf mich.«

Mit einem Seufzen schloss er die Schranktür und den Koffer, leinte den Beagle an und wollte das Zimmer und Bryluen verlassen. Nein, so ein Mensch war er nicht. Ben holte tief Luft. Einen Kugelschreiber hatte er dabei, aber leider fand sich nirgendwo ein Zettel. Er suchte in seinem Rucksack und stieß auf eine Ansichtskarte von St. Bart, die er Gemma hatte schreiben wollen. Nach einem Moment des Überlegens fand er, dass diese Karte passend für ein paar Abschiedsworte wäre.

Liebe Bryluen,
es ist besser, wenn ich nach London zurückfahre.
Danke für alles.
Gruß an Deine Eltern
Ben

Kein literarisches Meisterwerk, aber alles Wichtige war gesagt. Sollte sie doch zwischen den Zeilen lesen, wenn sie wollte, wobei er fürchtete, dass sie nicht wollte, sondern die Worte einfach zur Kenntnis nähme. Warum um Himmels willen musste er an die einzige Frau in Cornwall, nein, wahrscheinlich im Vereinigten Königreich, geraten, die nur unverbindlichen Sex wünschte? Und warum musste ausgerechnet er ein Mann sein, der mehr von ihr wollte als einen One-Night-Stand? Ben kannte Dutzende von Männern, die sich nichts sehnlicher wünschten als eine Frau, die nicht an einer Beziehung interessiert war.

Ach, sinnloses Nachdenken. Er musste verschwinden. Sofort. Sonst würde er wirklich noch schwach werden und wie ein verliebter Teenager an der Küchentür klopfen, um ihr seine endlose und tiefe Liebe zu gestehen. Und wenn er gerade bei Geständnissen war, konnte er ihr auch gleich die Wahrheit über sich und seine Reise nach St. Bart sagen. Ihre Reaktion darauf wollte Ben sich lieber nicht vorstellen.

Noch ein Gutes hat die Sache, setzte sein Galgenhumor wieder ein, *nun muss ich mir keine Gedanken mehr machen, wann ich sie über meinen Job und Branok Manor aufkläre.*

Leider war der Gedanke weniger tröstlich, als er es erhofft hatte. Die Vorstellung, St. Bart (ein zweites Mal) für immer zu verlassen und Bryluen nie wiederzusehen, schmerzte mehr als der Abschied von Imogen. *Ich lasse ein paar Tage verstreichen und kehre dann zurück. Entweder jagt sie mich davon oder wir beginnen etwas miteinander.*

Eines war gewiss – er würde sich niemals damit abfinden, wenn sie ihm nur ihren Körper schenkte, so heiß der auch war. Er wollte Bryluens Herz für sich gewinnen.

Ben nahm die Karte, seinen Koffer und Charlie Browns Leine und öffnete die Tür. Damit starb auch die sinnlose, aber starke Hoffnung, dass sie es sich anders überlegt hatte und vor der Küche auf ihn wartete. Der Flur war leer – so wie Bens Herz.

Nachdem Imogen ihn verlassen hatte, hatte er sich geschworen, nicht noch einmal wegen einer Frau zu leiden. Ben streckte den Rücken durch, zog Charlie Brown hinter sich her und ging die Treppe herunter. Die Karte von St. Bart und den Zimmerschlüssel legte er in die kleine blaue Schale, in der Gäste ihre Schlüssel hinterlassen konnten, wenn sie abreisten. Einen Moment würde er Bryluen noch geben, die Tür zu öffnen und mit ihm zu reden. Ben lauschte, aber das Einzige, was er hören konnte, war Charlie Browns Hecheln. Der Beagle zerrte an der Leine, als könnte er es nicht erwarten, endlich aus dem Haus zu kommen.

»Dann nehme ich mir mal ein Beispiel an dir.« Ben öffnete die Haustür und Charlie Brown stürmte so schnell hinaus, dass er dem Hund folgen musste. »Du scheinst klüger zu sein als ich.«

Blöd nur, dass Ben von der Straße aus die Küche sehen konnte. Dort brannte Licht, das allerdings von den Vorhängen gedämpft wurde. Täuschte er sich oder sah er wirklich ihre Silhouette am Fenster? Schaute sie hinaus und hoffte, dass er den ersten Schritt täte? Ben blieb stehen, so sehr Charlie Brown auch an der Leine zerrte, und starrte das Haus an. Ganz bestimmt irrte er sich. Bryluen verzehrte sich gewiss nicht voller Sehnsucht nach ihm, sondern telefonierte wahrscheinlich ihr Adressbuch ab, auf der Suche nach einem Mann, der nicht so verliebt war wie er.

Es hatte keinen Sinn mehr, hier im Dunkeln vor ihrem Haus zu stehen und darauf zu warten, dass sie sich anders besann. Wieder einmal war es ihm gelungen, sein Herz an die falsche Frau zu verschenken. Warum nur fühlte es sich trotzdem immer noch an, als wäre sie die richtige?

»Komm, Charlie Brown.« Ben öffnete die Tür zum Rücksitz und ließ den Hund hineinspringen. »Wir fahren nach Hause.«

Noch nie war ihm London weniger als Zuhause erschienen.

Im Rückspiegel sah er die Lichter St. Barts kleiner werden. Niemand außer ihm war um diese Uhrzeit unterwegs, was das Gefühl drückender Einsamkeit verstärkte. Ben schaltete das Radio ein, um sich abzulenken. Natürlich spielte der Sender einen Lovesong.

Früher hatte er diese romantisch-kitschigen Texte nie verstanden: *Home ist where the heart is.* Jetzt auf einmal begriff er, dass es nicht darauf ankam, wo man lebte, sondern mit wem man lebte, dass es möglich war, sein Herz an jemanden zu verlieren, so intensiv zu verlieren, dass sich jede Meile, mit der er sich von ihr entfernte, anfühlte, als zerbräche es unter dem Druck der Distanz.

Als wäre er an Bryluen mit einem Band gebunden, das nun an seinem Herzen zerrte und riss und es dabei aufrieb. Wenn er endlich in London ankäme, bliebe von seinem Herz wahrscheinlich nur Staub über. Das wäre gut, denn Staub konnte nicht leiden.

Unter Druck entsteht Staub oder Diamanten, fiel ihm einer der unsäglichen Motivationssprüche Mr. Millers ein. Wer dachte sich so etwas Dämliches nur aus und meinte, dass man damit Menschen von etwas überzeugen konnte?

Ein Herz aus Diamant würde auch nicht leiden, oder? Ben schüttelte den Kopf über den Quatsch, der ihm so in den Sinn kam. Das lag sicher auch daran, dass er einsam durch die Nacht fuhr. Nichts, was ihn ablenken konnte. Selbst Charlie Brown sah davon ab, auf dem Rücksitz herumzuzappeln oder Ben seine feuchte Nase in den Nacken zu drücken.

Okay, ich war zu schnell. Ich habe sie überfallen, aber ... Ben nahm den Fuß vom Gas und fuhr an den Straßenrand, um dort anzuhalten.

»Jiff«, machte Charlie, der wohl auf eine Pinkelpause hoffte. Erwartungsvoll legte der Beagle den Kopf schief.

»Warum nicht?« Ben löste den Sicherheitsgurt und öffnete

die Tür. Dann leinte er Charlie an, um mit ihm ein Stück in die Dunkelheit zu gehen. »Bewegung hilft beim Denken, hoffe ich.«

Etwas unheimlich war es schon, in der Schwärze der Nacht auf einem der vielen Feldwege herumzustolpern. Nur der Mond und sein Smartphone gewährten ein wenig Licht, sodass Ben nicht vollkommen blind war. Charlie machte die Dunkelheit anscheinend nichts aus. Er lief im Zickzack über den Weg, die Nase dicht über dem Boden.

Wenigstens einer von uns beiden hat seinen Spaß. Was mache ich nur, allein in London? Ist es zu spät für einen Anruf?

Ben tippte eine Nummer in sein Handy ein.

»Hey, Alter.«

»Joel! Ich fahre zurück nach London.«

Schweigen am anderen Ende. Hatte er seinen Freund aufgeweckt?

»Warum? Du bist doch heute Morgen erst hier losgefahren. Die beuten dich echt aus bei Miller.«

»Ich hab Mist gebaut.«

Nun schwieg Ben, unsicher, ob er mit Joel über Bryluen reden wollte. Ach, klar. Schließlich hatte sein bester Freund auch das ganze Elend mit Imogen live und in Farbe mitbekommen.

»Ich wollte eine Liebeserklärung von Bryluen und da hat sie mich rausgeworfen.«

Erneutes Schweigen. So viel Dummheit musste Joel wahrscheinlich erst mal verarbeiten.

»Ziemlich dämlich von mir. Ich hätte es besser wissen müssen.«

»Hast du ihr die drei Worte gesagt?«

»Ganz so schlimm ist es nicht.«

Das folgende Schweigen wurde durchbrochen durch Charlies hektisches Wöröff, Wöröff. Der Beagle zog an der Leine. Wahrscheinlich witterte er einen Hasen oder Fuchs und wollte das arme Viech jagen. Ben verstärkte seinen Griff.

»Sag mal, Alter, seit wann gibst du so schnell auf?«

Für diese Frage ließ Ben seinem Freund auch das furchtbare »Alter« durchgehen.

»Echt, Ben, du bist doch ein Kämpfer. Erklär ihr den ganzen Mist und hoffe, dass sie dir verzeiht.«

»Wenn es nur das wäre …« Ben seufzte. Je mehr er nachdachte, desto verfahrener erschien ihm seine Situation. »Sie denkt immer noch, ich wäre Ben Barnes, Schriftsteller und Tourist.«

»Mann, da hast du dich aber echt unter die Welle geritten.« Joels Offenheit hatte auch anstrengende Seiten. »Ich würd's an deiner Stelle noch einmal versuchen. Wenn sie das wert ist.«

Das ist sie, auf jeden Fall.

»Schreib ihr einen Brief. Frauen mögen das.«

»Danke, *Alter*. Du hast mir sehr geholfen.« Ben fühlte sich deutlich besser als vor dem Telefonat.

»Mach's gut.«

Ben legte auf und drehte um. »Komm, Charlie, wir haben noch eine lange Fahrt vor uns.«

KAPITEL 25

Nein! Das konnte nicht sein, nicht wahr? Bree sprang auf und lief zur Tür. Dort hielt sie inne. Auf keinen Fall wollte sie Ben so unter die Augen treten, so verheult und aufgequollen. Unschlüssig verharrte ihre Hand über der Klinke: War jetzt wirklich die Zeit für Eitelkeiten? Ben war dabei, sie zu verlassen. Noch blieb ihr Zeit, ihn aufzuhalten. Noch hatte sie nicht gehört, dass der Motor seines Wagens ansprang. Trotzdem zögerte sie einen weiteren Moment. Ihr Mascara war bestimmt verschmiert, sie würde aussehen wie ein Waschbär.

Egal, vollkommen egal. Wichtig war jetzt nur, Ben nicht wegfahren zu lassen, ihm zu erklären, warum sie ihn zurückgestoßen hatte. Brees Herz schlug schneller vor Angst, ihn für immer zu verlieren. Sie riss die Küchentür auf und lief in den Flur, stolperte, fing sich, rannte zur Haustür, zerrte sie auf und starrte hinaus in die Dunkelheit.

»Ben!«, rief sie aus voller Kehle. »Bleib hier! Es tut mir leid …«

Zu spät, sie sah die Rücklichter des Autos davonfahren. *Los, lauf ihm hinterher! Renn ihm nach, winke und brülle, dann wird er dich schon wahrnehmen,* sagte die Stimme in ihrem Kopf, aber ihr Körper weigerte sich zu gehorchen. Sie konnte nur stumm dastehen und Bens Wagen nachsehen, bis die Lichter nur noch winzige rote Punkte in der Ferne waren. Sie fühlte sich, als hätte sie eine Betäubungsspritze bekommen, die ihr jedes Gefühl und jede Handlungsfähigkeit nahm. Warum nur tat ihr Herz so verdammt weh? Schließlich war es ihre Entscheidung gewesen, Ben zu verjagen – warum also fühlte es sich so falsch an?

Endlich fand Bree die Kraft, die Haustür zu schließen. Die bunte Tapete des Flurs verschwamm vor ihren Augen, als diese sich mit Tränen füllten. Trotzdem sah sie die Postkarte, die auf dem Tischchen im Flur stand, und schöpfte Hoffnung. Ihr verdammtes, dummes Herz wollte einfach nicht aufgeben, hielt verzweifelt daran fest, dass es einen anderen Grund für Bens überstürzten Aufbruch gäbe, dass nicht sie ihn für immer vertrieben hatte. Vielleicht hatte Ben eine Nachricht erhalten, die ihn weggerufen hatte, und er würde wieder zurückkommen. Hastig griff sie nach der Karte und drehte sie um.

Während sie Bens Abschiedsgruß las, änderte sich ihre Stimmung von Traurigkeit in Zorn. Mehr Worte war sie ihm nicht wert? Wahrscheinlich konnte sie schon froh darüber sein, dass er sie nicht per SMS abserviert hatte, sondern sich zu – Bree zählte nach – achtzehn handgeschriebenen Worten herabgelassen hatte.

Sollte das alles gewesen sein? Ihr Abend hatte so schön begonnen, das gemeinsame Kochen hatte ihr mehr Spaß gemacht, als sie erwartet hatte. Der Kuss war einfach unglaublich gewesen, wild und sexy und gleichzeitig liebevoll und dann …

Sie war es gewesen, die ihnen den Abend verdorben hatte, weil sie nicht bereit gewesen war, sich von dem eingeschlagenen Kurs abbringen zu lassen. Aber er war mindestens genauso schuld.

Wieder las sie seinen Abschiedsgruß. *Danke für alles* – was sollte das denn heißen? Meinte Ben das ironisch oder im wahrsten Sinne des Wortes? Na, dem würde sie ein paar passende Antworten geben. Voller Elan stürmte Bree die Treppe hoch, rannte in ihr Zimmer und griff nach dem Smartphone. Während sie noch nach Worten suchte, die sie Ben per WhatsApp entgegenschleudern wollte, fiel es ihr ein: Sie hatte nicht einmal seine Handynummer. Da er bei ihnen wohnte, hatte sich nie die Notwendigkeit ergeben, Telefonnummern auszutauschen.

Genauso hastig polterte sie die Treppe wieder nach unten, rannte ins Arbeitszimmer ihrer Eltern und schaltete den Computer ein. Ungeduldig trommelten ihre Finger auf dem Holz des Schreibtisches, während der alte PC Ewigkeiten benötigte, bis er endlich hochgefahren war.

Aktualisierungen werden vorbereitet.

Bitte schalten Sie den Computer nicht ab.

Nein! Verdammt! Das musste jetzt nicht auch noch sein. Wieder blieb ihr nichts anderes übrig, als zu warten. Endlich tauchte der vertraute Bildschirm auf. Sie öffnete das Buchungsprogramm. Ihr Blick irrlichterte über den Bildschirm, auf der Suche nach einem Namen.

Endlich!

Ben Barnes. Ein Doppelklick öffnete die Buchung.

Fuck! Er hatte nur seine Londoner Anschrift und eine E-Mail-Adresse angegeben. Einen Brief zu schreiben, wäre zwar romantisch wie in einem Jane-Austen-Roman, aber half ihr nicht wirklich weiter. Und das, was sie zu sagen hatte, konnte sie auf keinen Fall in einer Mail schreiben.

Brees Elan fiel in sich zusammen wie ein Luftballon, in den jemand eine Nadel gestochen hatte. Mit Wucht kehrte die Traurigkeit zurück. Sie schniefte und schluchzte, als sie die Kurzwahlnummer in ihr Smartphone eingab.

»Er ist weg. Ich bin schuld«, stieß sie hervor, sobald Alys sich gemeldet hat. »Was soll ich nur machen?«

»Wer ist weg? Der Kater?«

»Nein, der schläft irgendwo«, antwortete Bree mit einem Hauch schlechten Gewissens, weil sie an die Samtpfote gar nicht mehr gedacht hatte. »Ben. Er ist eben gerade weggefahren. Ach, Alys, ich weiß nicht mehr, was mit mir los ist.«

Bevor ihre Freundin antworten konnte, schüttelte Bree ein Schluchzen, so stark, dass sie das Telefon auf den dunkelroten Teppich fallen ließ. Gedämpft hörte sie Alys' Stimme: »Ich hol Chesten und wir sind gleich da. Mit Schokolade.«

»Danke«, schniefte sie, nachdem sie das Telefon gerettet hatte. »Ich hab Kuchen und Rotwein und Sekt.«

»Bis gleich, Dearie«, sagte Alys. Bevor sie auflegte, konnte Bree ihre Freundin noch sagen hören: »Tut mir leid, my Love, ein echter Notfall.«

Das war also aus ihr geworden! Dank Ben war sie nun ein Rettungsfall, zu dem ihre Freundinnen sich trafen. Bree begann, haltlos zu kichern, als ihr Bilder in den Kopf stiegen von Alys und Chesten, die kleine Rumfässchen um den Hals trugen wie Bernhardiner bei einem Lawinenunglück. Dann strömten die Tränen wieder.

Verdammt, was hatte Ben nur aus ihr gemacht? Vielleicht war es besser, dass er verschwunden war, bevor er sie noch mehr verändert hätte. Sicher schmerzte der Gedanke, dass Ben für sie verloren war, aber gleichzeitig spürte Bree einen Anflug von Erleichterung, weil sie nun so bleiben konnte, wie sie war.

Bevor ihre Freundinnen kamen, wollte sie wenigstens teilweise menschlich aussehen. Nachdem sie ihr Gesicht gereinigt hatte, sah Bree in den Spiegel. Sie sah schlimmer aus, als sie befürchtet hatte. Augen und Nase waren aufgequollen und rot, ihre Mundwinkel hingen herab und selbst ihre Haare sahen aus, als hätten sie jegliche Spannkraft verloren.

Sollte sie versuchen, mit Make-up etwas zu retten? Quatsch, wenn sie ihren Freundinnen nicht zeigen konnte, wie mies es ihr ging, wem sonst? Außerdem hatten sie drei bereits mehr als genug Erfahrungen damit, einander bei Liebeskummer zu trösten. War es denn wirklich Liebeskummer, unter dem sie litt, oder war es gekränkte Eitelkeit, weil er sie zurückgestoßen hatte?

Diesen Fragen wollte sie sich nicht allein stellen. Stattdessen ging Bree in die Küche, holte den wunderbaren Schokoladenkäsekuchen aus der Speisekammer, deckte den Tisch und öffnete eine weitere Flasche Rotwein.

Endlich klingelte es an der Tür. Einen Moment lang keimte Hoffnung auf. Irrwitzige, verzweifelte Hoffnung, dass Ben zurückgekehrt war, aber dann erkannte sie zwei Silhouetten durch das gebrochene Glas der Haustür.

»Ich weiß nicht, was mit mir los ist.« Mit diesen Worten warf sie sich in Alys' Arme, weil diese vorne stand. »Fuck. Fuck. Fuck.«

»Fluchen hilft nicht«, erklang Chestens leicht tadelnde Stimme. Ihre Freundin war etwas etepetete, was das F-Wort betraf. Sanft streichelte sie Brees Haare. »Aber wenn es dir guttut.«

Ihre Freundinnen waren hier, nun würde alles besser werden. Bree schluchzte noch einmal auf, dann entzog sie sich Alys' Umarmung.

»Kommt rein. Schön, dass ihr gekommen seid.«

»Das ist doch selbstverständlich.« Alys schob sich an ihr vorbei in den Flur. »Sollen wir in die Küche gehen?«

»Der Kuchen steht auf dem Tisch. Rotwein und Tee auch.« Langsam, ganz langsam fühlte sich Bree wieder menschlicher.

Als Alys allerdings laut auflachte, empfand sie das als einen Affront ihrem Leiden gegenüber. Doch nachdem sie in die Küche gegangen war, musste Bree in das Lachen einstimmen. Ebenso wie Chesten, die ihr folgte.

Auf dem Küchentisch saß der schwarz-weiße Kater und zog manierlich eine Vorderpfote durch die Sahnehaube des Kuchens, die er dann ableckte. Die Sahne schien ihm wirklich zu schmecken.

»Gut, dass ich Schokolade mitgebracht habe«, sagte Chesten. »So sehr ich Katzen mag, möchte ich doch nicht mein Essen mit ihnen teilen.«

Sanft nahm sie den Kater vom Tisch, der kurz an ihr schnupperte und dann wild strampelte, bis sie ihn zu Boden setzte. Er raste so schnell davon, dass seine Krallen auf dem Küchenfußboden klackerten. Den Tierarzt-Effekt nannte Chesten diese Panik, die Tiere bei ihrem Geruch befiel.

»Schade um den schönen Kuchen«, sagte Alys. »Ein neues Rezept?«

»Ich könnte Nudeln kochen. Mit selbst gemachtem Pesto.« Sofort flossen wieder Tränen, als sie daran dachte, wie glücklich sie vor wenigen Stunden in dieser Küche gewesen war. »Ben hat es gemacht.«

»Keine Nudeln. Rotwein und Schokolade.« Alys klang resolut, sodass Bree sich auf einen der Holzstühle setzte. »Erzähl, was passiert ist.«

Immer wieder durch Schluchzer unterbrochen fasste sie ihren Verführungsplan und den unglückseligen Verlauf des Abends für ihre Freundinnen zusammen.

»Ich wollte ihn aufhalten, aber es war zu spät«, beendete Bree ihre traurige Geschichte. »Ich habe nicht einmal eine Handynummer von ihm.«

»Er wollte nicht mit dir schlafen?« Das deutliche Erstaunen in Chestens Tonfall und auf ihrem Gesicht tat Bree gut. »Ist er in einer Sekte oder so etwas?«

»Würdest du ihn denn anrufen wollen?«, fragte Alys, die sich auf die wichtige Frage konzentrierte. »Bist du wirklich interessiert an etwas Festem?«

»Ja, nein, ich weiß nicht.« Bree trank einen Schluck Rotwein. Der Käsekuchen hätte sicher perfekt dazu gepasst. »Bei mir ist alles durcheinander im Kopf.«

»Das klingt schon nach Liebe.« Alys musterte Bree, als wäre sie eine Patientin, der man eine bittere Diagnose mitzuteilen hatte. »Finde ich. Was meinst du, Chesten?«

»Mir geht es wie Bree.« Ihre zierliche Freundin hob einen Mundwinkel. »Ich bin verwirrt.«

In dem Moment klingelte es. Bree schaute auf die Küchenuhr. Kurz nach elf. Ihr fiel nur ein Mensch ein, der zu so später Stunde klingeln würde. Konnte sie wirklich hoffen?

Sie sprang so hektisch auf, dass sie das Glas umriss und der Rotwein sich auf das weiße Tischtuch und den Fußboden ergoss.

»Geh schon. Ich räume hier auf.« Alys schubste sie in Richtung Tür. Bree konnte ihre Worte hören, bevor sie aus der Küche heraus war. »Ches, ich glaube, wir können gleich gehen.«

KAPITEL 26

Wow, seinen Freund hatte es ja wirklich erwischt, überlegte Joel auf dem Weg nach Hause. Heiß war sie ja gewesen, diese Bryluen – was für ein Name! –, als sie ihm die Tür geöffnet hatte, nur bekleidet mit einem kurzen Bademantel, der ihre Rundungen betonte. Schade, dass er damals nicht geahnt hatte, dass Ben sich in sie verlieben würde, dann hätte er sie intensiver angeschaut. Schon seltsam, wie Ben für das Gegenmodell von Imogen – Joel schauderte – entflammt war. Jedenfalls äußerlich hätte man sich kaum einen größeren Kontrast zwischen der Frau aus Cornwall und Bens Ex vorstellen können. Für seinen Freund hoffte Joel, dass Bryluen sich auch charakterlich von Imogen unterschied.

Wie jeden Tag blieb er vor dem Schaufenster des Reisebüros mit der Werbung für Australien stehen. Mit braun gebrannten, blond gelockten Surfern, die auf ihren schnittigen Brettern eine gewaltige Welle ritten. Wie jeden Tag seufzte er und wünschte sich, endlich den Mut zu finden, nach Australien aufzubrechen. Vor einem halben Jahr hatte er sogar mit seinem Chef gesprochen, um herauszufinden, ob er einen längeren, unbezahlten Urlaub bekommen könnte.

»Machen Sie das, auf jeden Fall.« Sein Chef, den Joel immer für Mr. Oberlangweilig gehalten hatte, war voller Begeisterung. »Als ich in Ihrem Alter war, bin ich durch Südostasien getrampt. So eine Erfahrung, also, das kann Ihnen niemand nehmen.«

»Danke …«, konnte Joel nur überrascht stottern. Er hatte gehofft, dass sein Chef ablehnte, sodass er ihm die Schuld dafür zuschieben konnte, seinen Traum nicht zu verwirklichen. Nun musste er sich eingestehen, dass es an seiner Trägheit lag, dass er jemanden brauchte, der ihn mitzog. Eine Weile hatte er die Hoffnung gehegt, dass Ben dieser Jemand sein könnte, dass sein Freund irgendwann die Nase voll haben würde von diesem ganzen Karrieremist, dass er einsehen würde, wie viel mehr das Leben zu bieten hatte.

»Wen die Götter strafen und so«, murmelte er und gönnte dem wunderbar azurblauen Wasser einen letzten sehnsüchtigen Blick. Immerhin würde er morgen mit ein paar Studis nach Newquay fahren, um dort den Strand zu säubern. Das brachte ihn wieder zurück zu Bens Dilemma. Sein bester Freund sah zwar langsam ein, dass es mehr geben musste als seinen Job, aber musste er sich in eine Frau aus Cornwall verknallen? Zwar gab es da einige interessante Surfspots, aber es war halt nicht London. Wenn Ben die Stadt verlassen würde, gab es nichts mehr, was Joel hier hielt, außer die Bequemlichkeit.

Irgendwie war es kein schöner Gedanke, als Rentner auf das Leben zurückzuschauen und zu erkennen, dass man zu faul gewesen war, sich seinen größten Wunsch zu erfüllen. Oder zu feige. Oder zu klug – manchmal war es besser, Träume nicht der Wirklichkeit auszusetzen. Joel seufzte, wie immer, wenn sein Gedankengang an diesem Punkt angelangt war.

Australien bedeutete ja nicht nur Surfstrände, sondern auch Haie, tödliche Quallen und Hautkrebs. All das ging ihm immer wieder durch den Kopf, wenn er Fotos von Down Under sah oder Surf-Dokumentationen oder sich bei der Arbeit langweilte. Dass sein Chef ihn heute – bestimmt das zehnte Mal – gefragt hatte: »Und, wann geht es los?«, trug nicht dazu bei, dass Joel sich besser fühlte. Vielleicht sollte er eine Münze werfen, um endlich eine Entscheidung zu treffen.

»Joel.« Diese dunkle Stimme, die wie Waldhonig klang, kannte er nur zu gut. Nur hatte er nicht damit gerechnet, sie jemals wieder zu hören. »Was machst du hier?«

Langsam drehte er sich um, wobei er sich bemühte, »kein Gesicht zu machen«, wie seine Kollegin ihre Miene nannte, wenn sie sich wieder einmal die wilden Ideen einiger Studierender anhören musste. »Immer dran denken, Joel, nicken und kein Gesicht machen. Das geht alles vorbei«, hatte Fiona ihm erklärt, als er seinen Job begonnen hatte.

Ob dieser Ratschlag ihm allerdings jetzt helfen würde, das musste sich erst noch erweisen.

»Hey, Imogen. Lange nicht mehr gesehen«, sagte er. *Meinetwegen hätte es auch so bleiben können.* »Wie geht es dir?«

Unglaublich, dass ihr heller Mantel und ihre dunkelbraunen, hochhackigen Stiefel bei dem Matschwetter so sauber aussahen, als käme sie gerade aus ihrer Wohnung. Das hatte Joel von Anfang an irritiert: Imogen sah stets so aus, als wäre sie einem Katalog für teure Alltagskleidung entsprungen. Manchmal war er versucht gewesen, Ben zu fragen, ob Imogen auch im Bett immer elegant und gepflegt aussah. Selbst mit viel Fantasie konnte er sie sich nicht schwitzend oder vor Lust stöhnend vorstellen.

Ihr Blick schien ihn aufzuspießen wie ein Insekt auf eine Nadel und Joel spürte, wie sein Hals und seine Wangen unter diesem Blick warm wurden und rot anliefen.

»Ach, sei nicht so förmlich.« Sie gab ihm einen spielerischen Schlag auf den Oberarm, um ihn dann zu umarmen. »Wir haben doch genug Nächte miteinander verbracht.«

Joel blieb stocksteif stehen und ließ die Arme an den Seiten seines Körpers hängen. Was für ein Pech, dass er ausgerechnet heute Bens Ex über den Weg laufen musste. Was für ein Pech, dass er sie überhaupt wiedersehen musste. Ganz ehrlich, Imogen konnte ihm gestohlen bleiben. Er hatte sie nie leiden können, Ms. Zu-gut-für-die-Welt. Außerdem hatte sie seinem besten Freund das Herz gebrochen und ihn entsorgt wie Altkleider.

»Schön, dich gesehen zu haben«, log er und löste sich aus ihrer Umarmung, benebelt von dem pudrig-blumigen Duft, der sie einhüllte. Sicher etwas Teures, so wie alles an ihr. »Ich muss weiter. Bis bald.«

Sollte sie doch denken, dass er vor ihr floh, das war Joel egal. Demnächst würde er erst über seine Schulter schauen, bevor er sich in die wunderbaren Auslagen des Reisebüros versenkte. Noch so eine Überraschung konnte er nicht brauchen.

»Nicht so schnell.« Ihre Finger krallten sich in seinen Oberarm, was er selbst durch den dicken Stoff der Jacke spürte. »Wir haben uns soooo lange nicht gesehen. Lass uns etwas trinken gehen.«

»Sorry. Ich … ich muss wirklich nach Hause.«

Joel wollte sich umdrehen und so eilig wie möglich verschwinden, doch Imogen verhinderte das, indem sie sich mit ihrem ganzen Gewicht an seinen Arm hängte.

»Wartet da etwa jemand auf dich?« Sie lächelte ihn nur an. Joel hatte sich immer gefragt, wie Ben wohl mit ihrer vornehmen, unglaublich selbstbewussten Art klarkam und was Imogen an Ben fand, der so viel bodenständiger war.

»Ööhem«, konnte er nur antworten. Gut, dass ihn keiner seiner Studenten so sah, wie eloquent er hier mit der entsetzlichen Ex seines besten Freundes herumstotterte.

»Wie geht es … Ben?«, fragte sie, als hätte sie seine Gedanken gelesen. »Ist der Arme endlich über mich hinweg? Nun, komm schon. Du musst mir alles erzählen.«

Froh über den kurzen Aufschub ließ er sich von ihr in

Richtung eines dieser hippen Cafés ziehen, die er sonst mied wie Gedanken an seine Zukunft. Obwohl der Laden brechend voll war, musste Imogen einem der Kellner, die eleganter ge-kleidet waren als Joel bei wichtigen beruflichen Anlässen, von denen es zum Glück nicht allzu viele gab, nur zuwinken und sie bekamen einen Tisch zugewiesen, in der Mitte des Raums, wo jeder sie sehen und wo sie jeden beobachten konnte.

Das würde er auch noch überstehen. Ein bisschen Small Talk mit Imogen, nur nichts über Ben verraten und dann schnell ab nach Hause, sich ein Surfvideo anschauen als Belohnung dafür, dass er den Abend mit ihr überstanden hatte.

»Wie geht es dir?« Ungefragt bestellte sie sich einen Cappuccino und einen Latte macchiato für Joel, obwohl dieser Kaffee hasste und Kaffee mit Milch noch mehr. »Arbeitest du noch als Lehrer?«

»Studienberater.«

»Aber du wohnst noch in Tower Hamlets?«

»Islington.«

»Wie geht es deinem Welsh Corgi? Bazooka?«

»Jack Russell Terrier. Godzilla.«

»Ach ja, entschuldige.« Sie wartete, bis der Kellner die Getränke abgestellt hatte, trank einen Schluck und schaute Joel an. Ihn erinnerte das an eine Tierdoku, die er einmal gesehen hatte: Eine Würgeschlange hatte sich langsam und genüsslich an ihr nichts ahnendes Opfer herangeschlichen. Joels Kehle fühlte sich so ausgetrocknet an, dass er einen Schluck des Latte macchiatos trank. Einfach eklig das Zeug.

»Also, wie geht es Ben?« Ihr Lächeln vertiefte sich. Joel sah die Kiefer der Schlange zuschnappen und das arme Kaninchen zappeln. »Unfassbar, dass Daddy ihn nach Cornwall verbannt hat.«

Ihr selbstsicheres Grinsen zeigte, wie gewiss sie sich war, dass Ben ihr bestimmt immer noch nachtrauerte, während sie selbstverständlich schon etwas Besseres hatte. Ein Anflug von Ärger verengte Joels Augen.

»Ben hat eine Frau in St. Bartholomew gefunden, die ihm gefällt«, platzte er heraus. Sollte Imogen doch an dieser Information ersticken. Das hatte sie verdient, so mies, wie sie Ben behandelt hatte. »Aber es ist noch nichts Ernstes.«

Mist! Sein Freund würde es bestimmt nicht lustig finden, dass Imogen jetzt Bescheid wusste. Andererseits hatte Ben ihn ja nicht zum Schweigen verdonnert, oder? Oh Mann, egal, was er sagte, irgendwie ritt er sich nur tiefer in den Mist. Vor seinem inneren Auge konnte Joel sich selbst sehen, gekleidet in eine blaue Latzhose und grüne Wellington-Gummistiefel, wie er mit einer gewaltigen Forke Stroh und Pferdeäpfel auf eine Schubkarre schaufelte, beobachtet von Imogen in einem eleganten weißen Leinenkleid.

Ein Klaps auf seinen Unterarm erlöste ihn aus dieser Vision.

»Erzähl mir mehr!« Das war eindeutig ein Befehl und keine Bitte. »Ich freu mich doch, wenn mein Bennie glücklich ist.«

Nach einer halbstündigen Befragung, von der die Spanische Inquisition hätte lernen können, gelang es Joel, Imogens Umklammerung zu entkommen, weil glücklicherweise zwei Freundinnen von ihr aufgetaucht waren. Imogen-Klone: blond, schlank, zarte Haut, teure Parfüms. Joel hatte die Chance ergriffen, seinen Latte macchiato bezahlt und war geflohen. Nun musste er sich den Konsequenzen seines vorschnellen Plapperns stellen.

Verdammt, warum ging Ben nicht an sein Telefon? Joel überlegte einen Moment. Ben die schlechte Nachricht per Telefon zu überbringen, erschien ihm etwas feige. Er musste seinen Freund sehen, um ihm erklären zu können, was ihn dazu gebracht hatte, Imogen von Bryluen zu berichten. So wie er Bens Exfreundin kannte, würde sie sicher einen Plan entwerfen, um sich zwischen Ben und Bryluen zu stellen. Nur, weil sie es konnte und weil sie Ben keiner anderen Frau gönnte, selbst wenn sie ihn nicht wollte.

Wenn er sowieso nach Newquay fahren musste, konnte er einen Abstecher nach St. Bart machen. Außerdem war er – das gestand sich Joel ein – neugierig auf Bryluen, auf die Frau, in die Ben sich verliebt hatte.

Ich fahre morgen schon nach Newquay, schrieb er eine Mail an seinen Chef. Es gibt noch einiges zu organisieren.

KAPITEL 27

Noch immer konnte Bree kaum glauben, dass Ben und Charlie Brown plötzlich wieder vor ihrer Tür gestanden hatten. Noch weniger konnte sie fassen, wie glücklich es sie machte, dass Ben wieder da war. Bei jeder sich bietenden Gelegenheit berührte sie ihn, als müsste sie sich versichern, dass er real war, dass sie sich nicht nur einbildete, dass er zu ihr zurückgekehrt war.

Allerdings gab es auch einen Wermutstropfen: Er bestand weiterhin darauf, dass sie es langsam angehen ließen.

»Wie langsam denn?«, spottete Bree, der das gar nicht schmeckte. Sex gehörte für sie zum Leben wie gutes Essen und Sport. »Darf ich dich daran erinnern, dass du nur noch ein paar Tage hierbleiben willst?«

Wie sehr sie der Gedanke schmerzte, ohne ihn in St. Bart zu bleiben, würde sie niemals zugeben. Weder vor Ben noch vor sich selbst. Außerdem bedeutete es ja nicht, dass mit seiner Abreise alles vorbei wäre. Schließlich trennten sie keine Welten, sondern nur ein paar Hundert Meilen voneinander. Falls sich ihre Beziehung/Affäre/Freundschaft ohne gewisse Extras weiterentwickelte, könnte Bree ihre Agentin bitten, ihr ein paar Jobs in London zu suchen. Auch wenn ihr flau wurde bei der Vorstellung, weiter als Model zu arbeiten, in immer schlechter bezahlten Jobs, mit immer jüngeren Konkurrentinnen.

»Vielleicht überlege ich es mir noch, meinen Aufenthalt zu verlängern«, antwortete er mit einem Lächeln. »Charlie Brown muss schließlich seinen Abschluss machen.«

Obwohl sie am liebsten jede Sekunde mit ihm verbracht hätte, sah Bree ein, dass Ben mit Charlie seinen Kurs absolvieren oder arbeiten musste. Die Zeiten ohne ihn gab sie vor, im Internet nach Jobperspektiven für sich zu suchen, obwohl sie meistens nach Backrezepten stöberte. Ab und zu hatte sie sich auf Hochzeitsseiten ertappt, was ihr so peinlich war, dass sie sofort den Verlauf des Internetbrowsers löschte. Alys und Chesten würden aus dem Lachen nicht herauskommen, wenn sie je davon erfahren würden.

Bree legte das Tablet zur Seite, um sich einen Tee zu kochen. Würde sie Ben wirklich heiraten wollen? Sie, die sich für die Unabhängigkeit entschieden hatte und niemals einen Mann so nahe an sich heranlassen wollte? War Liebe auf den ersten oder zweiten Blick nicht nur etwas, das für romantische Komödien erfunden war?

Am liebsten hätte sie wie ein Teenager Hefte mit Herzchen und ihren Initialen gefüllt: BB & BM. Jeden Tag war sie versucht, ihre Freundinnen anzurufen, um ihnen etwas zu erzählen, das Ben gesagt oder getan hatte. Nein, wenn sie ehrlich war, wollte sie am liebsten den Kirchturm von St. Bart erklimmen, um von dort aus der ganzen Welt mitzuteilen, wie verliebt sie war. So wie in einem Musical, nur ohne das Tanzen und die Singerei. Das war eine Seite an sich, von der Bree nicht einmal in ihren wildesten Träumen geahnt hätte, dass es sie gab.

Ob es ihm ähnlich ging? Auch wenn ihr Wiedersehen voller Leidenschaft gewesen war (bis auf den letzten Schritt), war sich

Bree seiner Gefühle nicht sicher. Bisher hatte keiner von ihnen die drei Worte ausgesprochen, die ihrer Beziehung mehr Ernsthaftigkeit gäben. Auch das irritierte Bree, weil sie es gewohnt war, ausgiebige Liebesschwüre von Männern zu sammeln.

Und ausgerechnet er, der eine, bei dem ihr Herz schneller schlug, bei dem sich Schmetterlinge in ihrem Bauch trafen, um dort fröhlich zu tanzen, ausgerechnet er sprach nie von Liebe. Sollte sie den Anfang machen? Würde er sich bedrängt fühlen? Oder würde er – die schlimmste Vorstellung von allen – einfach lachen und sagen: »Aber Bryluen, wer meint denn schon Liebe?«

Natürlich liebte er sie, versuchte sie, sich zu beruhigen. Warum sonst sollte er einfordern, dass sie sich ganz oder gar nicht auf ihn einließe? Obwohl, es gab Männer, die Frauenherzen sammelten und sich mit ihnen als Trophäen schmückten. Nein, so einer war Ben nicht. Er war ein durch und durch ehrlicher Mensch.

Bree sprang auf. Sie musste etwas tun, um sich abzulenken, sonst würden ihre Gedanken weiter kreisen und kreisen und kreisen, bis ihr schwindlig würde und sie möglicherweise etwas total Dämliches täte. Als sie versuchte, den Kater zu einem Spiel mit der Angel zu animieren, öffnete er nur ein Auge, blinzelte einmal kurz und schlief weiter.

»Na, du bist ja ein super Begleiter für Krisen«, sagte sie ihm, was ihn immerhin dazu veranlasste, beide Augen zu öffnen. Er musterte sie, gähnte ausgiebig, stand auf, machte einen Katzenbuckel und legte sich wieder hin. »Die Dankbarkeit für deine Rettung ist begrenzt.«

Immerhin brachten ihn ihre Worte dazu, sich zu erheben und ihr um die Beine zu streichen. Manchmal hatte Bree den Eindruck, dass der Kater – ja, sie hatte immer noch keinen passenden Namen gefunden – mehr verstand, als sie einem

Tier je zugetraut hätte. Charlie Brown war eindeutig weniger schlau als ihre Samtpfote, in dem Punkt war sich Bree sicher.

Früher hatte sie es geliebt, allein zu sein. Ihr Elternhaus für sich zu haben, ohne Eltern, Geschwister oder Gäste, das war ihr als ein Luxus erschienen, den sie viel zu selten genießen konnte. Ohne Ben jedoch erschien ihr das Haus kühl und leer. Wenn ihre Stimmung so düster war, blieb nur eins. Bree ging in ihr Zimmer, zog ihre Laufsachen an und schaute prüfend zum Himmel. Ja, das Wetter schien zu halten.

Nach ein paar Dehnübungen setzte sie sich in Trab. Wie jedes Mal drohte sie nach einer Viertelstunde die Lust zu verlieren und überlegte, den Lauf abzubrechen. Und wie jedes Mal lief sie weiter, bis sie den toten Punkt überwunden und Spaß daran hatte. Der Wind peitschte ihr ins Gesicht und brachte einen Hauch von Regen und Meer mit sich, der sich auf ihr Gesicht legte. Bree zog die Kapuze enger und senkte den Kopf. So sehr sie sich auch anstrengte, ihren Gedanken konnte sie nicht entkommen. Immer wieder poppte die Frage in ihrem Kopf auf, ob sie bereit war für eine ernsthafte Be-ziehung.

War es Ben, den sie wollte, oder wollte sie nur etwas Festes, so wie Alys es mit Jory hatte? Konnte sie ihren Gefühlen trauen? Waren ihre Fragen nicht überzogen? Schließlich kannte sie Ben erst ein paar Tage. Wo war die alte Bree, die unbeschwert – jedenfalls meistens – durchs Leben ging und alles auf sich zukommen ließ?

Wenn die verdammte Liebe das aus einem machte, konnte sie Bree echt gestohlen bleiben. Gleichzeitig hatte sie sich noch nie so lebendig gefühlt, so voller Energie und Zuversicht. Wie sie es auch drehte und wendete, Ben hatte sie vollkommen durcheinandergebracht, was sich nun nicht mehr zurückdrehen ließ. Also blieb ihr nur eins: Augen zu und durch, das Ganze als Abenteuer betrachten, von dem sie später ihren Enkeln erzählen konnte.

»So haben Opa und ich uns kennengelernt. Er hat ein Buch geschrieben und ich habe ihm Frühstück gebracht.«

Nun war es aber gut! Bree schüttelte den Kopf, legte noch etwas an Tempo zu und drehte um, damit sie rechtzeitig wieder zu Hause war, wenn Ben aus der Hundeschule kam.

»Schade, dass du kein Fleisch isst.« Ben musterte das Gemüse, das vor ihm lag. Vegetarisch zu kochen, war eine Neuheit für ihn. »Meine Saltimbocca ist einfach großartig. Du stellst mich ständig vor Herausforderungen, meine Schöne.«

In mehr als einer Hinsicht war sie eine Herausforderung für ihn. In ihrer Gegenwart fiel es ihm schwer, sich auf die eingeübten Handgriffe zu konzentrieren. Vorhin hätte er sich beinahe mit dem Messer die Kuppe des Daumens abgesäbelt, weil er nur Augen für sie hatte.

»Daran soll man doch wachsen, heißt es.« Bryluen saß entspannt rücklings auf einem Küchenstuhl, hatte den Kopf auf dessen Lehne gelegt und beobachtete ihn beim Kochen. »Ich bin ziemlich anspruchslos. Jedenfalls beim Essen.«

Sie grinste, so frech und sexy, dass er in Versuchung kam, seine Kein-Sex-ohne-Liebe-Politik noch einmal zu überdenken. Warum nur machte er es sich und ihr so schwer?

»Fertignudeln, ich weiß.« Er stieß einen gespielten Seufzer aus. »Wie wäre es mit Risotto oder Gnocchi? Oder Polenta mit Käsesoße?«

»Hauptsache, es ist nicht kompliziert«, sagte sie mit einem verführerischen Ton in ihrer Stimme. »Mir wäre es lieb, wenn du nicht zu viel Zeit in der Küche verbringst. Mir fallen auf Anhieb sieben Dinge ein, die wir stattdessen anstellen könnten.«

»Hmmhmm«, antwortete er, völlig von den Kochvorbereitungen in Anspruch genommen. Gnocchi oder doch lieber

Risotto? Er wollte etwas kochen, das ihr zeigte, wie viel sie ihm bedeutete. Schließlich hieß es doch, dass Liebe durch den Magen geht. Gnocchi mit einer Walnuss-Apfel-Soße, passend zum Herbst. Ja, das war eine gute Entscheidung.

Da spürte er ihre Gegenwart, ihre Wärme, und schaute auf. Bryluen stand neben ihm, so dicht, dass er die zitronige Frische ihres Haarshampoos einatmen konnte. Im Unterschied zu Imogen benutzte sie so gut wie nie ein Parfüm, sondern roch nach ihrem Shampoo, dem Duschgel und sich selbst, was er hinreißend fand.

Apropos hinreißend. Während er über ihren Duft sinniert hatte, war sie noch näher gerückt und knabberte sanft an seinem Hals. Ihre Zähne wanderten zu seinem Schlüsselbein, kniffen leicht in die Haut über dem Knochen, bevor ihr Mund zu seinem Hals zurückkehrte und dort saugte.

»Bryluen«, knurrte er. »Hör bitte auf. Du weißt, wie schwer mir das fällt.«

»Hast du ein Keuschheitsgelübde abgelegt?« Nur kurz hielt sie inne, um ihm die Frage zu stellen. »Gefällt es dir nicht?«

»Natürlich, ich bin doch nicht aus Marmor, aber ich will dich ganz oder gar nicht.« Ihre Zähne hinterließen feine Spuren auf seinem Hals. Er schauderte, die feinen Härchen auf seinen braun gebrannten Armen stellten sich auf. »Das habe ich dir gesagt.«

»Und wenn ich gar nicht wählen will? Wenn ich mich lieber von dir trenne, als mich ganz auf dich einzulassen?« Sie hörte auf, seinen Hals zu liebkosen, und schaute ihn an. Der Blick ihrer großen dunklen Augen war so ernst, dass Ben ihr alles erzählen wollte, was er ihr bisher verschwiegen hatte. Nein, er konnte ihr die Wahrheit nicht sagen, solange sie ihn weiter auf emotionaler Distanz hielt.

»Es würde mir leidtun. Eine sehr lange Zeit. Aber dich nur halb zu haben, würde mir den Rest meines Lebens wehtun.«

»Wie kann das sein?« Halb im Scherz verdrehte sie die

Augen. »Warum muss ausgerechnet ich auf den letzten Romantiker stoßen? Was ist falsch an gutem, unverbindlichem Sex unter Freunden?«

»Nichts.« Er erwiderte ihren Kuss mit so viel Leidenschaft, dass ihr die Luft wegblieb, so wie er es beabsichtigt hatte. »Aber nicht für uns, meine Schöne. Nicht für uns. Es geht um alles oder nichts.«

»Aber auf dem Weg dorthin können wir uns doch ein bisschen Spaß gönnen.« Bryluen war wirklich eine Meisterin der Verführungskunst, aber Ben blieb standhaft.

»Na gut, dann essen wir eben nur. Und knutschen ein bisschen – oder fällt das auch unter dein Zölibat?«

Zur Antwort zog er sie in seine Arme und gab ihr einen Kuss. Seine Zunge öffnete ihre Lippen, erforschte deren Innenseite und drängte sich schließlich in ihren Mund. Seine Hände wühlten durch ihr Haar, seinen Körper presste er an ihren, in der Gewissheit, dass sie seine Erregung spüren würde.

KAPITEL 28

Als es klingelte, steckten Brees Hände gerade in einem Mürbeteig, den sie zu einer Kugel kneten wollte.

»Mist!«, fluchte sie. Das war ja wieder einmal perfektes Timing. Wer konnte das sein? Ben besaß einen Schlüssel, Alys und Chesten arbeiteten, ihre Eltern erwartete sie erst morgen zurück und der Postbote war schon vor einer Stunde gekommen. Dann brüllte sie: »Moment! Ich komme gleich.«

Notdürftig wischte sie sich die Hände an einem meerblauen, mit Muscheln und Seesternen bedruckten Küchenhandtuch ab. Trotzdem klebte immer noch Teig an ihren Fingern, sodass sie die Tür mit dem Ellenbogen öffnete und die Hände wie zum Gebet hochgestreckt hielt.

»Hey, Entschuldigung. Ich backe gerade.« Na prima, sie erwies sich als Heldin der Erklärung des Offensichtlichen. »Möchten Sie ein Zimmer?«

Sie musterte Mann und Hund, die vor ihr standen und sie ihrerseits kritisch betrachteten. Der Hund war ein Jack Russell Terrier, dessen dunkle Augen sie aufmerksam anschauten. Ebenso wie die blauen Augen seines Herrchens, der fast einen

Kopf größer war als sie. Für Bree war es selten, dass sie zu einem Mann aufschauen musste.

»Hallo«, sagte er schließlich. Irgendwie kam der Mann ihr bekannt vor, den Hund hatte sie allerdings noch nie zuvor gesehen. Aber Bree konnte nicht einsortieren, wo sie ihn getroffen haben könnte. Eines der zentralen Probleme ihres ehemaligen Jobs. Man traf so viele Menschen für so kurze Zeit, dass sie nur einen Eindruck hinterließen, aber keine Spuren in ihrem Leben.

»Das ist ja ein Süßer.« Sie beugte sich nach unten und hielt dem Terrier die Hand entgegen, damit er sie beschnuppern konnte. Stürmisches Schwanzwedeln war die Belohnung. »Darf ich ihn anfassen?«

»Klar.« Er grinste. »Godzilla mag Menschen, nur bei anderen Hunden und Katzen ist es manchmal … schwierig.«

»Oh, das kann zum Problem werden«, sagte Bree. »Hier wohnen bereits ein höflicher Kater und ein … herausfordernder Hund.«

»Ist Ben da?« Er spähte in den Flur, als würde der sich dort materialisieren. »Ich muss mit ihm sprechen, ist dringend.«

»Ich heiße Bree, und du bist?« Etwas an ihm brachte Bree gar nicht erst in die Versuchung, ihn zu siezen. Sie wäre sich komisch – und alt – vorgekommen, wenn sie den Mann nicht geduzt hätte.

»'Tschuldige, ich bin Joel Klocke, ein Freund von Ben. Weißt du, wo er ist?«

»In der Hundeschule.« Bree schaute auf die Uhr, auf der auch Teigstückchen klebten. »Die dauert noch eine halbe Stunde. Willst du hier warten? Ich habe Tee oder auch Kaffee, wenn dir das lieber ist.«

»Tee ist super.« Er drehte sich um und sagte über die Schulter. »Ich bringe Godzilla ins Auto, sonst sucht er nur nach dem Kater.«

Bree ließ die Haustür offen stehen und ging in die Küche.

Hier schrubbte sie sich die Teigreste von ihren Händen, bevor sie Teewasser aufsetzte und zwei Teebecher aus dem Schrank holte. Den hellblauen mit dem angeschlagenen Henkel stellte sie an ihren Platz, den dunkelroten mit der Aufschrift »St. Ives« gab sie Joel.

»Ich muss den Teig noch fertig kneten, sonst fällt mir der Kuchen nachher zusammen«, erklärte Bree, nachdem sie ihm einen Stuhl angeboten und Tee eingeschenkt hatte. »Woher kennst du Ben?«

»Wir haben in London zusammen gewohnt, bis er mit Imogen …« Joel schwieg, als wäre ihm jetzt erst bewusst geworden, was er im Begriff war zu sagen. »Also, bis er ausgezogen ist.«

Bree, die ihm den Rücken zugewandt hatte, grinste.

»Ich weiß von Imogen. Und Ben hat dir anscheinend von mir erzählt. Was hat er denn über mich gesagt?«

Erst stieß Joel einen erleichterten Seufzer aus, dann stammelte er etwas von »Nur wenig. Ben redet nicht so gern über sich.«

Bree klopfte die Teigmasse in eine Kugelform, legte ein Geschirrtuch über die Schüssel und stellte den Teig in den Kühlschrank. Nachdem sie sich die Hände gewaschen hatte, setzte sie sich Joel gegenüber.

»Erzähl mir von Ben und von dir.« Bereits, als er vor der Tür gestanden hatte, hatte sie ihn durchschaut. Joel war einer der Guten, der es nicht übers Herz brachte, einer Frau die Unwahrheit zu sagen. »Wie lange kennt ihr euch?«

Nachdem Joel ihr die ganze Geschichte der gemeinsamen Wohnung und seines Surftraums erzählt hatte, zu der Bree bestätigend nickte und ab und zu eine kurze Nachfrage stellte, kam er endlich zu dem Punkt, der sie interessierte.

»Ben muss dich sehr mögen.« Joel trank einen Schluck Tee. »Selbst Imogen hat es nicht geschafft, ihn von *Miller International* abzulenken. Deinetwegen zweifelt er endlich an seinem Job.«

Sie runzelte die Stirn. War *Miller International* der Verlag, für den Ben das Buch schrieb? Aber würde man das einen »Job« nennen?

»*Miller International*«, sagte sie leichthin. »Wir sprechen nicht über seine Arbeit. Es gibt so viel anderes zu bereden. Du kennst das bestimmt.«

Joel nickte.

»Weißt du, ich habe nie verstanden, warum Ben gerade bei denen angefangen hat.« Er kratzte sich am Kopf. »Für mich sind sie irgendwie Geier, die sich auf Aas stürzen.«

Das half ihr nicht wirklich weiter. So wie Joel es beschrieb, konnte Ben bei einer Bank, einer Investmentgesellschaft oder einer Insolvenzfirma arbeiten. Ihre nächsten Fragen musste sie genau überlegen, damit sie Joel nicht misstrauisch machte, aber dennoch herausfand, was sie wissen wollte.

Bree griff auf ihre beste Waffe zurück, ihr Cover-Lächeln, dem schon einige Männer – und vor allem deren Verstand – zum Opfer gefallen waren. Auch Joel setzte sich plötzlich aufrechter hin, als wollte er ihr imponieren.

»Das klingt ja echt übel«, sagte sie und lächelte noch etwas intensiver. »Es fällt mir schwer, mir Ben in so einer Bude vorzustellen.«

Falls sie aus Joel nicht mehr herausholte, dann konnte sie *Miller International* immer noch googlen.

»Na ja, nachdem er Examen gemacht hat, war Wirtschaftskrise. Es sollte ein Einstieg sein.« Joel hob die Hände, als wollte er seinen Freund entschuldigen. »Tja, und dann verliebt sich die Tochter vom Chef in ihn. Oh, das hat er dir nicht erzählt?«

Kaum hatte er ausgesprochen, stutzte Joel, als hätte er zu viel gesagt. Oder bildete sie sich das nur ein, weil seine Worte sie so erschüttert hatten?

»Wer spricht schon gern über Verflossene«, antwortete Bree, die spürte, wie Wut in ihr aufbrodelte. Fuck! Der supersüße, superehrliche Ben Barnes hatte sie von vorn bis hinten belogen. »Dass Ben kein Schriftsteller ist, habe ich gleich durchschaut. Jetzt verstehe ich auch, warum er nicht gern über seine Arbeit redet. Sag mal, was macht *Miller International* denn eigentlich? Jetzt hast du es geschafft, mich neugierig zu machen. Magst du *Fairings*? Habe ich selbst gebacken.«

Wenn ihn das nicht einwickeln und ablenken würde, dann wüsste sie auch nicht weiter. Sollte Joel ihrem Lächeln, verbunden mit Ingwerkeksen und Tee widerstehen können, dann musste sie sich wohl etwas anderes ausdenken, wie sie die Informationen aus ihm herausbekam. Vielleicht im Keller fesseln und hungern lassen? Nein, das Auto vor der Tür würde sie verraten.

»Sie bauen Hotels. Na ja, eigentlich kaufen sie schöne alte Häuser und bauen sie in so Luxushütten für Reiche um.« Joel nahm sich einen Keks. Bree kam es vor wie eine Ewigkeit, bis er den *Fairing* aufgegessen hatte und weitersprach. »Oft sind das Herrenhäuser. Mehr weiß ich auch nicht.«

»Branok Manor«, sagte sie mehr zu sich als zu ihm. Deshalb war Ben also hier. Nicht, um einen Roman zu beenden, sondern um das alte Herrenhaus in eine charakterlose Luxusherberge umzubauen. Sie musste nicht lange nachdenken, was das für ihre Eltern und das Bed and Breakfast bedeuten würde. Was für ein Mistkerl! Wie hatte er sie küssen können, im Haus ihrer Familie, wohl wissend, dass er ihren Eltern die Lebensgrundlage entziehen würde?

Am liebsten wäre sie in sein Zimmer gestürmt und hätte seine Kleidung zerschnitten, sein Notebook geschreddert und alle seine Eaux de Toilette ins Waschbecken geschüttet, was erst der Anfang ihres Rachefeldzugs wäre. Aber solange Joel da war, musste sie lächeln und vorgeben, alles wäre gut.

»Stimmt, das ist echt kein toller Job. Was machst du?«

Glücklicherweise sprach Joel gern über sich, über seine Arbeit und Godzillas Abenteuer. Obwohl er ihr üble Nachrichten überbracht hatte, konnte Bree nicht umhin, ihn zu mögen. Seine offene Art machte es leicht, sich mit ihm zu unterhalten.

»Bryluen, wo bist du?«

Ben! Sonst hätte ihr Herz einen glücklichen Sprung gemacht, nun jedoch ballten sich ihre Hände zu Fäusten. Ihr Körper zitterte vor unterdrückter Wut. Nein, sie musste sich beherrschen, durfte sich nichts anmerken lassen. Erst musste sie sich überlegen, wie sie mit dem neu erworbenen Wissen umgehen wollte, welche Konsequenzen sie daraus zu ziehen gedachte. Nur eins war sicher: Ben Barnes würde leiden dafür, dass er sie hintergangen hatte.

»Ich bin hier. Wir sind hier.« Sie stand auf, streckte die Hände nach ihm aus und lächelte und lächelte und lächelte. So künstlich, dass ihr die Gesichtsmuskeln schmerzten.

Ben schaute überrascht, als er in die Küche kam, Charlie Brown hingegen stürzte sich voller Begeisterung auf Joel und sprang ihm auf den Schoß, um ihm das Gesicht abzulecken.

»Joel?« Bens Tonfall klang wenig begeistert. »Mann, das ist ja eine Überraschung.«

»Schön, dass ihr wieder da seid.« Bree musste sich überwinden, Ben einen Kuss zu geben.

Ben sah zwischen Bree und Joel hin und her. »Jory wartet im Flur, er wollte dich noch was fragen.«

»Was machst du hier?«, hörte sie Ben fragen, bevor ihr so flau wurde, dass sie sich im Flur gegen die Wand lehnen musste. Ihre Knie gaben nach und sie sackte nach unten, verbarg ihr Gesicht in den Händen und kämpfte gegen Tränen an. Plötzlich bekam sie einen feuchten Kuss und blickte auf, direkt in Buddys vertrauensselige braune Augen.

»Bree?« Jory zog seinen Hund weg und streckte ihr die Hand entgegen, damit sie sich daran hochziehen konnte. »Ist alles in Ordnung?«

»Danke. Ich habe wohl zu wenig gegessen.« Es fiel Bree schwer, ihn zu belügen, aber sie konnte ihm nicht die Wahrheit sagen. Nicht, solange Ben – und auch Joel – in der Küche saßen. »Du hast eine Nachricht von Alys?«

Warum ihre Freundin nicht anrief oder ihr eine SMS schickte, fragte sie sich aber nur halbherzig, weil ihre Gedanken bei Ben und dessen Betrug weilten.

»Nein, ich habe eine Bitte an dich.« Jorys Blick wirkte ernst. »Grandmas Todestag ist nächste Woche …«

»Ich weiß«, unterbrach Bree ihn. »Sorry, irgendwie stehe ich heute neben mir.«

»Ich wollte eine Erinnerungsfeier geben, nur Alys, Chesten, du und ich.« Jorys Gesicht wirkte traurig, als hätte auch er jemand Wichtigen verloren. »Und Ben natürlich, wenn du magst.«

»Danke.« Auch wenn es ihr gerade schlecht ging, würde sie ihre Freundin am Todestag von deren Großmutter nicht allein lassen. »Ich komme. Natürlich.«

»Du bist ein Schatz.« Jory gab ihr einen Kuss auf die Wange.

Nein, du bist ein Schatz, dachte Bree. *Du würdest Alys niemals anlügen und ihre Familie ruinieren.*

KAPITEL 29

Wenn sie noch weiter hier sitzen und Joel und Ben zuhören würde, bekäme sie ein Magengeschwür. Das Einzige, was sie abhielt, ihren Zorn auszutoben, war ihre Unfähigkeit zu entscheiden, welchen Vorwurf sie Ben als Erstes machen sollte: dass er sie wegen seines Jobs belogen hatte oder dass er kalt lächelnd die Existenz ihrer Eltern gefährdete.

»Bree, entschuldige.« Joel schaute sie an. Sein Blick erinnerte Bree an einen Welpen, der einen Schuh zerkaut hatte und sich nicht erinnern konnte, was da in ihn gefahren war. »Ich muss mit Ben allein sprechen.«

»Kein Problem.« Sie erstarrte nur ein wenig, als Ben sie umarmte. »Aber verschwindet aus der Küche. Ich muss noch einen Kuchen für Nanni backen.«

»Lass uns zu *Nanni's* gehen«, schlug Ben vor. »Du kannst ja nachkommen.«

»Würde ich supergerne, aber ich muss das Haus hüten. Ein später Gast hat sich angemeldet.«

Lügen konnte sie auch, wenn es darauf ankam. Genau wie er. Außerdem ertrug sie den Gedanken nicht, ihn weiter zu sehen. Sobald Joel und er von *Nanni's* zurückkämen, hätte sie

Bens Sachen gepackt und vor die Tür gestellt. Ja, dieser Gedanke machte ihr Freude und gab ihr die Kraft für weiteres künstliches Lächeln.

»Dann bleiben wir auch.« Ben küsste sie, was bei Bree einen Würgereiz auslöste. Kaum zu glauben, wie sehr sie seine Berührungen vorher genossen hatte. »Wir gehen in den Frühstücksraum. Wenn das okay ist?«

»Aber sicher, my Love.« Sie drehte sich aus Bens Umarmung und ging zum Kühlschrank. »Bleibst du zum Abendessen, Joel?«

»Danke, aber ich muss nach Newquay. Morgen treffe ich mich dort mit Studis.«

Ben öffnete die Küchentür, und beide Männer gingen hinaus, begleitet von Charlie Brown, der immer noch voller Begeisterung an Joel hochsprang. Bree *musste* einfach hinterherschleichen, um ihr Gespräch zu belauschen.

»Willst du nicht hier übernachten?«, fragte Ben, Besorgnis in der Stimme. »Nach Newquay kannst du auch morgen früh noch fahren.«

»Ist schon okay.« Joel senkte seine Stimme zu einem verschwörerischen Flüstern, sodass Bree sich noch ein bisschen näher an die Tür heranpirschen musste. Sie hielt den Atem an, um sich nicht zu verraten. »Ich habe Mist gebaut. Tut mir echt leid, Mann.«

Nun war Brees Neugier stärker als ihr Zorn auf Ben. Sie wartete, bis die beiden im Frühstückszimmer verschwunden waren, bevor sie auf den Flur trat.

Wie sie es gehofft hatte, war die Tür nur angelehnt.

»Mann, Alter, es tut mir so leid.« Joel seufzte. »Aber du weißt ja, Imogen … irgendwie schafft sie es, dass ich mich verplappere.«

Beinahe hätte Bree laut aufgelacht. Ihrer – wenn auch begrenzten – Erfahrung nach brauchte es nicht viel, um Joel zum Plaudern zu bringen.

»Was hast du ihr erzählt?« Bens Tonfall klang gelassen, aber Bree meinte, Stress zu erkennen. Das geschah ihm ganz recht, das war eben der Preis für Lügen. »Wie habt ihr euch getroffen?«

Lief da noch etwas zwischen Ben und Imogen? Was hatte er ihr noch alles verschwiegen?

»Durch Zufall. Sie hat mich in ein Café eingeladen und nach dir gefragt.« Kurzes Schweigen. Joel suchte wohl nach Worten. »Da ist mir das mit Bryluen herausgerutscht. Ich wollt dich nur vorwarnen, Alter, falls sie etwas plant.«

»Mach dir keinen Kopf«, antwortete Ben. »Imogen interessiert sich nicht genug für andere Menschen, als dass sie irgendetwas tun würde.«

»Ganz sicher, Mann?«

»Ziemlich. Joel, du hättest dir den Weg sparen können.«

»Na ja, so habe ich deine Bryluen besser kennengelernt. Tolle Frau. Viel mehr Klasse als Imogen.«

Bree hörte, wie Stühle zurückgeschoben wurden, und lief in die Küche, wo sie eilig den Teig ausrollte. Schade, dass es keiner war, den man klopfen musste. Nur zu gerne würde sie jetzt auf etwas einprügeln.

»Bryluen, ich mach mich auf den Weg.« Joel stand in der Tür und winkte ihr zu. »Schön, mit dir gesprochen zu haben.«

»Finde ich auch. Sehr … aufschlussreich.« Sie winkte ihm mit dem Nudelholz zu. (Das würde sie wegschmeißen müssen, weil es sie immer an den Abend erinnern würde, als Ben Nudeln gemacht hatte.) »Komm gut nach Newquay. Wenn ich mal wieder dort bin, trinken wir einen Tee zusammen, versprochen?«

»Auf jeden Fall.« Der arme Joel hatte keine Ahnung davon, was er angerichtet hatte. »Bis dann.«

»Tschüs.« Bree füllte den Teig in die Backform, verteilte Äpfel darauf und formte Teigstreifen zu einem Gitter, mit dem sie die Äpfel bedeckte. Den Pie stellte sie in den Herd, säuberte sich die Hände und setzte sich. Beinahe freute sie sich darauf, was Ben für ein Gesicht zöge, wenn sie ihm sagte, dass seine Lügen entlarvt waren.

»Nun kennst du also mein schlimmstes Geheimnis«, sagte Ben mit einem Grinsen, als er in die Küche kam. »Joel und Godzilla.«

Sie lächelte, aber entzog sich seinem Kuss. »Ach, ich hätte gewettet, dein Auftrag von *Miller International* wäre dein dunkelstes Geheimnis. So kann man sich täuschen. Noch einen Tee, my Love?«

Sein Gesichtsausdruck war noch besser, als sie es sich ausgemalt hatte. Ben stand wie erstarrt, die Augen ungläubig groß, der Mund halb geöffnet zu einer Antwort, die für immer ungesagt bliebe. Fast tat er Bree leid, wie er dastand, ertappt und überrascht. Aber eben nur fast – ihr vorherrschendes Gefühl blieb Wut, inzwischen eine kaltglühende und daher viel gefährlichere.

»Ich halte es für das Beste, wenn du deine Sachen packst und in deinem schicken Bentley verschwindest.« Unglaublich, dass ihre Stimme so ruhig bleiben konnte. Bree kam es vor, als schwebte sie in Höhe der Lampe, auf der dringend einmal wieder Staub gewischt werden musste, und sähe herab auf zwei Menschen, die alles füreinander sein könnten, wäre der eine nicht so ein verdammter Lügner.

»Bryluen, lass mich erklären, bitte.« Ben kam auf sie zu, die Hände erhoben, als ob er sie in seine Arme ziehen wollte. »Es … es tut mir leid.«

Sie drehte sich weg und machte eine Geste der Abwehr.

»Warum soll ich dir das glauben? Weil du so ehrlich zu mir warst?«

»Ich … ach, was soll ich sagen?« Ben senkte die Hände. »Du hast jedes Recht der Welt, sauer zu sein. Ich hab's verbockt. Gib uns noch eine Chance, bitte.«

»Geh einfach.« Bree seufzte. »Zwing mich nicht, dass ich dich rauswerfen muss.«

»Lass es mich wenigstens erklären.«

»Zu spät.«

Verdammt! Verdammt! Verdammt!

Das war jetzt das zweite Mal, dass er St. Bart als Verlierer verließ. Nein, sogar das dritte Mal.

Voll ohnmächtiger Wut schlug Ben auf das Lenkrad ein, so hart, dass Charlie Brown in hektisches Bellen verfiel.

»Sorry, Charlie.« Ben versuchte, sich zu beruhigen, um den Hund nicht noch weiter aufzuputschen. »Tut mir leid. Leg dich ab.«

Ob es der Erfolg der Hundeschule war oder sein Tonfall, konnte Ben nicht sagen, aber sein Beagle gehorchte und rollte sich auf der Decke ein.

Ben wartete noch zehn Minuten, in der Hoffnung, dass Bryluen es sich anders überlegte, dass sie ihm wenigstens die Möglichkeit einräumte, ihr seine Sicht der Dinge zu erklären. Aber die Haustür blieb verschlossen, sein Telefondisplay dunkel.

Ach, Mensch, Joel. Wie typisch für seinen Freund, der es gut meinte und dadurch das absolute Chaos anrichtete. Nein, das war unfair. Joel war der Katalysator gewesen, das eigentliche Problem war er, waren seine Lügen, die er Bryluen gegenüber nicht eingestanden hatte. Irgendwie hatte er immer den Zeitpunkt verpasst, irgendetwas war ihm immer dazwischengekommen – das stimmte alles, aber leider waren das alles auch nur schnöde Ausreden für seine Feigheit.

Aus Angst, Bryluen zu verlieren, wenn er ihr die Wahrheit gestand, hatte er sie vertrieben. Wenn es einen Preis gab für die beste Absicht, die in die Hölle führte, so war er Anwärter auf einen der vorderen Plätze.

»Ach, Charlie, hätte ich nur …« Ben schlug erneut auf das Lenkrad, was Charlie wieder zum Bellen veranlasste. Allerdings nur einmal und eher halbherzig, so als spürte der Hund Bens trübe Stimmung. »Warum war ich so feige?«

Weil er nicht ohne Bryluen leben wollte, hatte er an seinem Lügengebäude festgehalten, in der Hoffnung, dass sich irgendwie, irgendwann alles zum Guten wenden würde. Vielleicht durch ein Weihnachtswunder.

Ein Wunder war es, dass er nicht schon früher ertappt worden war. Es hätte ja nur einmal jemand anrufen müssen, mit dem er einen Termin zur Einschätzung des Wertes von Branok Manor hatte. Oder Gemma hätte sich auf dem Festnetz melden können, weil sie ihn per Smartphone nicht erreichte.

Ach, das war jetzt müßig. Ein letzter Blick zurück zum Haus, dessen Grau ihn jetzt an eine düstere Festung erinnerte, die ihn aussperrte.

Ich gehe einfach zurück und klingele. Bryluen schuldet es mir, sich meine Erklärung anzuhören.

Statt diesem Gedanken zu folgen, ließ Ben den Motor an. Der Bentley schnurrte wie eine übergroße Katze, die sich freute, endlich aktiv zu werden. So schwer es ihm auch fiel, er musste Bryluen Zeit zugestehen. Wie hätte er an ihrer Stelle reagiert?

Wie hatte er reagiert, als Imogen ihn abserviert hatte, als sich ihr gemeinsames Leben als Lüge entpuppte?

Nein, das ließ sich nicht vergleichen, so sehr Ben sich das auch wünschte. Er musste eingestehen: Es war einzig und allein seine Schuld, dass er die Liebe seines Lebens verloren hatte.

»Schh, Charlie. Down.« Der Beagle hatte die Chance genutzt, als Ben in seinen Gedanken versunken war, und stupste ihn mit der Nase in den Nacken. Es kam Ben vor, als ob

Charlie Brown ihn aufmuntern wollte. »Wir haben einen langen Weg vor uns.«

Ben konzentrierte sich auf die Straße. Etwa fünf Stunden Fahrt lagen vor ihm, eine Zeit, die er dazu nutzen wollte, sich zu überlegen, wie er Bryluens Herz zurückgewinnen konnte.

Zuerst jedoch musste er eine andere Entscheidung treffen. Ben fuhr an den Straßenrand, was ihm sofort Charlies Aufmerksamkeit einbrachte.

»Sorry, wir gehen jetzt noch nicht spazieren.« Er nahm das Smartphone. »Gemma, mach mir für morgen früh einen Termin mit Mr. Miller. Ja, ich komme nach London.«

KAPITEL 30

Das hatte Bree nicht erwartet. Anstatt dass sie ihr beistünden und Ben genauso verdammten wie sie, sprachen sich Alys und Chesten für ihn aus. Nachdem sein Angeber-Auto davongefahren war, hatte sie eine Krisensitzung einberufen, bereits das zweite Mal innerhalb weniger Tage.

Danke, Ben Barnes.

Alys und Chesten waren sofort zu ihr gekommen, bewaffnet mit Seelentrost-Tee, Strawberry-Cheesecake-Eis und extra-weichen Taschentüchern. Bree spendierte den *Apple Pie,* nachdem sie Nanni angerufen hatte, um ihr zu sagen, dass es heute keinen Kuchen gäbe.

Unter viel Schluchzen und Schniefen hatte sie die ganze Geschichte erzählt. Begonnen von Joels Besuch bis hin zu Bens Abreise, hatte sie alles geschildert, überraschend emotionslos, und auf Verständnis gehofft. Stattdessen erhielt sie vorwurfsvolle Fragen.

»Hast du ihm wenigstens eine Gelegenheit gegeben, sich zu erklären?«, fragte Alys, die ihr ein weiteres Taschentuch reichte. »Vielleicht hatte er einen guten Grund?«

Bree konnte ihre Freundin nur fassungslos anstarren. Also

das meinte Alys ja wohl nicht ernst. Hatte die Beziehung mit Jory ihr Hirn weichgespült? Nachdem sie sich wieder gefangen hatte, sagte sie: »Er hat mich von Anfang an belogen. Sein Job gefährdet unser Bed and Breakfast. Meint ihr ernsthaft, das kann man erklären oder entschuldigen?«

»Ich hatte den Eindruck, ihm liegt viel an dir«, mischte sich Chesten ein. »Er wollte nicht mit dir schlafen, bevor du dir sicher bist. Mehr Ernsthaftigkeit geht kaum.«

Von ihr hatte Bree etwas Ähnliches erwartet, Chesten würde immer und ewig an die Liebe glauben, auch wenn die wohl nicht an Chesten glaubte. Konnten ihre Freundinnen nicht verstehen, was für einen furchtbaren Vertrauensbruch er begangen hatte? Beinahe hätte sie sich auf Ben eingelassen, nur um herausfinden zu müssen, dass sie ihn überhaupt nicht kannte.

»Ehrlich, Alys, würdest du Jory verzeihen, wenn er dich so täuschen würde?«

»Ich weiß es nicht. Darling, ich verstehe, dass du wütend bist und enttäuscht.« Alys stand auf, um noch einen Tee zu kochen. Dieses Gespräch wollte Bree nüchtern durchstehen, sodass sie Wein, Sekt oder Pimm's abgelehnt hatte. »Trotzdem glaube ich, dass du dir seine Seite anhören solltest. Und sei es nur, um einen guten Abschluss hinzubekommen.«

Nachdem Bree sich die Nase geschnaubt hatte, kam sie ins Grübeln. An Alys' Idee konnte durchaus etwas dran sein. Auf eine bittere Art fühlte sich ihre Affäre/Beziehung/Was-auch-immer zu Ben unvollendet an, weil sie nicht einmal die Kraft gehabt hatte, ihn mit Vorwürfen zu überschütten.

»Bist du nicht ein kleines bisschen neugierig, was das alles zu bedeuten hat?«, schlug Chesten in die gleiche Kerbe. »Nebenbei bemerkt finde ich die Vorstellung gruselig, hier so einen Luxustempel zu haben.«

»Waren nicht die vom *National Trust* an Branok Manor interessiert?«, fragte Alys, die sich eine weitere Portion Eis gönnte. »Das Herrenhaus und die Gärten bräuchten dringend jemanden, der sich um sie kümmert.«

Was stimmte mit ihren Freundinnen nicht? Brees Leben raste mit Lichtgeschwindigkeit ins Unglück und Alys und Chesten hatten nichts Besseres zu tun, als sich über das dämliche alte Gemäuer zu unterhalten, das genau genommen die Schuld an dem ganzen Elend trug. Ohne Branok Manor wäre Ben nie nach St. Bart gekommen und sie würde immer noch glücklich und zufrieden leben.

»Hallo, es geht um mein Leben und nicht um das olle Ding.« Sie hatte das Bedürfnis, ihre Freundinnen zu schütteln, aber gleichzeitig schätzte Bree es sehr, dass die beiden sie nicht verhätschelten und trösteten, sondern klare Worte fanden. »Meint ihr wirklich, ich müsste mit ihm reden?«

»Du musst gar nichts«, widersprach Chesten. »Aber ich finde, er hat eine Chance verdient. Schließlich hat er dir mit dem Kater geholfen. Obwohl er eigentlich ein Hundemensch ist.«

»Ches, ich liebe dich wirklich«, sagte Alys und lachte, »... aber in Sachen Männer würde ich nicht unbedingt auf deinen Rat vertrauen.«

»Ach ja«, antwortete Chesten spitz. Sobald man sie auf ihren Liebhaber ansprach, selbst wenn es nur indirekt geschah, reagierte sie ungehalten. »Ich sage nur: Daveth. Selbst Helyer hat früher erkannt als du, was der für eine Gurke war.«

Manchmal überlegte Bree, diese Unterhaltungen aufzuzeichnen und ein Buch daraus zu machen, obwohl das wahrscheinlich kein Verlag kaufen würde. »Unrealistische Dialoge« wäre der Ablehnungsgrund.

»Zurück zum Thema.« Alys sah Bree auffordernd an. »Schlaf eine Nacht drüber. Es bleibt deine Entscheidung. Ches und ich stehen dir zur Seite, egal, was du tun wirst. Das weißt du.«

»Danke.« War die Situation wirklich nicht so eindeutig, wie sie ihr erschienen war? Hier, in der einen Ecke Bree, die sich in

Ben verliebte; dort in der anderen Ecke Ben, der log und betrog und dem man nicht trauen konnte. »Ich muss nachdenken.«

»Bekomme ich noch ein Stück Kuchen?«, fragte Chesten, was einen Lachanfall bei Alys und Bree auslöste. »Hey, was soll das? Ich habe nichts Lustiges gesagt.«

»Dearie, du bist einfach großartig.« Bree nahm ihre Freundin in den Arm. »Ich packe dir ein Viertel des Kuchens ein, Alys und Jory bekommen die Hälfte und der Rest ist für mich.«

»Wo ist der Kater? Ich würde ihn mir sicherheitshalber gern ansehen, wenn ich schon hier bin.« Chesten war aufgestanden und ging in den Flur. »Hat er endlich einen Namen?«

»Wahrscheinlich liegt er unter meinem Bett.« Bree schnitt den Kuchen und verpackte zwei Stücke in Plastikdosen. »Er mag keinen Besuch. Außerdem hat er dich als Tierärztin erkannt.«

»Ich geh nach oben«, rief Chesten ihr vom Flur aus zu.

»Erschreck den Armen nicht zu sehr. Und nein, er hat immer noch keinen Namen.« Sie überreichte Alys ihren Kuchen. »Grüß Jory von mir. Du weißt gar nicht, was für Glück du mit ihm hast.«

»Doch«, antwortete ihre Freundin. »Aber glaub mir, bei uns herrscht nicht immer Sonnenschein.«

»Aber du kannst ihm vertrauen und dich auf ihn verlassen.« So schnell wollte Bree nicht aufgeben. Jory war einer der Guten, Ben ein echter Miesling. »Er würde dich niemals belügen.«

»Bree.« Alys trommelte mit den Fingern auf ihr Kinn, eine typische Geste für sie, wenn sie intensiv nachdachte. »Das klingt jetzt kitschig, aber gib die Liebe nicht auf. Lauf nicht weg.«

»Ich stelle mich jedem Kampf.« Bree runzelte die Stirn. Gerade Alys sollte das doch wissen. »So haben wir uns kennengelernt oder hast du das vergessen?«

»Ja, du gehst nach vorn im Kampf, aber …« Alys pustete den

Atem aus. »... aber vor deinen Gefühlen läufst du lieber davon.«

Bevor Bree etwas erwidern konnte, was ihr nicht leichtgefallen wäre, polterte Chesten die Treppe herunter.

»Ihm geht es gut. Er sieht schon viel besser aus und wird eine richtige Schönheit.« Sie wandte sich Bree zu. »Such einen besseren Namen aus, als Alys ihrem armen Kater gegeben hat. Ob es etwas zu bedeuten hat, dass wir Kater haben und keine Katzen?«

Auf so eine Frage konnte nur sie kommen. Inzwischen fühlte Bree sich etwas besser. Ihre Freundinnen würden ihr bleiben, egal, was in ihrem Leben geschah. Vielleicht wurde die Bedeutung von Männern ja überschätzt?

»Chesten!« Alys verdrehte die Augen. »Hier ist dein Kuchen. Komm.«

»Wenn es dir schlecht geht, ruf an.« Chesten umarmte Bree. Ihr typischer Geruch nach Tierarztpraxis, Pferd und nun auch Kuchen brachte Bree zum Niesen. »Wie du dich auch entscheidest, ich bin für dich da.«

»Ich auch.« Alys umarmte Bree ebenfalls. »Falls du ein Auto brauchst für die Fahrt nach London ...«

»Danke, aber ich fahre lieber mit der Bahn.« Bree drückte sie. »Da kann ich noch ein wenig nachdenken. Falls ich fahre!«

Nachdem sie die Tür hinter den beiden geschlossen hatte, ging Bree in die Küche, schnitt sich ein großes Stück vom Kuchen ab und suchte ein paar Katzenleckerlis. Der Kater saß auf ihrem Bett und schaute sie aus seinen unergründlichen hellgrünen Augen an.

»Du bist kein Freund von Besuchen, nicht wahr?« Er würdigte sie keiner Antwort, schließlich konstatierte sie nur das Offensichtliche. »Aber du warst ein Fan von Ben. Chesten meint ja, dass Tiere Menschen besser einschätzen können als Menschen.«

Bree glaubte das nicht, dafür gab es einfach zu viele Fälle, in denen Menschen Tiere misshandelten, die ihnen vertraut hatten. Wahrscheinlich war ihr Kater genau wie sie auf Bens Fassade hereingefallen. Doch immer wieder sah sie ihn vor sich, vollkommen verzweifelt, wie er sie darum bat, ihr alles erklären zu dürfen. Ihr Mund erinnerte sich an seine Küsse, ihr Körper sehnte sich nach seinen Händen, so ungern sie sich das auch eingestand.

Was hätte es sie gekostet, sich zehn Minuten seine Erklärungen anzuhören? Nein! Erst einmal brauchte sie Abstand. So einfach, wie Alys und Chesten sich das vorstellten, war es nicht. Ben hatte nicht nur Bree belogen, sondern ihre ganze Familie. Darüber hinaus plante er – wenn auch nicht absichtlich – das Ende ihres Familienbetriebs.

Sicher, dem Bed and Breakfast ging es nicht gerade großartig, aber dennoch … ihre Eltern hatten das Haus renoviert, es gemeinsam ausgebaut, nach und nach immer mehr Stammgäste im Sommer nach St. Bart gezogen. Das Bed and Breakfast war ihr Lebenswerk. Sie konnte sich nicht vorstellen, was sie ohne die Arbeit tun würden. Ihre Mutter und ihren Vater als fröhliche Rentner auf einem Kreuzfahrtschiff zu sehen, das wollte Bree nicht gelingen.

Selbst in den Wintermonaten, wenn das Geschäft nahezu zum Erliegen kam, klammerten sie sich an jeden Gast, als fürchteten sie, ohne Fremde im Haus einer Leere ins Gesicht zu sehen. Nicht einmal die Krankheit ihrer Mutter hatte ihre Eltern dazu gebracht, *Magnolia and Hydrangea Gardens* zu schließen.

Ob ihre Eltern sich liebten oder ob sie nur das gemeinsame Hotel verband? Diese Frage hatte sie sich nie gestellt. Erst durch Ben interessierte sie sich auf einmal dafür, wie andere Menschen lebten und liebten.

Verdammter Ben Barnes!

Wäre sie ihm nur nie begegnet!

Dann würde mir etwas fehlen …

KAPITEL 31

Ja, es war die richtige Entscheidung. Ben fühlte sich frei wie schon lange nicht mehr. Auf der Autofahrt nach London hatte er genug Zeit gehabt, seine Gedanken zu sortieren und eine Wahl zu treffen, die schon lange ausstand. Möglicherweise würde er dadurch Bryluens Liebe nicht wiedergewinnen können, aber trotzdem musste er diesen Teil seines Lebens klären. So sehr er Bryluen auch vermisste, hier war sie nur der Anstoß gewesen, etwas längst Überfälliges in die Tat umzusetzen.

»Guten Morgen Gemma.« Er lächelte seiner Assistentin zu, die noch unglücklicher wirkte als bei ihrem letzten Treffen. »Wann ist der Termin mit Mr. Miller … Robert?«

»Mr. Barnes. Ben.« Aus großen Augen sah sie ihn an. »Möchtest du … einen Tee?«

Ihr Erstaunen erschien ihm übertrieben, doch dann fiel ihm ein, dass sie ihn das erste Mal in Jeans sah, die unter dem schwarzen Wollmantel hervorschauten. Ben lächelte. Endlich einmal keinen anthrazitfarbenen oder dunkelblauen Anzug tragen zu müssen, fühlte sich unendlich befreiend an. Ja, er hatte die richtige Entscheidung gefällt.

»Ein Tee wäre wunderbar.« Ben stieß die Tür zu seinem Büro auf.

»Dein Termin mit dem Chef ist um 10:00 Uhr«, rief Gemma ihm hinterher.

Gut, das ließ ihm ausreichend Zeit, alles in Ordnung zu bringen und den Abschlussbericht für Branok Manor noch einmal zu überprüfen.

Obwohl er nur wenige Tage fort gewesen war, warteten bereits wieder drei Unterschriftenmappen auf ihn. Aber statt sich ihnen zu widmen, drehte er sich auf seinem Schreibtischstuhl zum Fenster und schaute hinaus. Die Skyline von London mit dem auffallenden *London Eye* war selbst bei dem grauen Regenwetter ein imposanter Anblick.

Genug gezögert. Er wandte sich seinem Schreibtisch zu, schaltete das Notebook ein und überflog die Mails, die seit gestern eingegangen waren. Schließlich öffnete er den Bericht, korrigierte ihn an zwei Stellen und druckte ihn aus.

Gelangweilt blätterte er durch die erste Mappe, gähnte, als er all die »WICHTIG!« und »EILIG!« auf den Briefen und Memos sah. Glaubten die Verfasser selbst daran, dass jedes ihrer Schreiben von dermaßen herausragender Bedeutung war? Er verdrehte die Augen, als er an die vielen Mails dachte, die *er* ebenfalls mit hoher Wichtigkeit versehen an einen großen Empfängerkreis geschickt hatte.

Wie albern und unnütz ihm das nun vorkam. Wie hieß der Spruch, über den er vor Kurzem gestolpert war: »Das Hamsterrad sieht nur von innen wie eine Karriereleiter aus.«

»Dein Tee.« Gemma kam herein, sodass Ben von den Papieren aufschaute. »Mr. Miller … Robert … lässt fragen, ob du jetzt schon Zeit für ihn hast.«

»Danke, Gemma.« Ben griff nach der Tasse, trank einen Schluck Tee und atmete tief durch. »Ja, klar. Bis gleich.«

»Ben?«, hielt sie ihn auf. »Ist irgendetwas? Du … du bist heute so anders. Entschuldige, ich will nicht neugierig sein.«

»Schon okay.« Ben lächelte ihr aufmunternd zu. »Wenn ich mit Robert gesprochen habe, erfährst du alles.«

Obwohl sein Chef auf ihn wartete, nahm Ben sich die Zeit, die Motivationsposter mit Anmerkungen zu versehen. Unter »Nur wenn jeder das Ziel kennt, passt die Richtung« schrieb er »Der Weg ist das Ziel«, was zugegeben nicht sehr originell war, aber das war der Posterspruch ja auch nicht.

»Schaue immer ins Licht, dann siehst du die Schatten nicht« verzierte er mit den Worten »Oder du wirst blind«.

Mit dem Stift in der Hand stand er vor dem nächsten Bild, das die schöne Überschrift »Motivation« trug und einen Mann zeigte, der zwischen zwei roten Felsen eingeklemmt war. Dieses Bild hatte ihn immer schon geärgert, aber leider wollte ihm nichts Kurzes einfallen, mit dem er es kommentieren konnte. Vielleicht später, nachdem er mit seinem Chef gesprochen hatte.

Das ist die letzte Gelegenheit, es mir anders zu überlegen.

Nein, sein Entschluss war gefallen. Er öffnete die Tür.

»Ben, schon zurück. Ich dachte, du bräuchtest mehr Zeit?« Sein Fast-Schwiegervater musterte ihn, als ahnte er, was dieser ihm sagen wollte. Sein Blick verweilte auf Jeans und Pullover, ohne dass man erkennen konnte, was er davon hielt. »Und – lohnt es sich für uns, in Branok Manor zu investieren?«

Die Frage war Ben gestern während der Fahrt und auch während der nahezu schlaflosen Nacht immer wieder durchgegangen, ohne zu einem Ergebnis zu kommen. Sollte er ehrlich sein und das Bed and Breakfast von Bryluens Familie verdammen oder sollte er lügen und damit gegen seinen beruflichen Ehrenkodex verstoßen?

»Zusammengefasst: Die Lage ist nicht ideal. Es fehlt das Meer.« Ben stockte einen Moment. Nun kam der Augenblick der Wahrheit. »Auf der positiven Seite steht, dass es keine Konkurrenz vor Ort gibt. Ein Fünfsternehotel, das sich am Rand der Insolvenz bewegt, und ein paar Bed and Breakfasts.«

So schwer es ihm auch fiel, er musste eine ehrliche Einschätzung abgeben. Mr. Miller würde es merken, wenn Bens Bericht sich zu sehr von Toms Projektskizze unterschied. Dann würde halt ein anderer Ben oder Tom oder Steve nach St. Bart geschickt werden, um den Wert des Herrenhauses für *Miller International Group* zu eruieren.

»Alles Weitere findet sich in den Unterlagen.« Ben warf den Bericht, den er gestern Nacht erstellt hatte, auf den Glastisch. »Auch meine Kündigung.«

Mr. Millers Hand, die nach dem Papier hatte greifen wollen, verharrte in der Luft. Sein Blick bohrte sich in den von Ben, der ihn erwiderte, ohne zu blinzeln.

»Was soll das denn heißen?«, polterte sein Chef, genau wie Ben es erwartet hatte. Sein Gesicht lief rot an, dass Ben befürchtete, sein Chef würde einem Herzinfarkt erliegen. »Du kannst nicht einfach kündigen. Es gibt Fristen, Projekte zu übergeben, Arbeiten abzuschließen, einen Nachfolger einzuarbeiten.«

Ben nickte. All dies war ihm auch klar, sodass er gestern Nacht einen Plan entworfen hatte.

»Meine Assistentin Gemma ist sehr gut eingearbeitet.« Immer noch hielt er Mr. Millers Blick stand, der versuchte, ihn mit aller Macht niederzustarren. »Außerdem ist sie viel zu talentiert, um als Assistentin zu arbeiten. Bis auf Branok Manor habe ich keine laufenden Projekte und …«

»Quatsch. Du kannst nicht einfach gehen.« Sein Chef sprang auf und stolzierte vor ihm auf und ab, die Hände hinter dem Rücken verschränkt. »Also, was willst du? Eine Beförderung? Soll ich mit Imogen reden?«

Auch das hatte Ben erwartet – die Beförderung jedenfalls. Das Angebot, Imogen einzubeziehen, überraschte ihn. Einen Moment lang überlegte er. Bryluen hatte er durch sein dummes, unbedachtes Handeln sicher verloren. Nichts, was er sich während der Fahrt überlegt hatte, schien ihm geeignet, seine große Liebe wiederzugewinnen. Er hatte sie belogen – Punktum. Mit den Konsequenzen seines Handelns musste er leben.

Lag in dem Angebot seines Chefs möglicherweise eine Alternative, ein Ausweg: zurück zu dem Leben vor Bryluen? Bei *Miller International Group* zu bleiben, sich mit Imogen zu verloben, falls diese auf ihren Vater hörte, und vorzugeben, die Cornwall-Episode hätte keinerlei Bedeutung für sein Leben gehabt?

Nein, niemals.

»Zu wenig, zu spät«, antwortete Ben daher. »Meine Entscheidung ist gefallen. Ich gehe.«

»Wie kannst du es wagen? Nach all dem, was ich für dich getan habe«, brüllte sein Chef so laut, dass es sicher in den anliegenden Büros zu hören war. »Ohne mich bist du ein Nichts. Ich werde dafür sorgen, dass du nirgendwo anders einen Job bekommst. Du bist tot, hörst du!«

Kaum zu glauben, dass ihn dieser Mann, der solche Plattitüden abspulte, einmal beeindruckt hatte, dass er um dessen Anerkennung gekämpft hatte. Er hörte sich an wie der billige Bösewicht in einem Hollywood-B-Film. Keine seiner Drohungen bereitete Ben auch nur im Geringsten Sorge. Auch wenn er noch nicht wusste, wohin ihn sein Weg führte, eins war sicher: In dieser Branche wollte er nicht mehr arbeiten.

»Pack deine Sachen.« Sein Chef tobte weiter und erinnerte Ben an einen Oger aus dem »Herr der Ringe«-Film. »Sofort raus. Ich will dich keine zehn Minuten mehr in der Firma haben.«

Ben nickte zum Abschied. Obwohl er immer noch überzeugt davon war, richtig zu handeln, verspürte er eine leichte Wehmut. Schließlich hatte er viele Jahre hier verbracht. Auf dem Weg zurück blieb er kurz stehen, strich »Motivation« durch und schrieb stattdessen »Eigene Dummheit« dahin. Hundertprozentig zufrieden war er damit nicht, aber es reichte. Mit einem Grinsen auf dem Gesicht eilte Ben in sein Büro, wo er seine wenigen privaten Habseligkeiten einpackte.

»Was willst du jetzt machen?«, fragte Gemma, die ihm gefolgt war. »Hast du etwas anderes? Etwas, wohin du mich mitnehmen kannst?«

»Leider habe ich keinen neuen Job.« Ben hob die Schultern, die Hände hatte er um den Karton mit seinen Sachen gelegt. Hinter ihr sah er zwei Wachmänner auftauchen. Mr. Miller hatte einen Hang zum Drama. »Sobald ich etwas habe, melde ich mich bei dir.«

»Alles Gute«, flüsterte sie, als die Wachmänner eintraten. »Du findest bestimmt etwas Besseres.«

»Mr. Barnes.« Einer der Wachmänner, größer noch als Joel, tippte auf seine Uhr.

»Ich komme.« Er war nicht auf Streit oder einen Skandal aus, sondern wollte einfach nur gehen. »Gemma, es war eine Freude, mit dir zu arbeiten.«

»Danke.« Sie schluchzte und rannte aus seinem Büro.

»Matteo, ich weiß, es ist kurzfristig, aber heute Abend gibt es etwas zu feiern. Gegen acht bei mir«, sprach Ben seinem Freund auf den Anrufbeantworter. »Meld dich bitte, ob du Zeit hast. Ich koche.«

Auch bei Joel ging nur die Mailbox an. Ben wiederholte seine Einladung und hoffte, dass die beiden heute Abend noch nichts vorhatten. Im Kopf ging er das Menü durch, das er geplant hatte. Es sollte aufwendig werden, weil er hoffte, seine Gedanken damit von Bryluen ablenken zu können.

Wie hatte er nur so naiv sein können zu erwarten, dass sie ihm Zeit und Gelegenheit gäbe, sich ihr zu erklären? Bryluen war so gradlinig und ehrlich; sie würde nicht verstehen, warum er sie belogen und vor allem, warum er nie die Chance ergriffen hatte, ihr die Wahrheit zu sagen.

Während der Rückfahrt hatte Ben immer wieder Szenarien durchgespielt, wie er sie zurückgewinnen könnte. Als Erstes war ihm in den Sinn gekommen, sofort umzudrehen und so lange vor ihrem Haus zu warten, bis sie ihn anhörte. Das verwarf er als zu aufgesetzt. Bryluen würde es hassen, wenn er sich ihr dermaßen aufdrängte.

Also blieb Möglichkeit 2: abwarten, was ihm unglaublich schwerfiel. Ständig sah er andere männliche Gäste, die um die Frau, die er liebte, herumscharwenzelten, ihr Geschenke brachten und alles taten, um Bryluen zu gewinnen, während Ben ohnmächtig in London saß. Bitter stieß es ihm auf, dass er St. Bart nun schon das zweite Mal behaftet mit dem Makel der Unehrlichkeit verlassen musste.

Vielleicht gab es noch eine dritte Alternative: Er konnte ihr einen Brief schreiben, in dem er seine Sicht der Dinge darstellte, in dem er ihr lückenlos erklärte, wie es zu diesem verzwickten und verhängnisvollen Ende gekommen war.

Würde Bryluen so einen Brief lesen?

Da brauchte er sich nichts vorzumachen – sie würde sein Schreiben sofort in kleinste Schnipsel zerreißen und diese möglicherweise verbrennen. Das Bild malte sich so plastisch vor seinem inneren Auge ab, dass Ben lächeln musste, auch wenn sein Herz weiterhin schwer war.

Nachdem Imogen ihn verlassen hatte, war er sicher gewesen, die große Liebe verloren zu haben. Doch der Schmerz, den er nun empfand, ließ die Trauer um Imogen aussehen wie eine Feuerzeugflamme gegenüber einem Buschbrand. Selbst die Freude und Erleichterung, endlich *Miller International Group* verlassen zu haben, fühlte sich gedämpft an, als wäre der Verlust von Bryluen eine Wand aus Nebel, die ihn vom Leben abschnitt und alle anderen Gefühle wie durch einen Grauschleier sehen ließ.

Kochen half, das wusste er aus Erfahrung. Ben breitete Fleisch, Gemüse und Fisch auf der Arbeitsplatte aus. Als es klingelte, durchströmte ihn überraschende und unglaubliche Freude. Bryluen! Sie war nach London gekommen, bereit, ihm zu verzeihen oder wenigstens ihn anzuhören. Ben legte das Messer so hastig zur Seite, dass es zu Boden fiel. Automatisch wollte er sich danach bücken, als es erneut klingelte. Ben ließ das Messer liegen und rannte zur Tür. Laut kläffend folgte ihm Charlie Brown, als könnte auch er es nicht erwarten, Bryluen wiederzusehen.

Mit Schwung riss Ben die Wohnungstür auf, lief in den Flur und öffnete die Haustür.

»Du? Was willst du hier?«

KAPITEL 32

Hatte sie wirklich überreagiert, wie ihre Freundinnen meinten? Bree lehnte ihren Kopf an die kühle Scheibe des Bahnabteils. Um sie herum aahten und oohten die Touristen, beeindruckt von der Strecke, die sie am Meer entlangführte. Bree hatte kaum Augen für die Schönheiten der Küste und die idyllischen Dörfer. Zu viel ging ihr durch den Kopf. Noch konnte sie es sich anders überlegen und der Konfrontation mit Ben aus dem Weg gehen.

Sie könnte irgendwo auf der Strecke aussteigen, sich dort ein Zimmer nehmen, um am nächsten Tag nach St. Bart zurückzukehren. Ihren Freundinnen würde sie erzählen, dass Ben und sie sich ausgesprochen und gemeinsam erkannt hätten, dass ihre Liebe keine Zukunft hätte. Das wäre die leichteste Möglichkeit, eine kleine Unwahrheit, so wie Bens Lügen.

Aber das war der Unterschied zwischen ihnen. Bree hob den Kopf, als würde sie ihm gegenüberstehen und ihm endlich das sagen, was sie ihm schon in St. Bart hatte sagen wollen. Bree flüchtete sich nicht in Lügen, sie stellte sich der Wahrheit, auch wenn das schmerzte.

Okaaaay, nicht immer. Den Fragen, was sie für Ben fühlte

und wie sie sich ihre Zukunft vorstellte, war sie erfolgreich ausgewichen, mit der zugegeben schwachbrüstigen Begründung, dass sie Zeit zum Nachdenken benötigte.

Wenn sie hier Entscheidungen getroffen hätte, wäre sie nicht so wütend auf Ben. In den Streit waren ihre eigenen Ängste eingeflossen, die Furcht, ihr Herz zu verlieren und mit einem gebrochenen Herzen zurückgelassen zu werden. So wie es Alys mit Craig ergangen war; an Chesten und deren Affäre wollte Bree gar nicht erst denken.

Als der Zug in den Bahnhof von Plymouth einfuhr, waren Brees Überlegungen so weit gediehen, dass sie bereit war, sich Bens Erklärung (und wäre sie noch so lausig) anzuhören. Ob sie einen neuen Beziehungsversuch mit ihm starten wollte, das würde sich erweisen, wenn sie miteinander sprachen. Jedenfalls redete sie sich das ein, obwohl ihr verdammtes Herz ihr immer wieder einflüsterte, Ben noch eine Chance zu geben.

Ihr Smartphone gab das Bing von sich, das eine Nachricht ankündigte.

Bist du ausgestiegen oder fährst du nach London?, lautete die SMS von Alys.

- *Ich fahre, aber komme auf jeden Fall ALLEIN zurück.*

Chesten und ich haben eine Wette laufen. Ich sag dir aber nicht, wer auf was gesetzt hat.

- *Ihr seid die besten Freundinnen, die eine Frau sich wünschen kann.*

Sei froh, dass du uns hast.

Kurz nachdem Bree die Nachricht gelesen hatte, poppte eine weitere hoch.

Bree, hör auf dein Herz. Ben ist ein Guter, mit Fehlern. Küsse

Ihre Freundinnen kannten sie besser, als Bree befürchtet

hatte. Gut, dass sie die Idee verworfen hatte, einfach aus dem Zug auszusteigen. Sie schaute auf ihre Uhr – noch blieben ihr drei Stunden, bis sie London erreichte. Zeit genug, sich einen guten Gesprächseinstieg zu überlegen.

»Ben, wie konntest du nur? Du forderst alles oder nichts von mir und lügst mich dabei die ganze Zeit an.«

Nein, ihn mit Vorwürfen zu überschütten, wäre kein guter Gesprächseinstieg. Warum versuchte sie es nicht mit Offenheit? Warum gestand sie ihm nicht ein, wie sehr es sie verletzt hatte, dass er ihr nicht die Wahrheit gesagt hatte? Auf keinen Fall. Sie konnte sich ihm nicht ausliefern, solange sie ihm nicht vertrauen konnte. Und wie sollte sie ihm jemals wieder vertrauen?

Egal, wie sie es auch drehte und wendete, sie landete immer am gleichen Punkt. Also konnte sie es sich auch sparen, das anstehende Gespräch im Kopf durchzuspielen. Sie steckte sich die Ohrstöpsel ins Ohr und ließ sich von ihrer Playlist berieseln.

~

Von London Paddington aus nahm Bree einen Bus nach Shoreditch. Es wunderte sie nicht, dass Ben dort wohnte. Das Viertel, das zu Shakespeares Zeit außerhalb Londons gelegen war und in dem sich Theater und Bordelle angesiedelt hatten, galt seit einigen Jahres als hip. Während der Bus sie durch die weihnachtlich geschmückten Straßen Londons fuhr, bewegten sich ihre Gedanken in eine neue Richtung: Was, wenn Ben überhaupt nicht zu Hause wäre? Wollte sie wie ein verlorener Welpe auf seiner Türschwelle warten? Quatsch, sie würde schon ein hübsches Café finden, in dem sie die Zeit verbringen konnte.

An der Haltestelle zögerte sie. Auf einmal fröstelte sie, ihr Magen fühlte sich flau an und ihre Hände fuhren wieder einmal in ihr Gesicht. Am liebsten wäre sie umgedreht und nach St. Bart zurückgefahren. Aber feige wollte sie nicht sein.

Sie zwang sich, einen Fuß vor den anderen zu setzen, bis das Haus mit der Nummer 39 vor ihr auftauchte. Bei dem Anblick, der sich ihr bot, strauchelte sie, sodass sie sich an einem Auto abstützen musste. Das ... das konnte doch nicht wahr sein. Wie hatte sie nur so dumm sein können, so naiv, so blind?

Wie hieß der blöde Spruch? Wer einmal lügt, dem glaubt man nicht. Warum also hatte sie gemeint, Ben noch eine Chance geben zu müssen? Nur, weil sie auf Alys und Chesten gehört hatte.

Verdammt! Sie hatte gleich ein mieses Gefühl verspürt, das Anzeichen, dass etwas nicht stimmte. Anstatt ihrer Intuition zu vertrauen, die sie noch nie enttäuscht hatte, war sie kopflos nach London gereist, nur weil ihre Freundinnen anderer Meinung waren.

Das war die gerechte Strafe für ihre Dummheit. Bree musste blinzeln, weil sie auf einmal das Geschehen vor sich verschwommen sah. Scheiße, jetzt weinte sie auch noch. So weit hatte er sie gebracht. Ben mit seinem verfluchten »Ich will dich ganz oder gar nicht«-Gesäusel.

Mit den Zeigefingern wischte sie sich die Tränen aus den Augen, biss sich in die Fingerknöchel der linken Hand, um sich mit körperlichem Schmerz von der Bitterkeit in ihrem Herzen abzulenken.

»Ich hasse dich, Ben Barnes«, flüsterte sie, gefangen zwischen dem Wunsch, so weit wie möglich zu fliehen und dem, zu ihm zu gehen und ihm ins Gesicht zu schlagen, so wie er es verdient hatte. Unfähig, sich für eines zu entscheiden, stand sie wie paralysiert und starrte auf die Szene glücklicher Liebe, die sich vor ihren Augen abspielte.

Vor dem Haus standen Ben und Charlie Brown und eine ihr unbekannte Frau. Sie kuschelte erst mit dem Beagle, dessen

Schwanz vor Begeisterung unablässig von einer Seite zur anderen schlug, als wäre ein winziger Motor eingebaut. Dann stand sie auf und zog ihn in einen innigen Kuss heran. Das alles nahm Bree wie in Zeitlupe wahr, sodass sie die Frau ausgiebig mustern konnte. Sie entsprach mit ihrer langgliedrigen Zartheit, der hellen Haut und den rotblonden Haaren so sehr den Vorstellungen einer *englischen Rose*, dass Bree sich unförmig und unattraktiv fühlte. Hätte sie nur etwas Eleganteres angezogen als Jeans, Baumwollpullover und ihre geliebte Seasalt-Jacke. Bens Wohl-doch-nicht-Exfreundin trug einen wollweißen Wintermantel, helle Strümpfe und zartbraune Schuhe, was den ätherischen Eindruck verstärkte.

Eine rote Fläche verdeckte ihr den Blick. Erschrocken sprang Bree zurück, gerade rechtzeitig, sonst hätte der Doppeldeckerbus ihr eine Dusche verpasst, als er schwungvoll durch eine riesige Pfütze fuhr. Nachdem der Bus vorbeigerauscht war, war die Straße vor Bens Wohnhaus leer. Die Frau, sicher Imogen, und er mussten in seiner Wohnung verschwunden sein, wo sie heißen Sex miteinander haben würden. Bree sah die beiden vor sich, wie sie nebeneinander lagen, verschwitzt und zufrieden und gemeinsam über das Dummchen aus St. Bart lachten, das auf Ben hereingefallen war.

Was war das für ein seltsam metallischer Geschmack? Bree erwachte aus ihrer Trance und bemerkte, dass sie ihren Knöchel blutig gebissen hatte. Niemals! Diesen Triumph wollte sie ihm nicht gönnen. Er mochte sie eingewickelt und belogen haben, aber sie würde sich nicht seinetwegen verletzen, würde nicht um ihn trauern. Nicht um Ben, der nur aus Lügen und heißer Luft bestand.

Bree schloss kurz die Augen, atmete tief aus und drehte sich um. Mit zitternden Fingern suchte sie in ihrer übergroßen Handtasche nach ihrem Smartphone. Alys. Chesten. Jetzt brauchte sie dringend eine vertraute Stimme, einen Menschen, dem sie sich in ihrem Elend anvertrauen konnte.

Ihre Finger schwebten über dem Display, aber sie zögerte. Wieder konnte sie sich nicht entscheiden, welche ihrer Freundinnen sie anrufen wollte, ob sie überhaupt mit einer der beiden sprechen wollte. Mist! Exakt aus diesem Grund hatte sie sich niemals verlieben wollen, hatte niemals ihre Unabhängigkeit aufgeben wollen. Wie einfach und glücklich war ihr Leben gewesen, vor ihm.

Schokolade. Das war das Einzige, was jetzt helfen würde. Eine heiße Schokolade und ein Stück Battenberg Cake. Dessen extreme Süße und der Marzipangeschmack waren für so einen miesen Moment genau das Richtige. Hier in der Nähe lag ein Café, in dem sie sich schon einmal mit Sarah getroffen hatte. Der Cappuccino war lecker gewesen und Bree hatte hinterher bedauert, dass sie auf Kuchen verzichtet hatte, weil ihre Agentin dabei gewesen war. Das würde sie heute nachholen. Ausgiebig schlemmen würde sie, egal, ob sie von dem vielen Zucker und Fett Pickel bekäme. Jetzt war alles egal.

Als sie die Adresse des Cafés in ihr Smartphone eintippte, zitterten ihre Finger kaum noch. Eine Viertelstunde Fußweg war es bis dorthin. Die Bewegung würde ihr guttun, auch wenn inzwischen ein leichter Nieselregen eingesetzt hatte und sie sich an Menschen mit Regenschirmen vorbeidrängeln musste. Ungeduldig schob sie sich an zwei Frauen vorbei, die stehen geblieben waren, um irgendetwas ungeheuer Wichtiges zu besprechen.

»Nach Taiwan will sie im Urlaub. Taiwan«, hörte Bree mit halbem Ohr.

Sie eilte weiter, schüttelte sich kurz, als ihr ein Regenschauer von einer Markise in den Nacken lief. Taiwan, dachte sie auf einmal. Südostasien. Big in Japan.

»Sorry«, sagte sie, nachdem sie so abrupt stehen geblieben war, dass der Mann hinter ihr in sie hineinstolperte. Sie stellte sich in den Schutz der Markise und griff erneut nach ihrem

Smartphone. Wollte sie das wirklich? Oder war das nur eine Panikreaktion?

»Du läufst immer davon, wenn es bedrohlich wird«, hatte Alys ihr vorgeworfen.

Sie konnte gut reden, mit ihrem perfekten Jory, der sich nicht bei der ersten sich bietenden Gelegenheit in die Arme seiner Ex flüchtete.

Brees Finger schwebten über dem Display. Sollte sie Sarah anrufen oder sich Ben stellen? Die Entscheidung konnte warten, erst einmal brauchte sie dringend etwas Süßes.

KAPITEL 33

Noch einmal tief Luft holen. Was war nur los mit ihr? Sonst scheute sie doch keine Konfrontationen. Kurz entschlossen hatte sie sich gegen Japan und für die überfällige Aussprache mit Ben entschieden. Nun allerdings führte der Gedanke, Ben und seine Ex oder Doch-nicht-Ex in trauter Zweisamkeit zu sehen, dazu, dass sie nun schon zehn Minuten vor der Haustür stand und ihr Finger über dem Klingelknopf verharrte.

Eigentlich war es Blödsinn, ihn jetzt zur Rede zu stellen, ihn anzubrüllen, während seine Imogen dabei war, um Ben zur Seite zu stehen. Genau. Es war eindeutig klüger, später wiederzukommen, wenn Imogen nicht bei Ben war. In einem Jahr vielleicht oder auch zweien.

Bree nahm die Hand herunter, atmete noch einmal tief ein und drehte sich zur Straße. *Noch ein roter Routemaster und ich gehe hinein, ein andersfarbiger Bus, und ich fahre nach Cornwall.* Angestrengt starrte sie die Straße herunter.

Das kann doch wohl nicht wahr sein. Wo sind diese blöden Doppeldeckerbusse, wenn man mal einen braucht? Mir reicht's!

Bevor sie es sich erneut anders überlegen konnte, drückte

Bree vehement auf den Klingelknopf, um dann gegen die Versuchung anzukämpfen, sich umzudrehen und wegzulaufen. Nichts geschah. Oh nein, wie mistig war das denn? Da hatte sie die ganze Zeit in der Kälte gestanden, war von einem Fuß auf den anderen gehüpft, damit ihr warm wurde – und alles umsonst.

Mit aller Macht wehrte sie sich gegen das Bild, das vor ihrem inneren Auge aufstieg: Ben und Imogen, die sich in beigefarbenen seidenen Laken wälzten. (Wie sie auf die Vorstellung der beigefarbenen Bettwäsche kam, konnte sie sich nicht erklären.) Ben und Imogen, die ihre schweißfeuchten, trotzdem schönen Körper ineinander verschlangen.

»Bryluen?« Seine warme, dunkle Stimme holte sie glücklicherweise aus ihrer Vorstellungswelt. Ben schaute sie aus überrascht geweiteten Augen an. Hinter ihm stand diese Imogen und glotzte Bree an. »Was machst du hier?«

»Das frage ich mich auch.« Ihre Stimme klang dunkel vor Zorn. »Ich bin hergekommen, damit du mir alles erklären kannst. Aber das hat sich wohl erledigt.«

Statt einer Antwort zog Ben sie in seine Arme und küsste sie mit mehr Leidenschaft, als Bree je in ihrem Leben geküsst worden war. Sie wollte sich aus seiner Umarmung lösen, aber gab ihrem Verlangen nach und erwiderte den Kuss.

»Bravo!«, erklang eine spöttische Stimme, begleitet vom Geräusch klatschender Hände. Widerstrebend löste Bree sich von Ben, rang nach Atem und starrte Bens Ex an, die sie spöttisch musterte. »Das war filmreif.«

»Imogen, es ist besser, du gehst.«

»Willst du mich nicht vorstellen?« Ihr Lächeln war noch haiiger als das von Sarah. »Oder ist dir in Cornwall auch deine Höflichkeit verloren gegangen?«

Etwas an ihrer Haltung sagte Bree, dass diese Frau nicht so leicht aufgeben würde. Sie schien es gewohnt zu sein, ihren Willen durchzusetzen.

»Wie du dir wahrscheinlich denken kannst, ist das Imogen, meine Ex.« Ben seufzte. »Imogen, das ist Bryluen, die Frau, mit der ich mein Leben verbringen will, wenn sie es zulässt.«

»Das war ich auch einmal.« Bens Ex trat näher und griff besitzergreifend nach seinem Arm. Bree schnupperte. Imogen begleitete der Duft von *Empressa*, einem Parfüm, das Bree jetzt von der Liste ihrer Lieblingsparfüms streichen würde.

»Ob ich mit dir leben will, würde ich gern *privat* diskutieren.« Sie sandte ein eisiges Lächeln in Richtung Imogen.

»Mein Abschied muss dich schwer getroffen haben«, Imogen betrachtete Bree von oben bis unten, einen Ausdruck nur schlecht verhohlenen Abscheus auf dem Gesicht, »dass du dich in die Arme einer Fetten flüchtest.«

Bree sah Zorn in Bens Augen aufglimmen und legte ihm die Hand auf den Unterarm. Das war ihre Schlacht, die sie zu gewinnen dachte.

»Curvy, my dear, heute nennt man das curvy.« Sie rückte Imogen ganz nahe, bis diese von Ben Abstand nahm. »Falls Sie es noch nicht mitbekommen haben, die Zeit der mageren Kleiderständer ist vorbei.«

Bevor sie antworten konnte, schob Ben sie aus der Haustür, die er hinter ihr zuschlug.

»Komm rein.« Er deutete auf eine Wohnungstür, die offen stand. »Möchtest du einen Cappuccino? Oder etwas Stärkeres?«

»Cappuccino ist okay.« Bree folgte ihm, verwirrt von den vielen sich widersprechenden Bildern, die auf sie einstürmten. Ben, der Imogen küsste, Ben, der sie küsste …

Ben führte sie in ein großes Zimmer mit Parkettfußboden, durch dessen Fenster eine gepflegte Grünfläche hinter dem Haus zu sehen war. An den Wänden lehnten Bilder, auf deren Rahmen sich Staub gesammelt hatte. Nur wenige Bücher standen in den Regalen, etliche sah Bree in Umzugskisten liegen. Nur die offene Küche, die sich an den Raum anschloss, wirkte bewohnt, sodass Bree dort auf einem der Holzstühle Platz nahm.

Während er die Kaffeemaschine bediente, schaute Ben immer wieder zu ihr, als könnte er es kaum fassen, dass sie hier war. Ihr ging es ähnlich. Ihre innere Unruhe wuchs und sie sprang auf.

»Ben Barnes«, sagte sie und stemmte die zu Fäusten geballten Hände in die Hüften. »Ich bin enttäuscht von dir.«

»Und das ist dein gutes Recht«, antwortete er und reichte ihr eine Tasse. »Ich bin selbst schrecklich enttäuscht von mir.«

»Betrifft das auch deine Beziehung zur Eiskönigin?« Bree schüttelte den Kopf. »An deinem Frauengeschmack ist einiges zu kritisieren. Und ich frage mich, wie ich ins Bild passe.«

Ben machte ein dermaßen belämmertes Gesicht, dass sie ihm am liebsten sofort verziehen hätte. Aber das konnte sie nicht. So sehr sie sich danach sehnte, seine Arme wieder um sich zu spüren, erst musste er ein paar Erklärungen liefern – gute Erklärungen.

»Es ist eine lange Geschichte«, sagte Ben, doch sie unterbrach ihn: »Ich habe Zeit. Außerdem sieht es so aus, als ob du kochen wolltest.«

Sie deutete auf die Arbeitsplatte, auf der sich Gemüse, Fleisch, Mehl und exotische Kräuter, deren Namen sie nicht einmal kannte, stapelten.

»Für meine besten Freunde. Joel kennst du ja schon. Und ich hoffe, Matteo lernst du noch kennen.« Sein Welpenblick konnte sich durchaus mit dem von Joel messen, stellte sie fest. »Aber die müssen für heute verzichten, jetzt, wo du da bist. Darf ich für dich kochen, Bryluen?«

Die Art, wie er ihren Namen aussprach, ließ die verdammten Schmetterlinge wieder auffliegen. »Erst will ich deine Geschichte hören.« Nur zu gut erinnerte sie sich daran, wie erotisch es aussah, wenn er Essen zubereitete. Diese Ablenkung konnte sie jetzt nicht gebrauchen.

Zögerlich setzte Ben sich zu ihr an den Küchentisch. Bree achtete darauf, dass ausreichend Abstand zwischen ihnen blieb. Immer wieder ertappte sie sich dabei, dass ihre Finger über ihr Gesicht strichen. Sie atmete tief durch und verschränkte die Hände. Er sollte nervös sein, nicht sie.

Als Ben seine Tasse in den Händen drehte, bemerkte sie, dass seine Hände flatterten. *Warum machen wir uns nur selbst das Leben so schwer? Warum gebe ich nicht einfach nach und verzeihe ihm ohne große Erklärungen?*

Ben trank einen Schluck, räusperte sich und begann: »Ich bin in St. Bart geboren und aufgewachsen.« Er zog eine Grimasse. »Im weniger schönen Teil, in den Sozialbauten von *Greenfields*.«

»Dann sind wir auf die gleiche Schule gegangen«, unterbrach ihn Bree überrascht, »... aber ich erinnere mich nicht an dich.«

Ben blickte sie an, ernst und traurig. Sein Gesichtsausdruck hätte ihr Herz erweicht, wäre sie nicht so zornig auf ihn.

»Nein, ich habe St. Bart mit zwölf verlassen.« Fahrig strich er sich über das Kinn, auf dem ein Bartschatten dunkel wuchs. »In der Schule ist immer wieder Geld verschwunden. Von Schülern, von Lehrern ... und wem traut man es eher zu als ei-nem Kind aus *Greenfields*? Außerdem galt ich als rebellisch ...«

Sie schaute ihn nur an, wartete ab, wie seine Geschichte sich entwickeln würde.

»Ich war es nicht, aber wer glaubte mir schon. Selbst meine Mutter war sicher, ich hätte das Geld genommen. Sie hat mich nach Manchester zu ihrem Bruder geschickt.«

Sein Blick ging nach innen, als wäre er in Gedanken versunken. Bree verspürte eine Welle von Mitgefühl, als sie ihn förmlich vor sich sah: einen mageren Zwölfjährigen, der zu Unrecht verdächtigt wurde und der nirgendwo Hilfe fand. Aber was hatte das mit ihr zu tun?

»Es tut mir leid«, sagte sie, traurig darüber, wie wenig diese Worte ihre Gefühle beschrieben.

»Für mich war es gut. Gareth und Maureen waren tolle Menschen. Ohne sie hätte ich nie die Unterstützung erhalten, um etwas aus mir zu machen.« Sein Lächeln ließ ihr Herz schneller schlagen. »Ich kam nach London, studierte, fing bei *Miller International Group* an und lernte Imogen kennen. Das war mein Leben.«

»Warum hast du mich belogen?«

»Das ist Teil meines Jobs.« Ben schaute sie erneut an, so intensiv, dass Bree den Blick niederschlug. »Ab und zu gehen wir undercover vor Ort, um das Potenzial eines Projekts zu ermitteln, wenn die Konkurrenz groß ist.«

»Warum? Ich meine, du bist doch kein Geheimagent oder so etwas?«

»Geschäft ist Krieg.« Ben zog einen Mundwinkel hoch. »Der Markt ist heiß umkämpft und man jagt jedem Vorteil nach.«

»Macht dir das Spaß?«

»Bis ich dich kennenlernte, habe ich mich das nie gefragt. Ich habe meinen Job gemacht, Boni bekommen und die nächste Karrierestufe im Blick gehabt.«

Bree stellte die unvermeidliche Frage: »Warum hast du mir die Wahrheit verschwiegen, obwohl wir … uns nähergekommen sind? Und was ist mit dir und … Imogen? Ihr habt euch geküsst.«

»*Sie* hat *mich* geküsst. Es ist aus, ehrlich.« Ben rieb sich das Kinn. »Das kannst du mir glauben. Ich wollte dich nicht verlieren … es war nie der richtige Zeitpunkt. Ich bin dämlich.«

Einen Moment ließ sie ihn noch zappeln und schwieg.

»Ich habe gekündigt. Dort will ich nicht mehr arbeiten.«

»Meinetwegen?«

Ben seufzte. »Nicht nur. Vor allem meinetwegen.«

»Und was willst du jetzt machen?« Seine Worte hatten sie

überrascht. Von Ben, dem Autor, war er zu Ben, dem Manager, und nun zu Ben, dem Arbeitslosen, geworden. So passten sie prima zusammen.

»Das kommt auf dich an.« Zögernd griff er nach ihrer Hand, die sie ihm überließ. Die Berührung löste das vertraute Prickeln aus. »Gibst du mir … gibst du uns eine Chance?«

KAPITEL 34

Ob sie sich verstehen würden, fragte sich Bree nervös. Nur zu gut erinnerte sie sich an das unangenehme erste Treffen mit Daveth. Aber ihre Freundinnen kannten Ben ja bereits, von der Erinnerungsfeier, die Jory für Alys' Grandma organisiert hatte. Ben hatte Bree dorthin gebracht und sie auch wieder abgeholt.

»Ich käme mir wie ein Eindringling vor«, hatte er gesagt. »Lass uns lieber eine andere Gelegenheit finden, deine Freundinnen besser kennenzulernen.«

Es war die richtige Entscheidung gewesen. Alys' Erinnerungen an die letzten Tage, die sie am Bett ihrer Grandma im Krankenhaus verbracht hatte, hatten sie überwältigt. Auch Bree waren die Tränen gekommen, als sie an die Beerdigung zurückdachte.

Das Einzige, was sie fürchtete, war, dass jemand aus Bens Vergangenheit auftauchte. Bree hatte ihn gefragt, ob er sich je von den Beschuldigungen reingewaschen hatte, doch Ben hatte nur gemeint: »Das ist alles so lange her. Lass schlafende Hunde ruhen.«

Und wenn ihn zufällig jemand sah, wenn ihre Freundinnen

das Gerücht hörten, dass Ben ein Dieb war? Würden Alys und Chesten dann nicht misstrauisch ihm gegenüber sein? Was für ein Quatsch! Ihre Freundinnen würden Ben mehr glauben als einem Gerücht.

Als könnte er ihre Zweifel spüren, griff Ben nach ihrer Hand. Sein Lächeln spürte sie tief in ihrer Magengrube und wünschte sich, mit ihm allein zu sein. Aber dafür war es zu spät.

»Da seid ihr ja endlich«, rief Alys, die mit Jory auf dem blauen Samtsofa saß. Wie zu erwarten, war sie überpünktlich. »Ich habe Hunger.«

Manchmal kam es Bree vor, als hätte es die Katastrophen und Missverständnisse in ihrem Leben nie gegeben. Erst vor vier Tagen war sie nach London gefahren, um Ben die Meinung zu sagen, und jetzt plante sie ein gemeinsames Leben mit ihm. Ging das nicht alles zu schnell?

»Wollen wir Wetten abschließen, wer später kommt?«, fragte Bree. »Chesten oder Joel?«

Joel war mit Studenten in Newquay gewesen und wollte auf dem Rückweg ein, zwei Tage bei ihnen bleiben. Cornwalls Wellen ausprobieren, wie er sagte. Da Joels Besuch– wenn auch ungeplant – dazu geführt hatte, dass Ben und Bree ehrlich zueinander waren, wollten sie das gemeinsam feiern.

»Vielleicht passen die beiden ja zusammen«, sagte Alys, woraufhin Jory und Ben einander ansahen und die Augen verdrehten. »Chesten braucht endlich einen Mann mit Perspektive. Habt ihr schon eine Wohnung gefunden?«

»Noch nicht.« Bree seufzte. »Es ist seltsam, mit Ben in meinem Kinderzimmer zu leben.«

Sie fühlte sich wie ein Teenager, argwöhnisch beäugt von ihren Eltern, sodass Ben und sie nur wenige gestohlene Stunden miteinander verbrachten, wenn Brees Eltern einmal aus dem Haus waren. Zum Glück hatten diese ihr Herz für Charlie Brown und lange Spaziergänge entdeckt, also kam Brees und

Bens Liebesleben nicht vollkommen zum Erliegen. Aber auf Dauer war das unhaltbar, zu zweit in einem Zimmer. Ben hatte vorgeschlagen, dass sie übergangsweise in London wohnen könnten, aber Bree wollte ihre Eltern nicht allein lassen, solange ihre Mutter immer noch mit den Folgen der Operation kämpfte.

Die Suche nach einer gemeinsamen Wohnung gestaltete sich schwerer, als sie erwartet hatte. In St. Bart war bezahlbarer Wohnraum knapp und weder Ben noch sie verfügten über ein sicheres Einkommen, was viele Vermieter abschreckte. Selbst Bens Londoner Apartment reichte als Sicherheit nicht aus.

»Was kann ich euch Gutes tun?« Vanessa war an ihren Tisch getreten. Sie wirkte rundum zufrieden, etwas, um das Bree sie beneidete.

»Woher kommt die gute Laune?« Alys legte den Kopf schief.

»Ich bleibe nicht mehr lange.« Selbst die Polarnacht wäre von Vanessas Strahlen erhellt worden.

»Du gehst weg?«

»Hast du endlich genug Geld zusammen?«, fragten Bree und Alys beinahe zeitgleich.

»Nach Australien, wie geplant.«

Ben schaute überrascht von der Getränkekarte auf, doch bevor er dazu kam, etwas zu sagen, öffnete sich die Tür und Chesten stürmte herein, die Haare verstrubbelt, die Jacke schief geknöpft, als hätte sie sich in großer Eile angekleidet.

»Entschuldigt. Ein Notfall.« Sie ließ sich neben Jory aufs Sofa fallen.

»Joel fehlt noch.« Ben hob die Hände. »Aber das kann dauern.«

Alle schauten zur Tür, aber die blieb geschlossen. Dafür stand Nanni auf einmal an ihrem Tisch, ein Tablett in der Hand, auf dem sechs Sektgläser und eine Flasche Sekt standen. Gab es etwas zu feiern? Hatte sie etwa Geburtstag?

»Die Runde geht auf mich.« Nanni lächelte. Zum ersten Mal, seit Bree sie kannte, wirkte die Inhaberin ihres Lieblingscafés nervös. »Zum Abschied.«

»Wie? Was soll das denn heißen?«, durchbrach Alys das Schweigen, das Nannis Worten folgte. »Du kannst doch nicht aufhören. Ganz ohne Vorwarnung.«

Bree sah Unglauben und Erschrecken auf den Gesichtern ihrer Freundinnen, ein Unglauben, den auch sie teilte. Endlich fand sie ihre Sprache wieder.

»Zum Abschied?« *Das durfte nicht sein,* konnte Bree nur denken. »St. Bartholomew ist nicht das Gleiche ohne dich. Wie lange bleibst du noch?«

»Ach, Bree.« Nanni schlug ihr auf die Schulter, kumpelhaft gemeint, aber so kräftig, dass es deutlich zu spüren war. »Das musst du gerade sagen. Jettest in der Weltgeschichte herum und beschwerst dich, wenn sich hier was ändert.«

»Ich will sesshaft werden«, antwortete Bree. St. Bart ohne *Nanni's Cup of Tea* – das war einfach unvorstellbar. »Hier in St. Bart.«

Auch wenn sie nicht wusste, was ihre Zukunft ihr bringen würde, so waren gemeinsame Nachmittage mit ihren Freundinnen bei *Nanni's* eine der wenigen Gewissheiten, auf die Bree gesetzt hatte. Vielleicht mochte es übertrieben klingen, aber es fühlte sich an, als zöge man ihr den Boden unter den Füßen weg.

»Meine Knochen machen mir zu schaffen.« Nanni wirkte ungewohnt ernst. »Das Klima hier … Darum ziehen mein Mann, Lola und ich in den Süden. Nach Portugal.«

Das waren beinahe zu viele Neuigkeiten. Nicht nur, dass Nanni sie verlassen wollte, nein, sie war auch verheiratet. Mr. Nanni war bisher nicht aufgetaucht. Irgendwie war Bree immer davon ausgegangen, dass es nur Nanni gab. Und wer mochte Lola sein? Der Name klang eher nach Katze als nach Kind, aber heute konnte man sich da nie sicher sein. Seltsam, wie wenig sie über die Frau wussten, die Bree als Teil ihres Lebens betrachtete.

Ein helles Kläffen erklang, als sich die Tür öffnete, gefolgt von einem »Nein, Godzilla, komm bei Fuß«.

»Godzilla! Hierher!« Die Aufmerksamkeit der anderen vier Gäste richtete sich ebenfalls auf Joel, der in seinem Wintermantel noch riesiger als normalerweise wirkte. »Böser Godzilla!«

Das führte zu einigem Gelächter angesichts des knuddeligen Hundes. Der hatte nur Augen für Vanessa. Schnurstracks war Godzilla auf sie zugelaufen und warf sich vor ihr auf den Boden, um sich den Bauch kraulen zu lassen.

»Na, du bist ja ein Schnuckelchen.« Vanessa ging neben dem Terrier in die Knie und streichelte ihn. »So ein gewaltiger Name für einen kleinen Kerl.«

»Er hält sich für einen Dobermann. Mindestens.« Joel ging ebenfalls in die Knie. »Ich bin Joel. Wir waren surfen.«

Bree musste kichern, als sie Joels Gesichtsausdruck entdeckte.

»Vanessa.« Sie lächelte zurück. »Surfen in Cornwall ist nicht schlecht, aber die richtigen Wellen, dafür muss man nach Australien.«

Joels Lächeln intensivierte sich. *So sieht Liebe auf den ersten Blick aus*, dachte Bree. *Ob Ben und ich auch so leuchten, wenn wir einander anschauen? Tja, das wird wohl nichts mit Alys' Wunsch, dass Joel und Chesten zueinanderfinden.*

»Das kann wohl länger dauern«, sagte Ben mit einem Grinsen. »Sechsmal den Afternoon Tee. Ich lade euch ein.«

»Noch vor Weihnachten ziehen wir um«, beantwortete Nanni verspätet die Frage. »Eigentlich wollten wir schon weg sein, aber niemand will *Nanni's* übernehmen. Die Rezession, wisst ihr.«

Noch etwas, das sie zu verdauen hatten. Die Vorstellung, dass jemand anderes *Nanni's Cup of Tea* übernahm, behagte

Bree überhaupt nicht. Nicht auszudenken, wenn aus dem gemütlichen Café so ein Hipster-Barista-Ding würde.

»Nanni hört auf. Ich fasse es nicht.« Chesten schüttelte den Kopf, während sie ihr nachsah. »Wo sollen wir uns treffen?«

»Wir müssen eine Abschiedsfeier organisieren«, schlug Alys vor. »Als Dank für die tolle Zeit, die wir hier verbracht haben.«

»Ob wir die hier im Café machen können?«, fragte Bree, die die Hoffnung hegte, dass sie dann Mr. Nanni und möglicherweise auch Lola – Hund, Katze, Schildkröte? – kennenlernen würde.

»Wie lange bleibt Nanni noch?«, fragte Jory, der bisher geschwiegen und auf das Display seines Smartphones geschaut hatte. »Entschuldigt, aber ich biete gerade auf eine große Comicsammlung.«

»Bree, du solltest sie fragen, ob sie schon einen Nachmieter hat.« Chesten dachte praktisch.

Bree schaute Ben an. Möglicherweise wurde da eine Wohnung frei, bei der sie die Ersten waren. Vielleicht könnte Nanni ein gutes Wort für sie einlegen. Oder waren solche Gedanken Grabräuberei?

Wollte sie wirklich mit Ben zusammenziehen? Sie sah ihn an, wie er mit Jory über Buddys und Charlie Browns Erlebnisse bei der Hundeschule scherzte. Als spürte er ihren Blick, schaute er sie kurz an. Sein Daumen strich über ihren Handrücken, was sich unglaublich sexy anfühlte. Ja, er war der Richtige. Worauf wollte sie warten?

KAPITEL 35

Bree streckte sich und dehnte ihre verspannten Schultern. Überraschend hatten sich Gäste angekündigt, sodass sie die Zimmer einer Grundreinigung unterzogen. Seitdem Ben sich um das Marketing des Bed and Breakfast kümmerte, hatte es sechs neue Buchungen für die Weihnachtszeit gegeben. »Kannst du mich mal massieren?«

Genießerisch schloss sie die Augen, spürte, wie seine Fingerspitzen sanft, aber kräftig ihre Muskeln lockerten. So könnte das ewig weitergehen.

»Wir müssen reden«, antwortete Ben. Dieser Satz war meist der Einstieg in etwas Unangenehmes. »Bryluen, ich habe eine Idee.«

Noch so ein Satz, der nichts Gutes verhieß. Sie rückte von ihm ab, weil etwas in seiner Stimme sie aufhorchen ließ.

»Ja?«

»Ihr habt gesagt, dass ihr *Nanni's Cup of Tea* unglaublich vermissen werdet.« Ben kratzte sich am Kopf. »Ich weiß noch nicht, wo ich hinwill, du auch nicht …«

Langsam gewann sie eine Vorstellung davon, was er ihr vorschlagen wollte. Genauso langsam stellte sie sich die Frage, ob ihr sein Vorschlag gefallen würde. Noch konnte sie ihre Antwort hinauszögern.

»Wir könnten *Nanni's* übernehmen. Du kochst, ich backe.« Ben neigte den Kopf, um ihr einen Kuss auf den Nacken zu geben. »Nichts Überkandideltes, alles wie bisher, nur mit einer kleinen Karte. Dinner oder Lunch.«

»Tja«, lautete ihre nicht gerade eloquente Antwort. Sicher, sie wusste immer noch nicht, was ihre Zukunftspläne waren, aber ihr Geld mit Backen zu verdienen ... das hatte sie bisher immer vehement abgelehnt, weil sie ihr Hobby nicht zum Beruf machen wollte. Außerdem wusste sie nicht, ob Ben und sie überhaupt zusammenarbeiten konnten.

Auf einmal sah sie eine Zukunftsvision vor sich, in der Ben und sie wie ihre Eltern waren, durch ein gemeinsames Geschäft aneinandergekettet, aufgefressen von den Sorgen um die Finanzen. Würde ihre Liebe das aushalten oder daran zerbrechen?

»Du musst nicht gleich antworten«, sagte Ben, als könnte er ihre Gedanken lesen. »Falls du stattdessen studieren willst, stehe ich genauso hinter dir.«

»Hast du schon mit Nanni geredet?« Hatte er etwa hinter ihrem Rücken so eine wichtige Entscheidung getroffen? »Wo soll das Geld herkommen?«

»Selbstverständlich nicht.« Ben sah ehrlich erschüttert aus. »Das wollte ich erst mit dir besprechen. Ich könnte mein Apartment verkaufen.«

»Ich habe einen Termin mit der Studienberatung.« Bree strich mit der Handfläche über ihre Wange. »Gib mir solange Zeit, über deinen Vorschlag nachzudenken.«

~

»Jory, Buddy, ihr müsst noch an eurem Tempo arbeiten, aber

sonst wart ihr prima.« Silvia nickte ihnen zu. »Charlie Brown, Ben, das war super. Weiter so!«

»Danke.« Das Lob machte Ben stolzer als jedes, das er für seine Arbeit bekommen hatte. Die Hundeschule hatte sich für Charlie und ihn als unglaublich hilfreich erwiesen. *Vielleicht sollte ich Mr. Miller empfehlen, Silvia als Trainerin für seine Mitarbeiter einzukaufen.* Das war eines der wenigen Male, wo er an seine Arbeit dachte. Zu seiner Überraschung vermisste er sie weniger, als er befürchtet hatte.

»Oh nein«, hörte er Jory neben sich aufstöhnen. »Sie schreckt auch vor nichts zurück.«

Neugierig schaute Ben auf. Am Rand des Trainingsplatzes stand eine Frau, die kaum unpassender gekleidet sein könnte: Auf ihrem beigefarbenen Wintermantel würden sich Pfotenspuren plastisch abzeichnen.

»Wer ist das? Eine Geldeintreiberin?«, scherzte er. »Oder jemand vom Finanzamt, so erschüttert wie du aussiehst.«

»Schlimmer. Halb richtig. Sie arbeitet bei einer Bank.« Jory leinte Buddy an. »Meine Schwester. Sie will, dass Alys und ich Weihnachten mit der Familie verbringen. Dabei ist es unser erstes gemeinsames Weihnachten.«

Inzwischen hatte die Frau Jory entdeckt und winkte, nein, um genau zu sein, zitierte sie ihn mit ihrer Armbewegung zu sich heran. Jory tat Ben leid. Er konnte sich vorstellen, dass es nicht einfach war, sich zwischen der Familie und der Liebe entscheiden zu müssen. Für ihn stellte sich die Frage nicht. Onkel und Tante waren leider verstorben und von seiner Mutter hatte er schon seit Jahren nichts mehr gehört, nachdem sie nach Schottland gezogen war.

Also würde er wohl mit Bryluens Familie feiern, falls sie nicht nach London flüchten wollte. Im Moment lief es einigermaßen friedlich mit ihr und ihren Eltern, aber das konnte sich Bens Einschätzung nach täglich ändern. Ob es am nahenden

Weihnachtsfest lag oder ob ihre Beziehung immer schon schwierig gewesen war, das konnte er noch nicht beurteilen.

Sobald er an sie dachte, verspürte Ben den Drang, ihren Namen zu rufen, in die Welt hinauszubrüllen, wie glücklich er war, weil die wundervollste Frau der Welt sich für ihn entschieden hatte.

»Jory, verdammt, beweg deinen Hintern hierher«, erklang die entnervte Stimme der vornehm gekleideten Frau. »Ich habe nicht den ganzen Tag Zeit.«

»Begleitest du mich?«, bat Jory, der sich betont langsam in ihre Richtung bewegte. »Allein mag ich mich Low heute nicht stellen.«

»Low? Ist das ein Spitzname?«

»Und sie hasst ihn. Meine Eltern hatten das glückliche Händchen, sie Lowenna zu nennen.«

Ben blieb so abrupt stehen, dass er Charlie Brown von den Pfoten riss. Nein, das konnte nicht sein. Es konnte nicht *die* Lowenna sein, nicht wahr? Andererseits: Wie hoch war die Wahrscheinlichkeit, dass es in einem kleinen Ort wie St. Bart zwei Frauen mit diesem ungewöhnlichen Namen gab?

Selbst wenn sie es ist, versuchte Ben, sich zu beruhigen, *muss sie mich nicht erkennen. Es ist mehr als 20 Jahre her.* Aber trotzdem konnte er sich nicht überwinden, weiter auf sie zuzugehen.

Lowenna. Sie war fast so etwas wie eine Freundin gewesen. Aber auch sie hatte sich damals von ihm abgewandt. Noch heute spürte Ben den Schmerz des Jungen, der auf einmal alle gegen sich gehabt hatte, selbst die, die er für Freunde gehalten hatte. Auch wenn viel Zeit vergangen war, er wollte ihr nicht begegnen.

»Jory, sorry, ich muss los«, brachte er mühsam hervor. Jedes Wort fühlte sich wie ein Stein in seinem Mund an, der ihn zu ersticken drohte.

Doch es war zu spät. Ihr Blick glitt von Jory zu ihm und blieb hängen. Plötzlich stolperte sie auf ihren eleganten hochhackigen Schuhen auf das schmutzigbraune Gras des Trainingsplatzes, die Augen auf ihn gerichtet, als wollte sie ihn bannen.

»Benjie«, flüsterte sie. »Benjie Barnes. Bist du es wirklich?«

Jory schaute verwundert von seiner Schwester zu ihm, was Buddy ausnutzte, um auf Lowenna zuzustürzen und an ihr hochzuspringen. *Ja, dreckige Pfoten hinterlassen deutliche Abdrücke,* ging es Ben durch den Kopf.

»Ihr kennt euch«, sagte Jory, während er versuchte, Buddy zu beruhigen.

Auch Charlie Brown, der Bens Stimmung wohl bemerkte, begann hektisch zu hüpfen, so wie früher, als hätte es die Hundeschule nie gegeben.

»Sitz, Charlie«, sagte Ben in so scharfem Ton, dass der Beagle sofort gehorchte. Mit leiserer Stimme sagte er: »Hallo Lowenna. Lange nicht gesehen.«

»Benjie, Ben ...« Täuschte er sich oder schimmerten Tränen in ihren Augen? »Ich hab ewig versucht, dich ausfindig zu machen. Selbst als wir nach St. Ives gezogen waren.«

Sie umarmte ihn so heftig, dass er nicht anders konnte, als sie ebenfalls in die Arme zu nehmen. Sie roch nach Frost und einem teuren Parfüm, ihr Körper unter dem dicken Mantel fühlte sich warm und durchtrainiert an. Ein heftiges Schluchzen schüttelte sie.

»Aber woher?« Beinahe hätte er Jory vergessen. »Stammst du aus St. Bart?«

»Ich bin schon vor Ewigkeiten weggezogen«, antwortete Ben, der Lowenna über den Rücken strich. So emotional hatte er sie nicht in Erinnerung.

»Wir sind zusammen zur Schule gegangen.«

»Das stimmt nicht.« Lowenna löste sich aus seinen Armen, zog ein gebügeltes Stofftaschentuch hervor und schnäuzte sich. »Oder es ist nur die halbe Wahrheit. Ben, es tut mir so leid. Ich ... ich war einfach dumm.«

»Schön, dass du das endlich zugibst«, warf Jory ein. »Aber irgendwie bin ich noch nicht schlauer als vorher. Was tut dir leid, Low?«

»Dass ich Ben allein gelassen habe, als er mich brauchte.« Sie schaute ihn aus großen braunen Augen an, die von schwarzen Schlieren verlaufenen Mascaras umrahmt wurden. »Ich hätte wissen müssen, dass du so etwas nie tun würdest …«

Sie schniefte.

»Es hieß, ich hätte Geld gestohlen.« Ob die Erinnerung irgendwann weniger stechen würde? »Niemand glaubte mir und ich bin aus St. Bart weggegangen.«

»Sag ruhig, wie es war.« Lowenna schien die Fassung wiedergewonnen zu haben. Wenn er genau hinschaute, konnte Ben hinter der Fassade der eleganten Frau noch die spillerige Zwölfjährige mit den aufgeschrammten Knien entdecken. »Alle wollten, dass du schuldig warst, weil du aus *Greenfields* kamst.«

»Wir waren Kinder.« Nachdem er die Worte ausgesprochen hatte, spürte Ben so etwas wie Frieden. Ja, er hatte jahrelang Groll gegen seine vermeintlichen Freunde gehegt, aber hätte er an ihrer Stelle mehr Mut bewiesen?

»Es war Kimberley Warren.« Lowenna tupfte sich mit einem Taschentuch die Augen ab. »Ein halbes Jahr später hat man sie auf frischer Tat ertappt.«

»Kim? Aber … ihre Eltern waren reich, sie hatte doch alles.«

»Kleptomanie angeblich. Da könne sie nichts für, das sei eine Krankheit, hieß es.« Lowenna presste die Lippen zusammen. »Ich habe deine Mutter nach deiner Adresse gefragt, aber sie wollte sie mir nicht geben.«

Das wiederum konnte Ben sich sehr gut vorstellen. Seine Mutter hatte Lowenna nie gemocht, fand sie *posh,* wie sie es nannte: vornehm und hochnäsig. Er war gerührt, dass Lowenna immerhin versucht hatte, ihn zu finden. Das hätte er nicht erwartet.

»Ich war in Manchester«, erklärte Ben. »Und dann in London, jetzt bin ich wieder hier. Das Leben verläuft in Kreisen.«

»Ich würde gern mit dir einen Tee trinken, um über alles zu reden.« Lowenna sah ihn bittend an. »Es muss nicht heute sein, auch nicht vor Weihnachten … aber es wäre schön.«

»Ja«, sagte Ben. »Ja, das wäre es.«

KAPITEL 36

Dafür, dass sie sich vorher so viele Gedanken gemacht hatte, was sie mit der Studienberaterin besprechen wollte, war der Termin wunderbar entspannt verlaufen. Mit Ben an ihrer Seite war Bree zur Falmouth University gefahren.

»Ich bin bei dir, Bryluen«, sagte Ben leise. Erstaunlich, wie schnell er ihre Stimmungen spürte und stets das Richtige sagte. »Egal, wie du dich entscheidest.«

Mehr als eine Stunde hatten sie gemeinsam mit der jungen Studienberaterin namens Heather Ward verbracht. Auch nach dem Gespräch wusste Bree noch nicht, was sie studieren wollte, aber die Universität wirkte für sie nicht mehr so fremd und bedrohlich wie vor dem Termin.

»Morgen beginnt mein Urlaub.« Heather überreichte Bree die Unterlagen, die sie für sie zusammengestellt hatte. »Ab dem 10. Januar bin ich wieder da. Melden Sie sich ruhig, ich freu mich. Schöne Weihnachten.«

»Frohe Weihnachten und vielen Dank.«

Als sie draußen vor dem Gebäude standen und der Wind ihr die Haare ins Gesicht wehte, traf Bree ihre Entscheidung.

So wie sie immer ihre Wahl traf – aus dem Bauch heraus und spontan.

»Lass uns *Nanni's Cup of Tea* übernehmen.« Sie umarmte Ben, genoss seine Nähe und Wärme und küsste ihn. »So eine Chance bekommen wir so schnell nicht wieder.«

»Willst du nicht mehr studieren?« Er küsste ihren Hals, was ihr einen Schauder den Rücken hinuntersandte und den Wunsch in ihr weckte, sofort mit ihm nach Hause zu gehen. »Hast du es dir anders überlegt?«

»Nein. Ich werde zur Uni gehen, aber nur in Teilzeit.« Bree öffnete die Arme und drehte sich um sich selbst, als wollte sie die ganze Welt umarmen. »Ich muss keine Wahl treffen, sondern kann beides haben. So lange, bis sich etwas anderes findet. Oder nicht?«

»Panta rhei«, sagte Ben mit einem Lächeln. Er zog sie in seine Arme und wirbelte sie herum. »Alles fließt. Alles verändert sich.«

»Und das Beste ist …«, flüsterte sie ihm ins Ohr, nachdem er angehalten hatte und sie wieder zu Atem gekommen war. »… über Nannis Café gibt es ein Loft. Wir können Weihnachten in unserer Wohnung feiern, wenn wir uns mit dem Renovieren beeilen.«

Dann jedoch schoss ihr ein Gedanke durch den Kopf, der alles zunichtezumachen drohte.

»Wie sollen wir das bezahlen? Ich habe nicht viel gespart.« Als Model hatte sie gelebt, als gäbe es kein Morgen oder als fände sich immer ein neuer Job, der ihr genügend Geld einbrachte. »Ich könnte Sarahs Vorschlag annehmen und nach Südostasien gehen. Für ein Vierteljahr oder so. Kommst du mit?«

»Wenn du das möchtest, auf jeden Fall. Sonst …« Ben küsste ihre Nasenspitze. »Ich habe gesagt, ich würde die Wohnung in London verkaufen. Dazu stehe ich.«

»Willst du wirklich alle Brücken in London abbrechen?«,

fragte sie ihn. Ihr Herz pochte schneller, während sie auf seine Antwort wartete. »Kannst du dir vorstellen, für immer in St. Bart zu leben?«

»Wo ich lebe, ist mir egal.« Ben zog sie zu sich heran. Sein Blick war so intensiv, dass Bree beinahe schwindlig wurde. »Hauptsache, du bist bei mir.«

»Ja«, flüsterte sie, bevor sie in seinem Kuss versank. »Ja, das bin ich. Aber dafür möchte ich auch etwas von dir.«

Es hatte die ganze Rückfahrt gedauert, Ben zu überreden, aber schließlich gab er nach.

»Aber nur für dich«, sagte er. »Ich hasse Menschenansammlungen.«

»Das geht mir auch so«, antwortete sie. »Aber das muss einfach sein. Ohne Mousehole kann ich nicht in Weihnachtsstimmung kommen.«

»Bryluen.« Ben schüttelte den Kopf. »Immer, wenn ich denke, ich habe dich durchschaut, überraschst du mich. Ich habe dich nicht für eine Weihnachtsromantikerin gehalten.«

Wie sollte sie ihm begreiflich machen, was die Lichterdekorationen Mouseholes für sie bedeuteten? Bree konnte doch selbst nicht genau sagen, warum ihr diese Veranstaltung für Touristen wichtig war.

»Meine Eltern …«, versuchte sie, ihre Gefühle in Worte zu fassen. »… Immer stand das Bed and Breakfast im Mittelpunkt. Alles andere war untergeordnet. Aber dieser Tag war unser Familientag.«

Jedenfalls so lange, bis Bree dreizehn Jahre alt war und es ablehnte, etwas mit ihren Eltern zu unternehmen.

»Aber es ist unsere Tradition«, sagte ihre Mutter, die ihrer aufsässigen Tochter gegenüber vollkommen hilflos war. »Du mochtest es doch immer so gern.«

»So wie ich *Lemon Jelly* mochte«, maulte Bree. »Ich bin kein

Kind mehr. Zitronen-Wackelpudding und Weihnachtslichter sind nichts mehr für mich.«

Je näher der Tag rückte, desto mehr tat es ihr leid, aber sie fand keine Worte, um sich bei ihren Eltern zu entschuldigen. Von diesem Jahr an war niemand aus ihrer Familie mehr nach Mousehole gefahren. Nicht einmal darüber gesprochen wurde an den Weihnachtstagen. Bree sah jetzt die Chance, ihr Verhalten wiedergutzumachen.

»Wenn es dir so wichtig ist, werde ich es mannhaft ertragen.« Ben zerzauste ihr die Haare. Sie spürte seine Finger und schloss genießerisch die Augen. »Wann ist es so weit?«

»Übermorgen ist Eröffnung. Ich …« Sie zögerte einen Augenblick. »Ich würde gern meine Eltern fragen, ob sie uns begleiten.«

»Warum nicht.« Ben verstand sich gut mit ihren Eltern, besser als sie selbst hatte sie manchmal den Eindruck. »Wenn sie Zeit haben.«

»Könntest du sie fragen?« Ein Nein wäre für sie schwer zu ertragen, vor allem, weil sie immer noch zu Hause wohnte. »Bei mir würden sie wahrscheinlich ablehnen.«

So, nun war es heraus. Bree schaute Ben nicht an, sondern strich mit ihren Fingern durchs Gesicht. Sanft nahm er ihre Hände in seine.

»Ich kann sie fragen, aber – glaub mir – es ist besser, wenn du das tust.« Er lächelte. »Manchmal bist du ganz schön blind.«

»Was meinst du?« Konnte er ihre Gefühle bitte ernst nehmen!

Erneut lächelte er, sie konnte ihm einfach nicht böse sein.

»Für mich sieht es so aus, als ob deine Eltern und du in zwei Ecken des Zimmers sitzen und jeder darauf wartet, dass der andere den ersten Schritt macht.«

»Da täuschst du dich.« Bree entzog Ben ihre Hände. »Sie halten mich für einen Versager, weil ich weder einen anständigen Beruf habe wie Pawly noch so niedliche Kinder wie Emblyn.«

»Sie lieben dich«, sagte Ben nur. »Frag sie. Versuch es.«

Seine Worte kreisten Bree im Kopf herum, als sie zu ihrer Mutter in die Küche ging.

»Soll ich dir etwas helfen?«

»Du kannst mir Gesellschaft leisten.« Das Gesicht ihrer Mutter hatte an Farbe gewonnen und wirkte auch voller. Trotzdem wusste Bree nicht, ob sie wieder gesund war, so wenig wie sie wusste, woran ihre Mutter erkrankt war.

»Weißt du, dass dein Vater und ich damals nach drei Monaten zusammengezogen sind?« Ein geistesabwesendes Lächeln huschte über die Lippen ihrer Mutter.

»Bisher nicht.« Bree fühlte sich unwohl, das Thema mit ihrer Mutter zu diskutieren. Irgendwie hatte sie den Eindruck, sie wünschte sich einerseits, dass Bree etwas Eigenes fand; andererseits gab sie immer wieder Signale, dass sie sich wünschte, Bree und Ben würden bleiben. »Sag mal …«

Sie stockte. Vielleicht war es Blödsinn, den Zauber von Kindheitserinnerungen als Erwachsene erneut zu beschwören. Wahrscheinlich war das wie mit Süßigkeiten, die man als Kind heiß geliebt hatte und die man als Erwachsene grauslich fand. Warum sich eine enttäuschende Antwort einhandeln, nur für etwas, das sie in ihrer Erinnerung glorifiziert hatte? Bestimmt waren ihre Ausflüge nach Mousehole auch mit Streitigkeiten verbunden gewesen, die sie nur im Laufe der Jahre vergessen hatte.

»Weißt du noch …«, sagte sie trotzdem, »… wie wir früher immer gemeinsam zu den Harbour Lights gefahren sind? Wollen wir das nicht einmal wiederholen?«

Oh nein, wie steif sie sich anhörte. Hätte sie das doch nur Ben überlassen! Das Schweigen ihrer Mutter war für Bree unerträglich. Gerade, als sie ihren Vorschlag zurückziehen wollte, öffnete ihre Mutter den Mund.

»Das wäre schön.« Sie stockte. »Bree, ich rede nicht gern darüber. Die letzten Monate waren schlimm, aber ich werde wieder völlig gesund.«

»Wirklich?« Was konnte sie nur sagen? »Das freut mich.«

»Ich habe gesehen, was du mit der Internetseite gemacht hast. Das sieht gut aus.«

»Hoffentlich bringt es etwas. Ein paar mehr Gäste können wir brauchen.«

»Wenn ich eins im Krankenhaus begriffen habe«, ihre Mutter wandte sich Bree zu, »dann, dass es Wichtigeres im Leben gibt als nur Arbeit.«

»Mousehole zum Beispiel.«

»Mousehole. Ich freue mich.«

~

Ein vielfarbiges *Welcome* glitzerte am Ortseingang über der Silhouette eines Weihnachtsbaums aus Lichtern. Ein Schiff mit gespannten Segeln glitzerte über dem Pub. Auch die Geschäftsinhaber hatten es sich nicht nehmen lassen, ihre Läden mit leuchtenden Figuren zu dekorieren. Bree entdeckte Weihnachtsmäuse, eine riesige Adventskerze mit flackernder Flamme und einen großen Kometen.

Eine Kirche sowie mehrere Tannenbäume aus Lampen weckten in Bree die Vorfreude auf das, was kommen würde: die Kunstwerke im Hafenbecken. Gemeinsam mit ihren Eltern suchten Ben und sie sich einen Platz, von dem aus sie das Spektakel gut sehen konnten. Bree konnte es kaum erwarten, dass die Lichter endlich eingeschaltet würden. Nervöse Aufregung schien über der Menschenmenge zu liegen.

Dann begann der Ansager, rückwärts zu zählen, begleitet von den Zuschauern. Besonders die Kinder waren in ihrer Begeisterung nicht zu überhören.

Noch lag der Hafen in Dunkelheit. Nur einzelne Signale

gaben Orientierung, wo das Wasser und wo die Mauern waren. Endlich erreichte der Ansager das von allen herbeigesehnte: one.

Wie von Zauberhand blühten Lichter über dem Wasser und an den Hafenmauern auf. Weihnachtlich erstrahlten sie vor ihnen, die Mousehole Harbour Lights. Am Kai entlang zog sich eine Kette bunter Lichter, die wie Edelsteine schimmerten. Die Musikkapelle setzte mit einem Weihnachtslied ein.

»Schau nur.« Bens Stimme klang aufgeregt und etwas belegt. »Da vorne ist eine Katze mit rotem Halsband. Dort schwimmt eine Seeschlange. Und ein Wal, der spuckt sogar Wasser.«

Von seinem ungläubigen Ton neugierig geworden, folgte Brees Blick seinem Finger. Ja, dort war ein großer blauer Wal, der in regelmäßigen Abständen mit seinem einen Auge blinzelt, bevor er eine Fontäne aus weißem Licht sprühte. Doch es gab noch viel, viel mehr zu bestaunen.

»Ein Weihnachtsschlitten.« Die Stimme ihrer Mutter überschlug sich ein wenig. »Und dort … ist das ein Weihnachtsstrumpf in Grün?«

Sie konnte zur Antwort nur nicken, so ergriffen war sie von dem bunten Lichterspektakel und der eigentümlichen Stimmung, die sich über den Ort gelegt hatte. Wenn es ein Weihnachtsdorf gab, dann musste es so aussehen wie Mousehole. Drei Segelschiffe, die in Blau, Violett und Rot funkelten, spiegelten sich im nahezu schwarzen Wasser des Hafens.

»Schaut nur, das Geschenk«, sagte sie schließlich, nachdem sie sicher sein konnte, dass ihre Worte an dem Kloß in ihrem Hals vorbeigelangen würden. »Es hat eine rote Schleife.«

»Das ist ja nichts für dich als Vegetarierin«, zog Ben sie auf, »aber mir macht der *Stargazy Pie* Hunger.«

»Wo ist er?« Bree stellte sich auf die Zehenspitzen. Dort neben einem bunten Schneemann malten die Lichter eine Pastete, aus der zwei Sardinen in die Sterne über ihnen schauten. Von Freude überflutet küsste sie Ben. Sollten ihre Eltern denken, was sie wollten. Nachdem Bree sich aus dem atemlosen Kuss gelöst hatte, fiel ihr Blick auf ihre Mutter, die ihr zulächelte. Aus vollem Herzen erwiderte sie das Lächeln.

Es war sogar noch schöner, als sie es in Erinnerung hatte. Oder es lag daran, dass sie in diesem Jahr die Lichter gemeinsam mit dem Mann erlebte, den sie liebte. Sie schmiegte sich an Bens Arm, der das Ganze ebenso begeistert betrachtete wie sie. Im Halbdunkel war sein Gesicht nur als Schatten zu sehen, aber inzwischen kannte sie es so gut, dass sie es hätte zeichnen können, wenn sie Alys' Talent gehabt hätte.

»Warum nur waren wir so lange nicht hier?«, fragte ihre Mutter, die nach der Hand ihres Vaters griff und sie drückte. »Es war so eine schöne Tradition.«

»Dann lassen wir sie aufleben. Jetzt, wo wir alles etwas ruhiger angehen lassen wollen.« Ihr Vater nahm ihre Mutter in seine Arme. Der Krankenhausaufenthalt schien die Liebe ihrer Eltern wieder zum Erblühen gebracht zu haben. Sie gingen freundlicher miteinander um, zeigten einander in kleinen Gesten ihre Liebe, etwas, an das Bree sich nicht erinnern konnte.

Nachdem sie dreimal die Hafenmole entlanggeschlendert waren, strich sich Bree mit den Händen über die Oberarme, um sich aufzuwärmen. Die Nacht war kühler, als sie erwartet hatte.

»Ich lade euch alle ein«, sagte Ben. »Stilecht zu einer heißen Schokolade mit Marshmallows.«

KAPITEL 37

Glück muss man haben, dachte Bree und schaute sich um. Das alles gehörte nun Ben und ihr. Eigentlich der Bank, Ben und ihr. Dank Lowenna war es ihnen gelungen, gute Konditionen für ihren Kredit zu erhalten.

Eine Weile hatten sie mit dem Gedanken gespielt, *Nanni's Cup of Tea* zu renovieren und neu zu gestalten, doch schnell waren sie übereingekommen, dass sie den Zauber des Cafés erhalten wollten. Auch in der Wohnung war nichts zu tun. Nanni und ihr Mann Christian hatten sie als Abschiedsgeschenk frisch gestrichen.

Möbel fehlten allerdings noch. Nur ein Bett – »Brauchen wir wirklich mehr?«, hatte Ben gefragt – und die Kücheneinrichtung hatten sie bisher gekauft. Sie wollten sich Zeit damit lassen, um die Wohnung so einzurichten, dass sie sich beide zu Hause fühlten.

Für Nannis Abschiedsfeier, die gleichzeitig Brees und Bens Einweihungsfeier sein sollte, hatten sie die Tische im Café zu einer Tafel zusammengestellt. Da Weihnachten nicht mehr weit weg war, hatte Bree sich für eine dunkelrote Tischdecke entschieden, zu der das schlichte weiße Geschirr einen wun-derschönen Kontrast bildete. Sie hatte Tannenzweige auf dem Tisch angeordnet, die einen angenehmen Duft verbreiteten.

Überall im Raum verteilt standen Kerzen und Teelichter, die eine behagliche und romantische Atmosphäre verbreiteten. Dezente weiße Weihnachtslichter umrahmten die großen Fenster, und an der Decke hatte sie Sterne aufgeklebt, die im Dunkeln leuchteten.

»Alys!« Ihre Freundin, begleitet von Jory und Lowenna, kam natürlich als Erste. »Sucht euch einen Platz. Tischkarten fanden wir übertrieben.«

Ben erledigte in der Küche die letzten Handgriffe für das Essen. Gemeinsam mit Matteo, der vorgestern überraschend aufgetaucht war, um zu bleiben.

»Ohne mich wird das nichts«, hatte der Sizilianer gesagt. »Wenn ich daran denke, wie stümperhaft Ben eine Dorade schuppt … Ein halbes Jahr helfe ich euch, dann ziehe ich weiter.«

»Ich freue mich, dass es *Nanni's* weiterhin geben wird.« Alys schaute sie an, mit einem liebevollen, aber auch kritischen Blick. »Mutig, hier ein Café und Restaurant zu eröffnen.«

»Nicht mutiger als einen Comicladen mit Galerie zu führen, oder?«, konterte Bree, aber sie lächelte. »Ich hoffe, dass uns Nannis Stammkunden erhalten bleiben und wir noch ein paar neue gewinnen.«

»Wir werden Werbung für euch machen.« Alys' Lächeln vertiefte sich. »Als du den Kater adoptiert hast, wusste ich, dass du sesshaft wirst. Wie geht es ihm?«

»Er mag die neue Wohnung, vor allem den Balkon.« Bree hatte sich Sorgen gemacht, dass ihre Samtpfote nicht umziehen wollte, aber der Kater schien mehr an ihr als an dem Haus zu hängen. Allerdings war ihr Vater unglücklich, dass er nun katerlos leben musste. Auch ihre Mutter hatte sich seinem Charme nicht entziehen können, sodass Bree plante, sie nach

Weihnachten mit einem Besuch im Tierheim zu überraschen, damit sie eine eigene Samtpfote fanden.

»Bree! Alys!« Nanni und ihr Mann brachten einen Schwall kühle Winterluft herein. Beide waren dick eingemummelt, sie schienen wirklich nicht für das kornische Wetter geschaffen zu sein.

Hinter ihnen warteten bereits Brees Eltern, die etwas eingeschüchtert wirkten, aber trotzdem die Einladung angenommen hatten. Bree nickte Alys zu, die sofort begriff.

»Helen, Stuart, wie schön euch zu sehen! Wie geht es euch?« Geschickt dirigierte Alys Brees Eltern in das Café und ließ ihnen gar keine Chance, sich unwohl zu fühlen. »Bree hat erzählt, dass ihr in Mousehole wart …«

Nun fehlten nur noch zwei Gäste. Bree schaute auf ihre Uhr. Zehn Minuten würde sie den beiden noch zugestehen, dann würde sie mit der Vorspeise starten.

Schade, dass Joel und Vanessa gestern nach Australien aufgebrochen waren, damit sie übermorgen, am 14. Dezember, Down Under Vanessas Geburtstag feiern konnten. Das erste Foto hatten sie schon bekommen, Godzilla, stolz auf einem Surfbrett auf dem Wasser schaukelnd. Natürlich Photoshop, denn noch saßen die drei im Flugzeug.

Beinahe spürte Bree einen Anflug von Neid, doch den schob sie schnell zur Seite. Sie würde ein eigenes Abenteuer erleben, gemeinsam mit dem Mann, den sie liebte.

Was war das nur, dort draußen? Bree verengte die Augen, um etwas in der Dunkelheit und dem aufziehenden Nebel zu erkennen. Ja, dort stand eine schmale Gestalt, die von einem Fuß auf den anderen hüpfte und immer wieder ihre Arme um den Körper schlang, um sich vor der Kälte zu schützen.

»Gemma! Komm doch rein!«, rief sie, nachdem sie Bens ehemalige Assistentin erkannt hatte. Gemma hatte ebenfalls bei der *Miller International Group* gekündigt und überlegte nun, wie es für sie weitergehen sollte. Ben hatte sie eingeladen, mit ihnen das Café zu feiern.

»Entschuldige.« Gemma sah Bree nicht an, als sie ihr gegenüberstand. »Ich gehöre doch eigentlich nicht hierher. Es sind doch alles eure Freunde.«

»Bens Freunde sind auch meine«, antwortete Bree und zog die maushafte Frau in die Wärme des Cafés.

Nun waren alle – bis auf Chesten – eingetroffen und hatten ihre Plätze eingenommen. Bree stellte sich ans Kopfende der Tafel und erhob ihr Glas. Ihr wurde warm ums Herz, als sie ihre Freunde und Familie miteinander versammelt sah.

»Ben. Matteo. Wir wollen anstoßen.« Chesten würde wie immer zu spät kommen. Immerhin hatte sie eben angerufen, dass es einen Notfall in der Tierarztpraxis gab. »Das Essen muss halt etwas warten.«

»Das kann nur eine Frau sagen, die nixxe von gutes Essen versteht.« Matteo schüttelte in gespieltem Entsetzen den Kopf. »Nur eine Minute, dann müssen Ben und ich uns unserer Aufgabe widmen.«

»Gib uns drei Minuten«, erwiderte Ben. Er legte seine Hand um Brees Hüfte. Ihn begleitete ein so aromatischer Duft nach Rotwein und Oregano, dass sie ihn am liebsten angeknabbert hätte.

»Schön, dass ihr alle da seid.« Bree hob den Sektkelch. »Auf einen Abschied und einen Neubeginn. Nanni, du wirst uns fehlen. Niemand kann dich ersetzen. Alles Gute für euer neues Leben.«

»Alles Gute!«

»Viel Erfolg!«

»Wir werden euch vermissen«, hörte sie von den anderen.

»Danke.« Nannis Stimme klang belegt und Bree meinte, Tränen in ihren Augenwinkeln zu erkennen. »Glaubt mir, es fällt mir schwer, St. Bart zu verlassen. Umso glücklicher bin ich, dass *Nanni's Cup of Tea* in Bree und Ben so würdige Nachfolger findet. Auf euch.«

»Auf Bree und Ben.«

Wie wunderbar das klang, einfach perfekt. Fast zu perfekt. Bree klopfte auf Holz, so wie ihre Mutter es ihr beigebracht hatte. Toi, toi, toi! Ihre Mutter nickte ihr zu und erhob das Glas zum Gruß. Wenn sie drei Augenblicke auswählen sollte, in denen sie absolut glücklich war, so gehörte dieser dazu. Warum nur sah sie auf einmal alles verschwommen?

»Danke«, flüsterte sie Ben zu. Seitdem er in ihr Leben getreten war, war die Zahl erinnerungswürdiger Momente sprunghaft angestiegen. »Ich liebe dich.«

Auf einmal war es nicht mehr wichtig, wer als Erster die drei Worte sagte, von Bedeutung war nur, dass sie so fühlte, mit ihm leben wollte. Hier, in ihrem Bistro. Sie blinzelte gegen die Freudentränen an und verbarg ihren Kopf an Bens Schulter.

»Ich liebe dich auch«, flüsterte er. »Aber wenn ich nicht sofort in die Küche zurückkehre, bringt Matteo mich um.«

Nachdem sie ihre Fassung wiedergewonnen hatte, räusperte Bree sich. Alle Blicke waren auf sie gerichtet.

»Da die Herren der Schöpfung mich im Stich gelassen haben, muss ich euch sagen, was euch erwartet.« Sie legte eine kleine Pause ein. »Dabei wisst ihr alle, dass Kochen nicht mein Metier ist.«

Sie wartete ab, bis das Gelächter verklungen war. »Heute Abend möchten wir euch auf eine kleine Reise einladen.« Sie machte eine Pause, schaute von einem zum anderen und fuhr fort: »Unsere Karte wird leichte italienische Küche beinhalten, mit einem Hauch von Japan. Fusion nennt man das, behaupten Ben und Matteo. Ich muss ihnen glauben, ich kann nur Kuchen.«

Sie wartete erneut das Lachen ab, als es an der Fensterscheibe klopfte. Chesten winkte und huschte dann zur Tür.

Matteo steckte seinen Kopf aus der Küche, dann deutete er mit dem Finger auf seine Uhr. Bree signalisierte ihm, dass sie noch fünf Minuten bräuchte. Er rollte mit den Augen und schüttelte den Kopf, sie signalisierte drei Minuten, was er mit einem theatralischen Griff ans Herz beantwortete. Bree lächelte und wartete, bis Chesten ihre Jacke ausgezogen und sich auf den freien Platz neben ihr gesetzt hatte.

»Herzlich willkommen, unsere Frau für die akademische Viertelstunde.« Chesten hob die Hände und seufzte. Bree lächelte ihr zu. »Aus der Küche empfange ich das Signal, dass ich endlich zum Schluss kommen soll. Hier ist sie, die Fusionsküche à la Matteo und Ben. Guten Appetit und danke, dass ihr hier seid, dass ihr unsere Freunde seid.«

EPILOG

Nach langen Diskussionen hatten sie beschlossen, *Nanni's Cup of Tea* noch vor Weihnachten wiederzueröffnen. Es waren Matteo und Gemma, die insistierten, dass man sich das Vorweihnachtsgeschäft nicht entgehen lassen könnte. Sie hatten recht gehabt, wie Bree eingestehen musste. Jeden Abend waren sie ausgebucht und auch ihre Tea Time lief erfolgreich.

»Manchmal kommt es mir vor wie ein Märchen.« Sie klopfte auf das Holz des Tisches, den sie für eine Weihnachtsfeier eindeckte. »Am Ende ist alles gut.«

»Du wartest wohl immer auf den Nackenschlag des Schicksals. Genau hierhin.« Ben zog sie zu sich heran und küsste ihren Nacken, was kitzelte. »Genieß unser Glück einfach. Außerdem kann es kein Märchen sein. Dort schuftet nie jemand.«

Da hatte er recht. Das Shooting mit dem Jüngelchen war dagegen Erholung pur gewesen. Einkaufen, das Essen vorbereiten, kochen, backen, Reservierungen entgegennehmen, Marketingpläne entwerfen und umsetzen, behördliche Genehmigungen einholen … Manchmal sah Bree kein Land mehr vor lauter Arbeit. Ohne Matteo wären sie sicher untergegangen.

Auch so hatte Bree das Gefühl, dass sie wild strampeln mussten, um den Kopf über Wasser zu halten.

Es gab viel zu viele Tage, an denen Ben und sie um 6:00 Uhr morgens aufstanden und weit nach Mitternacht ins Bett fielen. So müde, dass sie sich gerade einmal einen Gutenachtkuss gaben. Von der verzehrenden Leidenschaft der ersten Tage hatten sie sich in Lichtgeschwindigkeit entfernt.

»Werden wir uns verlieren vor lauter Arbeit?«, sprach Bree aus, was ihr am meisten Sorgen bereitete. Vielleicht hätten sie alles langsamer angehen sollen. »Irgendwie kommt es mir vor, als ob das Café unsere ganze Energie frisst, uns durchkaut, ausspuckt und nichts zum Leben übrig lässt.«

Langsam konnte sie nachvollziehen, warum sich Nanni in Portugal etwas Ruhigeres aufbauen wollte.

Ben zog sie zu sich heran. Sein Kuss war so stürmisch, dass er ihr den Atem raubte. »Fühlt sich das an, als ob unsere Leidenschaft stirbt?«

Er küsste ihr Schlüsselbein, seine weichen Lippen liebkosten die Stelle, die so empfänglich für seine Berührungen war. Sie schloss die Augen und verlor sich in ihren Gefühlen.

»Nehmt euch ein Zimmer!« Matteos spöttische Stimme zerstörte die romantische Stimmung. »Wir haben zu arbeiten.«

»Es wird Zeit, dass du jemanden findest«, antwortete Bree mit einem gespielten Seufzer. »Damit du siehst, dass es mehr im Leben gibt als Arbeit.«

»Nicht, wenn man kocht.« Matteo richtete sich zu seiner vollen Größe auf, die allerdings ein Kopf kleiner war als sie. »Ben sollte das wissen. Ab in die Küche.«

»Ich muss gehorchen.« Ben verdrehte die Augen, was ihm einen Knuff von Matteo einbrachte. Dann flüsterte er ihr ins Ohr: »Aufgeschoben ist nicht aufgehoben, meine schöne Bryluen.«

Seine Worte weckten ein warmes Gefühl in ihrem Bauch. Wenn nur schon endlich Abend wäre.

»Mach mal. Ich kümmere mich um unsere Wohngenossen.« Bree öffnete die Tür, die nach oben in ihre Wohnung führte. Als sie die Treppe hochging, hörte sie bereits ein begeistertes »Jau, jau, jau«. Charlie Brown konnte es wohl kaum erwarten, sein Futter zu bekommen. Dank der Hundeschule, die Ben und er weiterhin besuchten, konnten sie den Beagle allein lassen, ohne befürchten zu müssen, dass er vor Langeweile alles zerstörte.

Mit dem Kater, den Ben Linus getauft hatte – »Das passt zu ihm und zu Charlie Brown« –, verstand sich der Beagle allerdings immer noch nicht, sodass sie die Tiere in getrennten Zimmern hielten.

»Es gibt gleich etwas für dich, Charlie«, rief Bree, aber natürlich gab sie erst ihrem Kater etwas zu fressen. Linus saß auf ihrem Schreibtisch, die Pfoten manierlich nebeneinander und schaute sie an. »Hallo, mein Schatz, wie wäre es heute mit Thunfisch?«

Höflich strich er um ihre Hand, die sie ihm hinhielt.

Charlie Brown erwartete sie schwanzwedelnd.

»Na, Süßer, was gibt es heute für dich?« Sie klopfte ihm die Schulter und suchte seinen Napf, den er mal wieder versteckt hatte.

Ein Klingeln unterbrach sie. Wer konnte das sein? Die Lieferanten waren heute Morgen bereits da gewesen. Eilig schüttete sie Charlie das Futter in die Schüssel, schloss die Zimmertür hinter sich und lief die Treppe herunter.

»Hallo Ben. Ist Bree auch da?«, hörte sie Chestens Stimme. »Ich ... ich muss dringend mit ihr sprechen.«

»Ches!« Bree öffnete die Tür zum Café. »Komm mit nach oben. So viel Zeit haben wir noch?«, wandte sie sich an Ben.

»Geh nur.« Ein viel zu schneller, viel zu kurzer Kuss. »Matteo und ich stemmen das schon.«

Als Chesten die Küchentür öffnete, kam Linus neugierig

aus dem Nebenzimmer, schnupperte kurz an ihr und galoppierte davon.

»Er sieht gesund aus.« Chesten lächelte.

»Was ist los?« Bree goss ihrer Freundin und sich Tee ein. »Magst du Kekse? Ich habe für Weihnachten gebacken.«

»Nein danke.«

Dann musste es etwas wirklich Schlimmes sein. Chesten, die Kekse ablehnte – das hatte Bree in all den Jahren ihrer Freundschaft nicht erlebt.

»Weißt du noch, wie ich fürchtete, Weihnachten allein feiern zu müssen?«

»Klar. Du bist bei uns willkommen. Oder bei Alys und Jory, das weißt du.«

»Danke, aber ich käme mir komisch vor.« Chesten pustete über ihren Tee. »So als drittes Rad am Wagen. Außerdem …«

Sie seufzte.

»Mach es nicht so spannend.« Bree stand auf, holte die große Dose mit Keksen und stellte sie auf den Tisch.

»Meine Mutter kommt.« Chestens Miene erinnerte sie an Linus, wenn sie nur daran dachte, mit ihm zur Tierärztin zu fahren. »Schon übermorgen.«

»Sie kommt doch ab und zu an den Feiertagen.« Bree wunderte sich, warum ihre Freundin so gehetzt wirkte. »Dann bist du dieses Jahr nicht allein.«

Chesten stieß ein Geräusch aus, eine Mischung zwischen Seufzen und Grunzen, auf jeden Fall jedoch ein Zeichen der Verzweiflung.

»Sie kommt nicht zu Besuch.«

Es brauchte ein bisschen, bis Bree begriff, was ihre Freundin damit sagen wollte.

»Sie will bleiben?« Das würde niemals gut gehen. Chesten und ihre Mutter waren beide starke Persönlichkeiten, die vollkommen gegensätzliche Ansichten zu fast allen Aspekten des Lebens hatten. Nur in der Liebe zu Tieren und dem Bauernhof waren sie sich einig. »Ich denke, sie ist zufrieden in Deutschland.«

»Chesten, mein Schatz. So kann das nicht weitergehen«, imitierte Chesten gekonnt den Tonfall ihrer Mutter. »Ich will, dass du glücklich wirst, und wenn du das allein nicht schaffst, muss ich eben eingreifen.«

Obwohl sie sich bemühte, ernst zu bleiben, brach Bree in Gelächter aus. Das Bild, wie Chestens Mum ihr potenzielle Heiratskandidaten präsentierte wie in einer Castingshow war einfach zu gut.

»Danke für dein Mitgefühl«, muffelte ihre Freundin.

»Sorry, Love«, sagte Bree, nachdem sie sich gefangen hatte. »Du musst zugeben, das ist schräg.«

»Wenn es nicht um mich ginge, fände ich es wahrscheinlich auch lustig.«

»Was stellt sich deine Mutter vor? Will sie dich in einem Dating-Portal anmelden?«

»Gute Frage.« Chesten stopfte sich drei Kekse auf einmal in den Mund. »Hmm, superlecker. Bekommen wir dieses Jahr auch wieder welche?«

»Klar.« Bree trommelte mit den Fingern auf den Tisch. »Was willst du machen?«

»Keine Ahnung.« Chesten zog eine Schnute. »Wie schon Victoria sagte: Augen zu und an England denken, oder so etwas.«

»Weiß deine Mutter von …?«

Chestens verheirateter Freund war ein Thema, das sie meist umschifften, aber heute hatte ihre Freundin davon angefangen.

»So viel und so wenig wie ihr.« Chesten hob einen Mundwinkel. »Vielleicht ist es gut, dass Mum kommt. So muss ich endlich mal Klarheit in die ganze Malaise bringen. Lange genug läuft sie ja.«

»Ich bin für dich da, wenn du Hilfe brauchst«, sagte Bree. »Das weißt du.«

»Danke, ich hoffe, ich komm ohne zu viele Blessuren davon.«

Das erschien Bree wie ein frommer Wunsch, aber sie wollte ihrer Freundin die Hoffnung nicht nehmen. Vielleicht würde mit dem neuen Jahr ja wirklich alles gut. Bei Alys und ihr hatte sich das Schicksal schließlich auch gewendet.

GLOSSAR

- *Clotted Cream* – dicker Rahm, der durch Einkochen aus roher Kuhmilch hergestellt wird (extrem kalorienhaltig und lecker)
- *Cockney* – Dialekt, charakteristisch für das Londoner East End
- *Comprehensive School* – weiterführende Schule
- *Cornish Cream Tea* – besteht aus Tee, Scones, Clotted Cream und Erdbeermarmelade. Der Unterschied zum Devon Cream Tea liegt darin, dass erst die Marmelade und dann die Clotted Cream auf den Scone gestrichen wird – das ist die kornische Variante
- *Crumble* – mit Streuseln überbackene Früchte, als Nachspeise gereicht
- *Elfin Oak* – Attraktion in Kensington Gardens, ein 900 Jahre alter Baumstamm, in den Elfen- und Wichtelfiguren geschnitzt sind
- *Embarrassing Bodies* – britische Fernsehsendung, in der medizinische Themen angesprochen werden, die tabuisiert oder peinlich (embarrassing) sind

- *Englische Rose* – Frauentyp, charakterisiert durch klaren Teint, strahlende Augen und Natürlichkeit
- *Fairings* – auch Cornish Fairing, traditioneller Ingwerkeks
- *Hunca Munca* – und Tom Thumb sind die Helden in Beatrix Potters »Die Geschichte von den zwei unartigen Mäuschen«
- *JobCentre Plus* – Arbeitsamt
- *Lemon Jelly* – Süßigkeit, eine Art Zitronen-Wackelpudding
- *London Eye* – Riesenrad, eines der Wahrzeichen Londons, nahe der Westminster Bridge
- *National Trust* – mit vollem Namen: »National Trust for Places of Historic Interest or Natural Beauty« ist eine gemeinnützige Organisation, die Sehenswürdigkeiten betreut und pflegt
- *Poldark* – Romanreihe von Winston Graham, die das Leben und Lieben von Ross Poldark und seiner Familie von 1783 bis 1815 erzählt. Durch eine BBC-Verfilmung hat die Geschichte viele Fans gewonnen und man kann Cornwall auf Poldarks Spuren bereisen
- *Saffron Buns* – eine Art Brötchen, gewürzt mit Safran und Zimt
- *Scones* – Gebäck, das zum Cream Tea gereicht wird
- *Stargazy Pie* – Pastete mit gebackenen Sardinen, deren Köpfe aus dem Teig zum Himmel schauen
- *Trifle* – Schicht-Süßspeise, bestehend aus englischer Creme, Obst oder Marmelade, Biskuit und Sahne

BREE BACKT

Cornish Fairings

Zutaten
100 g Mehl
1/2 TL Backpulver
1 Messerspitze Soda
1 Prise Salz
1 TL Ingwerpulver, gem.
1 TL Gewürzmischung (Kardamom, Zimt, Nelken)
50 g Margarine
50 g Zucker
2 EL Sirup o. Rübenkraut

Zubereitung
Mehl, Backpulver, Soda, Salz, Ingwer und Gewürzmischung in eine Schüssel geben und vermischen. Margarine in Flöckchen dazugeben. Den Zucker und den Sirup einrieseln lassen.
Die Zutaten zu einem glatten Teig verkneten. Daraus 24 Kugeln formen.

Backofen auf 160 °C (Heißluft)/180 °C (Ober- und Unterhitze) vorheizen.
Fairings-Kugeln auf ein Backblech legen und etwa 15–20 Minuten goldgelb backen.
(Quelle: https://www.miele.de/rezept/ingwer-kugeln-cornish-fairings-englandirland-512.htm)

Als Abwandlung: kandierten Ingwer klein schneiden und dem Teig hinzugeben

Silky Chocolate Cheesecake

Zutaten
Teig:
225 g Butter
1 Prise Salz
450 g Mehl
80 ml Wasser
5 EL Zucker

Füllung
350 g Vollmilchschokolade
700 g Frischkäse
400 ml Kondensmilch, gezuckert
4 Eier
2 TL Vanille-Extrakt

Zubereitung
Für den Teig Butter und Salz aufschlagen, Mehl, Wasser und Zucker unterrühren und verkneten.
26er Springform einfetten und den Teig hineingeben. Einen hohen Rand erstellen.

Füllung:
Die Schokolade schmelzen.
Anschließend den Frischkäse aufschlagen. Die Kondensmilch hinzugeben und cremig rühren. Im nächsten Schritt die geschmolzene Schokolade und den Vanille-Extrakt unterrühren. Zum Abschluss die Eier einzeln einrühren.
Die Füllung auf den Teig geben und bei 150 °C 55-60 Minuten backen. Nach der Backzeit den Ofen ausschalten und den Kuchen weitere 60 Minuten darin abkühlen lassen.

(Quelle:
http://www.chefkoch.de/rezepte/1326891237499834/Silky-Chocolate-Cheesecake.html)

Perfect Apple Pie

Zutaten
Für die Füllung
150 g brauner Zucker (1 Esslöffel davon zurücklegen)
1 TL gemahlener Zimt
2 EL Maismehl
600 g Bramley-Äpfel, geschält, entkernt, in Scheiben geschnitten

Für den Teig
400 g Mehl
2 EL Puderzucker
1 Zitronenschale
250 g kalte Butter, in Würfel geschnitten
1 Freilandei, aufgeschlagen mit 2 EL kaltem Wasser
1 Freilandei, geschlagen, glasiert

Zubereitung
Eine Kuchenform einfetten.
Für den Teig Mehl, Zucker und Zitronenschale in eine Schüssel geben und die Butter einrühren, bis die Mischung Paniermehl ähnelt. Das geschlagene Ei hinzufügen und rühren, bis die Mischung einen Teig bildet.
Ein Drittel des Teigs für den Deckel beiseitelegen.
Den restlichen Teig auf einer leicht bemehlten Oberfläche ausrollen, bis er etwa 5-7 cm größer als die Kuchenform ist.
Den Teig vorsichtig in die Kuchenform füllen und an den Seiten hochziehen.
Alles für ein paar Minuten in den Kühlschrank stellen.
Den Ofen auf 200 °C (Heißluft) vorheizen.

Für die Füllung Zucker, Zimt und Maismehl in eine große Schüssel geben, die Äpfel einrühren.

Den Teig aus dem Kühlschrank nehmen, die Apfelfüllung in die Kuchenform geben. Den Rand mit geschlagenem Ei bestreichen.
Den zurückbehaltenen Teigrest ausrollen und auf die Füllung legen. Dabei die Ränder fest zusammendrücken, um sie abzudichten.
Den überschüssigen Teil abschneiden und daraus Dekoration formen, z. B. Blätter.
Mit einer Messerspitze kleine Löcher in der Mitte des Kuchens stechen.
Die Teigdecke mit dem geschlagenen Ei bestreichen, den Kuchen mit Zucker bestreuen und in der Mitte des Ofens für 45-55 Minuten backen, bis er goldbraun ist.

(Quelle:
http://www.bbc.co.uk/food/recipes/perfect_apple_pie_73735)

Honigkuchen-Trifle

Zutaten
(4 Portionen)

200 ml Glühwein
1 Glas Zwetschgen
250 g Mascarpone
250 g Buttermilchquark
1 TL abgeriebene Orangenschale
50 ml Orangensaft
1 EL Puderzucker
150 g Honigkuchen

Zubereitung
Glühwein in einem Topf aufkochen und auf etwa 50 ml sirupartig einkochen lassen. Glas Zwetschgen abgießen, abtropfen und mit dem Glühweinsirup mischen. Abkühlen lassen.
Mascarpone, Buttermilchquark, Orangenschale, Orangensaft und Puderzucker verrühren.
Den Honigkuchen in grobe Stücke brechen. Eine Hälfte auf 4 Dessertgläser verteilen. 2/3 der Zwetschgen und die Mascarpone-Creme darübergeben. Restliche Zwetschgen darauf verteilen und mit Honigkuchen bestreut servieren.

(Quelle: http://www.essen-und-trinken.de/rezepte/55552-rzpt-honigkuchen-trifle)

MOUSEHOLE HARBOUR LIGHTS UND PENZANCE

Die Lichter im Hafen des Dörfchens Mousehole sind sehenswert und bringen mehr Weihnachtsstimmung mit sich als viele überdekorierte Innenstädte. Die Motive wechseln, auf jeden Fall dabei sind die Seeschlange, die große Katze und eine Maus, die eine Glühbirne trägt.

Aus dramaturgischen Gründen habe ich die Eröffnungsfeier auf Anfang Dezember vorverlegt; im wahren Leben beginnen die *Harbour Lights* Mitte Dezember.

Falls ihr auf Brees Spuren wandeln wollt, empfehle ich euch den Eröffnungsabend – mit Blaskapelle und Männerchor. Hier findet ihr Hintergrundinformationen:

http://www.mouseholelights.org.uk/

Penzance liegt direkt am Meer, an der *Mounts Bay,* wo ihr auch St. Michael's Mount finden könnt. Ebenso wie meine Heldin Bree bin ich ein Fan der Stadt, die nicht so überlaufen ist wie St. Ives, aber all das bietet, was ich an Cornwall liebe: Gärten, Palmen, das Meer und viktorianische Häuser.

Für eine Reise mit Bus und Bahn durch Südengland ist Penzance ein guter Ausgangspunkt, weil dort die Bahnstrecke von London-Paddington endet und von dort aus Busse der *First Cornwall* in alle anderen Städte Cornwalls und zu den wichtigsten Sehenswürdigkeiten fahren.

Mehr findet ihr hier: http://www.penzance.co.uk/

DANKSAGUNG

Auch für »Winterglitzern« konnte ich mich auf ein wunderbares Team stützen, das dazu beigetragen hat, aus einer Idee ein Buch werden zu lassen.

Wie schon bei »Herbstfunkeln« schulde ich Sarah Buhr, www.covermanufaktur.com, gewaltigen Dank für ihr Gespür für das passende Cover sowie viele Telefonate und Entwürfe. Du bist großartig!

Ein herzliches Dankeschön gilt meiner Lektorin Katrin Opatz, http://lektoratwortnetz.de. Sie gab durch ihre inhaltlichen Anmerkungen sowie ihr Sprachgefühl dem Manuskript den notwendigen Feinschliff. Außerdem achtete sie darauf, überkomplizierte Satzkonstruktionen aufzulösen. Es ist eine Freude, mit ihr gemeinsam den Text zu verbessern.

Das Korrektorat übernahm Claudia Heinen, www.sks-heinen.de. Mein Dank gilt ihrem Blick für Details und sprachliche Finessen.

Myra Çakan, https://ebook-to-go.blogspot.de, danke ich für das wundervolle Layout des Buchs.

Herzlichen Dank an die Hilfestellung bei allen Fragen rund

ums Marketing und für die schönste aller Internetseiten geht an Tanja Rörsch: www.mainwunder.de.
Bei der Release-Party für »Winterglitzern« standen mir Stefanie Gorgels (www.catgirl82.blogspot.com), Marie Lanfermann (http://vielleserin.de), Susanne Sanny Keller (www.sannysbuchwelten.de) und Nadine Uzelino (www.nanniswelt.blogspot.de) zur Seite. Danke, ihr wart großartig.
Tanja Pszkawetz (http://nichtohnebuch.blogspot.de/) und Elisa Hähner (www.rorezepte.com) haben darüber hinaus gemeinsam Brees Rezepte getestet. Ein riesiges Dankeschön an euch beide und liebe Grüße an Buddy, den süßesten Hund aller Zeiten.
Meinen Freundinnen danke ich für ihre Toleranz gegenüber verschobenen Verabredungen und knappen Telefonaten, vor allem in der Endphase.
Den Katern gebührt Dank für ihre Gesellschaft und Linus für seine Bereitschaft, als Vorbild für den kätzischen Helden in »Winterglitzern« zu dienen.
Und natürlich danke ich Matthias für seine Geduld, seine Unterstützung und dafür, dass er trotz Schreibkrisen bei mir bleibt.
Und ganz zum Schluss danke ich euch, den Leserinnen und Lesern meiner Geschichten. Herzlichen Dank für die Zeit, die ihr gemeinsam mit mir verbringt.
Über Rückmeldungen durch Rezensionen oder per Mail und Facebook freue ich mich sehr. Ihr erreicht mich über:
https://www.facebook.com/CaraLindonAutorin/
Wenn ihr mehr über geplante Bücher, das Schreiben, das Leben, Cornwall und die Kater erfahren möchtet, könnt ihr hier meinen Newsletter abonnieren: www.caralindon.de.

Liebe Grüße und Sonnenschein
Eure Cara

CORNWALL SEASONS REIHE: HERBSTFUNKELN

»Cornwall tut den Augen und der Seele gut«, sagte Grandma, »... und es heilt gebrochene Herzen.«

Alys‘ Suche nach Mr. Right könnt ihr in „Herbstfunkeln“ lesen.

Mann weg, Job weg, Wohnung weg – kurz vor ihrem 30. Geburtstag hat Alys alles verloren. Zutiefst unglücklich kehrt sie zurück ins romantische Cornwall, ins Haus ihrer Großmutter. Mit Schokolade, Büchern und ihren besten Freundinnen versucht sie sich zu trösten, aber das Leben erscheint ihr leer.

Um nicht mehr so allein zu sein, adoptiert sie Mr. Cat, einen missmutigen Kater aus dem Tierheim. Gerade hat Alys sich ihrem Dasein als einsame Katzenfrau abgefunden, da treten gleich zwei Männer in ihr Leben: der sympathische Jory, mit dem Alys lachen kann, und der erfolgreiche Daveth, der sie verwöhnt.

Kann sie ihrem Herzen vertrauen oder steht ihre Vergangenheit ihrem Glück im Weg?

CORNWALL SEASONS REIHE: FRÜHLINGSLEUCHTEN

Ob Chestens Suche nach ihrem Seelenverwandten erfolgreich ist, entscheidet sich in **Frühlingsleuchten**, erhältlich ab März 2018

Nach zwei Jahren hat Tierärztin Chesten die Hoffnung verloren, dass ihr Geliebter seine Ehefrau jemals verlassen wird. Voller Verzweiflung überlegt sie, St. Bart und ihre Freundinnen zu verlassen, doch dann bringt ein tätowierter Biker einen angefahrenen Kampfhund in ihre Praxis.

… und irgendwie ist er immer dann zur Stelle, wenn sie eine Schulter zum Anlehnen braucht. Schade nur, dass er in wenigen Wochen abreisen wird.

Wird es Chesten gelingen, endlich ihr Glück zu finden?

ÜBER DIE AUTORIN

Cara Lindon ist ein Pseudonym der Autorin Christiane Lind, die bereits bei den Verlagen Knaur, Rowohlt und Aufbau sowie im Selbstverlag veröffentlicht hat. Cornwall ist ihr Sehnsuchtsort, den sie mindestens einmal im Jahr besuchen muss, damit Land und Meer ihre Seele streicheln. Cara hat ihren Seelenverwandten bereits gefunden und lebt mit ihm und Katern in einer kleinen Stadt, leider nicht in Cornwall.

WEITERE VERÖFFENTLICHUNGEN DER AUTORIN

Familiengeheimnisse

Christiane Lind: Im Land des ewigen Frühlings. 2016

Christiane Lind: Im Schatten der goldenen Akazie. 2016

Clarissa Linden: Ich warte auf dich, jeden Tag. Knaur 2015

Christiane Lind: Das Haus auf der Blumeninsel. Knaur 2013

Historische Romane

Christiane Lind: So weit uns Träume tragen. 2017

Christiane Lind: Das Shakespeare-Geheimnis. 2016

Christiane Lind: Die Medica und das Teufelsmoor. Aufbau-Verlag 2015

Christiane Lind: Die Heilerin und der Feuertod. Aufbau-Verlag 2014

Christiane Lind: Die Geliebte des Sarazenen. rororo 2010

Katzengeschichten

Christiane Lind: Phillips letztes Geschenk. 2016

Christiane Lind: Endlich Schnurrlaub! Geschichten von Katzen auf Reisen. rororo 2014

Christiane Lind: Weihnachtspunsch & Weihnachtskater. rororo 2012

Fantasy

Chris Lind: Kein Gott wie jeder andere. Sieben-Verlag 2014

Carolyn Lucas: Liebe unter dunklem Stern. 2014

Carolyn Lucas Vermächtnis der Engel. 2014

Carolyn Lucas: Verrat der Engel. 2014